PAUL RICHARDOT

Der Duft

PAUL RICHARDOT

DER DUFT

Er führt dich ins Paradies
Oder in die Hölle

Thriller

Übersetzung aus dem Französischen
von Monika Buchgeister

Lübbe

NACHHALTIG PRODUZIERT

Die Bastei Lübbe AG verfolgt eine nachhaltige Buchproduktion. Wir verwenden Papiere aus nachhaltiger Forstwirtschaft und verzichten darauf, Bücher einzeln in Folie zu verpacken. Wir stellen unsere Bücher in Deutschland und Europa (EU) her und arbeiten mit den Druckereien kontinuierlich an einer positiven Ökobilanz.

FSC www.fsc.org MIX Papier | Fördert gute Waldnutzung FSC® C014496

Titel der französischen Originalausgabe:
»Fragrancia«

Bei Fragen zur Produktsicherheit wenden Sie sich bitte an:
produktsicherheit@bastei-luebbe.de

Textredaktion: Dr. Arno Hoven, Düsseldorf
Umschlaggestaltung: zeromedia.net, München
Umschlagmotiv: © FinePic, München unter Verwendung von KI Elementen
Satz: Dörlemann Satz, Lemförde
Gesetzt aus der Minion Pro
Druck und Verarbeitung: GGP Media GmbH, Pößneck

Printed in Germany
ISBN 978-3-7577-0135-2

2 4 5 3 1

Sie finden uns im Internet unter luebbe.de
Bitte beachten Sie auch: lesejury.de

Für Jeannette

~

Jede Erinnerung hat ihren Duft,
und wer eine Freude noch einmal erleben will,
muss einfach nur ihren Duft wiederfinden.

»Haben Sie vielleicht ein Glas Wasser?«, fragte der Patient, der jetzt, tief in seinem Sessel zusammengesunken, ganz klein wirkte.

Hélias wippte auf seinem Stuhl nervös mit dem Bein und warf einen fragenden Blick zu Alain hinüber. Als sein Mentor ihm mit einem Kopfnicken bedeutete, der Bitte nachzukommen, stürzte der junge Mann zum Wasserspender und füllte einen Becher. Nachdem der Patient ihn geleert hatte, seufzte er zufrieden auf. Jetzt fühlte er sich endlich bereit. Hélias nahm auf seinem Stuhl wieder Platz, aber damit kehrte auch seine Sitzunruhe zurück. Dieser Zwang, den er schon so oft zu kontrollieren versucht hatte, verstärkte sich in Stresssituationen. Also fast immer.

»Nun gut, Monsieur Durin, bitte fangen Sie an«, sagte Alain aufmunternd und sah mit gezücktem Bleistift zu dem alten Mann hinüber.

Dieser sank noch etwas tiefer in den Sessel und schloss die Augen.

»Heute würde ich gern die Klasse meines Schulleiters wiedersehen. Der war wirklich sehr speziell. Gleichermaßen lustig und fordernd. Stocksteif stand er in seinem grauen Kittel auf der Eingangstreppe, um uns in Empfang zu nehmen. Wie war seine Brille noch einmal? Rund? Oder doch eckig?« Sein Gesicht verzerrte sich ein wenig. »Ich weiß es nicht mehr so genau, aber sie ließ ihn streng aussehen. Trotzdem war er der fröhlichste unter den Lehrern. Immer einen Scherz auf den Lippen. Aber wir hatten Respekt vor ihm. O ja, sehr sogar. Mittlerweile geht das wohl immer mehr verloren. Mein Enkel duzt seine Lehrer sogar. Das hätte es zu meiner Zeit niemals gegeben …«

»Monsieur Durin, vergessen Sie die Geruchsauslöser nicht«, unterbrach ihn Alain. »Es ist entscheidend, dass Sie uns genauere Angaben über die Umgebung liefern. Die Details sind eine wesentliche Grundlage, um eine getreue Wiederbelebung zu erreichen.«

Der alte Mann fuhr sich mit seiner faltigen Hand über das Gesicht, blickte konzentriert und nahm die Erzählung wieder auf.

»Beim Hineingehen, immer in Zweierreihen« – er versuchte, die Szene ein wenig zu veranschaulichen, indem er seinen Arm nach vorn und wieder nach hinten schwenkte –, »richtete ich es immer so ein, dass Louis neben mir ging. Er war mein bester Freund. Ich habe Ihnen schon von ihm erzählt. Aber ja doch. Der, der vor etwa einem Jahr im Schlaf von uns gegangen ist. So würde ich mich auch gern von der Welt verabschieden.«

Sanft mahnte Alain seinen Patienten zur Ordnung.

»Entschuldigen Sie bitte, wenn ich die Augen schließe, werde ich redselig. Wo war ich stehen geblieben? Ach ja! Wenn Louis und ich den Klassenraum betraten, stiegen wir immer rasch auf das Podest, um ein wenig von dem Kreidestaub zu ergattern, der sich auf den Brettern unter der großen schwarzen Tafel angesammelt hatte. Anschließend klopften wir mit unseren weißen Händen den Mitschülern auf den Rücken. Da hatten wir ordentlich was zu lachen. Und die anderen brachte es auf die Palme.«

Als der alte Mann diese Anekdote erwähnte, zog Alain eine Augenbraue hoch und notierte eilig die Namen der duftenden chemischen Substanzen, die bei dieser Szene eine Rolle spielten, auf einem Blatt Papier. Ohne sein Wissen hatte der Patient die festgefahrene Sitzung wieder in Gang gebracht. Das Cashmeran würde den mineralischen Schiefer der Tafel wunderbar evozieren. Der gewachste Fußboden würde durch einen Zusammenklang von Phenylessigsäuremethylester und Cedrol heraufbeschworen werden. Vielleicht noch etwas Maritima? Nein. Alain strich den Namen gleich wieder aus. Zu aquatisch, zu marin, dieser Rohstoff. Nicht trocken und staubig genug. Nitril-Iris – genau, das würde diesen Geruch der weißen Kreide abbilden, deren Staub in der Nase kitzelt. Aber der Therapeut war noch längst nicht fertig. Während sein Patient sich ganz einer Beschreibung seiner Erinnerungen hingab und damit fortfuhr, ein Bild der Schulklasse aus längst vergangenen Zeiten zu zeichnen, war Alain damit beschäftigt, seine Ausführungen zu zerlegen und das Wesentliche davon in seiner Liste festzuhalten und auszuwerten. Lederschlappen hier, kalte Ausdünstungen des Tintenfasses dort – er wandelte die Informationen in Rohstoffe um und schrieb die Namen der Essenzen auf sein Blatt.

Als er endlich zufrieden mit seinen Aufzeichnungen war, winkte er Hélias zu sich. Da der Patient immer noch auf seiner mentalen Zeitreise unterwegs war, nahm der junge Mann die Liste, ging um den Schreibtisch herum und holte alle angegebenen Phiolen aus einem Wandschrank. Geräuschlos schlich er sich hinter den alten Mann und setzte sich an einen Labortisch, der in einer Ecke des Zimmers stand. Dort gab er die verschiedenen Bestandteile in einen Becher, der auf einer Präzisionswaage platziert war, und vermischte sie.

»Es war eine reine Jungenschule. Wir mussten bis nach Schulschluss warten, wenn wir die Mädchen sehen wollten. Ich erinnere mich, dass ich damals eine Freundin hatte. Sie hat immer ihre Zan-Brot-Bonbons mit mir geteilt. Ein nettes Mädchen.«

Hélias hielt inne, hob den Kopf und blickte zu Alain hinüber. Zan-Brot-Bonbons: Hatte der Patient etwa Lakritz erwähnt? Der Therapeut, der die Reaktion seines Auszubildenden aufgeschnappt hatte, lächelte ihm mit einem Zeichen der Zustimmung zu. Hélias sprang auf und lief noch einmal zum Wandschrank. Um die olfaktorische Atmosphäre der Erinnerung zu vervollkommnen, musste dieser Aspekt als Spur in der Formel auftauchen. Trotz seiner grünen und ledrigen Noten würde das Isobutyl-Chinolin gut hineinpassen.

Als das Gemisch fertiggestellt war, verdünnte er es mit VMS – der volatilen memoriellen Substanz, die das streng gehütete Geheimnis und zugleich die Geschäftsgrundlage des Unternehmens Fragrancia war. Die VMS beschwor im Zusammenspiel mit erinnerten und dann durch die Olfakteure von Fragrancia nachgestellten Duftatmosphären Vergangenes herauf und schenkte den Patienten Momente, die ihnen einmal lieb und teuer gewesen waren. Das Ganze füllte Hélias nun in einen Vernebler und reichte diesen an Alain weiter.

Der Olfakteur wartete in aller Ruhe, bis der Patient seine Geschichte zu Ende erzählt hatte, und dann fragte er: »Sind Sie bereit?«

Die bebenden Lippen des alten Mannes brachten ein kaum hörbares »Ja« hervor.

Alain drückte auf den Startknopf des Apparats, aus dessen Schlitz sogleich die ersten Dampfschwaden entwichen und in die Höhe stiegen. Er reichte dem alten Mann das Gerät.

»Es ist nun an der Zeit, dass Sie Ihre Vergangenheit wiederfinden«, sagte Alain mit einem Lächeln.

Ohne abzuwarten, führte Monsieur Durin das Gerät sogleich an seine Nase und atmete tief ein. Der Bruchteil einer Sekunde reichte seinen Geruchszellen aus, um die Duftmoleküle zu erfassen, die in der Luft schwebten. Im nächsten Augenblick stockte ihm der Atem, und er hatte das Gefühl, ins Leere zu stürzen. Ein Kopfsprung in die Untiefen seiner Erinnerung, eine Reise in das Reich des Vergessenen – zu einem Ort, wohin sich für gewöhnlich niemand wagt. Es war das vollkommene Eintauchen in die hintersten Windungen seines Gehirns. Die chemische Duftformel förderte nicht nur visuelle Erinnerungen zutage, sondern auch die vergangenen Emotionen und weitere Sinnesempfindungen. Die Sorglosigkeit, die Leichtigkeit und die Süße der Kindheit. Wann hatte er all das zum letzten Mal empfunden? Er konnte sich nicht mehr daran erinnern. Irgendwann waren diese Gefühle und Eindrücke einfach aus seinem Wahrnehmungsspektrum verschwunden.

Während sein Hypothalamus die olfaktorische Information verdaute, loderte sein Körper förmlich auf. Eine Flut von Geschichten, eine strahlender und genauer als die andere, kam ihm wieder zu Bewusstsein. Unzählige Einzelheiten, die ihm so lange Zeit verloren erschienen: der Gesichtsausdruck seines Lehrers bei einer falschen Antwort; wurstige Finger, die sich in seinen Hals krallten, nachdem die Schüler den staubigen Abdruck auf ihrem Rücken bemerkt hatten; die immer lose herabhängenden Schnürsenkel. Louis und seine aufgeschürften Knie, an denen immer etwas Schmutz und Schorf klebten. Eine warme Woge breitete sich im Bauch des Patienten aus, er war euphorisch, ekstatisch. Er war wieder der kleine Junge. Der welke Körper hatte sich verflüchtigt –

jener Körper, der durch das unausweichliche Vergehen der Zeit längst gebeugt und geschrumpft war. Plötzlich fühlte er sich wieder wild und mutig wie ein Kind, das unvoreingenommen der Zukunft entgegensieht und mit schelmischem Blick dem Leben trotzt, das vor einem liegt. Ach, wenn die Jugend doch nur schon alles wüsste und das Alter noch alles könnte … Nein. Er trampelte mit seinen Schulschuhen auf diesem Spruch herum. Wenn das Alter sich doch nur daran erinnern würde, was die Jugend einst war. Lustvoll saugte seine Seele alles auf. Tränen liefen ihm über die mit den Jahren faltig gewordenen Wangen. Er war zugleich leer und glücklich, in der Gegenwart und ganz weit weg.

Nach und nach verblasste die Wirkung der VMS und nahm die Erinnerungen an sein früheres Leben mit sich. Für einen Augenblick hatte ihn seine Kindheit besucht. Als er die Lider wieder aufschlug, waren die Düfte seiner Vergangenheit verflogen. Seine Kehle fühlte sich trocken an, und die Augen waren noch tränenverhangen. Alain stand neben ihm und legte ihm behutsam eine Hand auf die Schulter.

»Willkommen zurück.«

1

Ein paar Stunden später begleitete Hélias den letzten Patienten des Tages zum Ausgang. Obwohl er mit der Lokalpolitik nur wenig vertraut war, hatte er – dank der vielen Plakate, die überall in den Straßen hingen – den Bürgermeister von Le Mans wiedererkannt, jedoch großen Wert darauf gelegt, den gewählten Amtsträger wie einen vollkommen Unbekannten zu behandeln. Sein Mentor hatte ihm beigebracht, strengste Diskretion zu wahren: »Je mehr sie hinter sich lassen, was sie heute sind, desto mehr werden sie sich daran erinnern, was sie gestern waren.« Ein Aphorismus, den Alain an einem ihrer rituellen Treffen am Freitagabend zum Besten gegeben hatte. Bei dieser Gelegenheit gönnte sich Alain gern ein alkoholisches Getränk, und Hélias tat es ihm ebenso gern gleich. Gerüchten und Klatsch durchaus nicht abgeneigt, vervollständigte Alain die informelle Ausbildung des jungen Mannes, indem er ihm die jüngsten Neuigkeiten aus der Branche mitteilte. Aber heute musste Hélias dieses Treffen ausfallen lassen. Seine Abreise zur Zentrale in Fontainebleau, dem Hauptsitz von Fragrancia, war für Montag vorgesehen, und es lag ihm viel daran, den Papierkram auf dem aktuellen Stand zu hinterlassen.

Die Außenstelle von Fragrancia hier in Le Mans war in der ersten und zweiten Etage eines Herrenhauses untergebracht und wurde letztlich nur von ihnen beiden geführt.

Und daher war es erforderlich, dass Hélias an sämtlichen Aufgaben mitwirkte, die in einem – wie es bei Fragrancia hieß – Offizin anfielen, einer Arbeitsstätte, die nicht ganz Werkstatt, nicht ganz Labor und auch nicht nur Behandlungsraum war, jedoch all das in sich vereinte. Er reinigte die Glasgefäße, überprüfte die Vorräte an Duftatmosphären und Rohstoffen, sorgte für das einwandfreie Funktionieren der Vernebler, verantwortete den Terminkalender und schickte detaillierte Berichte über den Bestand an VMS an den Hauptsitz. Das Stammhaus war für die Herstellung des Produktes, seinen Vertrieb und seine Einsatzweise verantwortlich und überwachte die Nutzung mit allergrößter Strenge. Als wesentlicher Bestandteil von Sitzungen, mit denen eine olfaktorische Trance erreicht werden sollte, war diese psychotrope Substanz das Herzstück des gesamten Unternehmens. Schon die kleinste Unstimmigkeit in den Protokollen würde zu einer höchst komplizierten Situation für das Offizin und für Alain führen.

Die restliche Zeit verbrachte Hélias damit, die Patientenakten in der Datenbank auf den neuesten Stand zu bringen. Nacheinander erfasste er alle Duft-Erinnerungen der Woche und listete sie nach der Häufigkeit ihres Auftretens auf. Zu seinem großen Erstaunen war der »Spaziergang am Strand«, den sie in diesem Monat mehr als fünf Mal abgefüllt hatten, nicht in der Bibliothek der einsatzbereiten Duftakkorde verzeichnet. Darauf würde er Alain vor seiner Abreise noch hinweisen. Schließlich ergänzte er in der Akte von Monsieur Durin die Atmosphäre der alten Schulklasse. Der alte Herr war wirklich ein besonders liebenswerter Patient. Zwar verzettelte er sich regelmäßig beim Erzählen, aber die olfaktorischen Erinnerungen seiner Sitzungen enthielten stets jene rührende Poesie, wie sie sich bisweilen im Banalen verbirgt.

Als endlich alle Aufgaben abgearbeitet waren, gönnte er sich in dem verlassenen Wartezimmer eine kurze Pause. Gleich würde Alain ihn nach Hause schicken. Er wollte noch bei sich aufräumen und sauber machen, bevor er zu seiner großen Reise aufbrach. Angstvolle Gedanken erwachten in seinem müden Kopf. Was, wenn er dem Ganzen nicht gewachsen war und noch vor Ablauf der Probezeit bei Fragrancia entlassen würde? Wäre Alain dann enttäuscht von ihm? Nein, unmöglich. Alain wünschte ihm nur das Beste. Hélias schnaufte und legte den Kopf nach hinten. Nach ein paar Sekunden schmerzte sein Nacken. Er richtete sich wieder gerade auf. Ließ seinen Blick durch das rechteckige Zimmer schweifen. Es hatte hohe Decken und war sehr hell, da es zwei große Fenster gab, durch die viel Licht hereinfiel. Von einem gewöhnlichen Wartezimmer unterschied der Raum sich durch die Menge an Krimskrams der verschiedensten Art. Er müsste hier demnächst mal wieder aussortieren. *So langsam kann man sich hier kaum noch einen Weg durch das Zimmer bahnen*, dachte er.

Alain war ein zwanghafter Sammler. Er behielt einfach alles. Stapel von Zeitschriften türmten sich hier und da so hoch auf den alten Parkettdielen, dass sie an Sedimentschichten vergangener Epochen erinnerten. Große durchsichtige Vasen, die bis zum Rand mit Werbekugelschreibern gefüllt waren, standen an prominenter Stelle, und an den Wänden hingen Hunderte von Postkarten aus aller Welt. Hélias hatte den Verdacht, dass die Patienten Alain diese Karten mit boshaftem Schalk schickten, allein um zu sehen, wie weit seine Sammelwut reichte – inzwischen machte sie auch vor der Toilette nicht halt. Als er einmal bei seinem Mentor zum Kaffee eingeladen worden war, hatte er versehentlich eine falsche Schublade geöffnet, die mit leeren Camembert-Schachteln gefüllt war. Und so kam es, dass er von Zeit zu Zeit gemeinsam mit Claudine, der Frau von Alain, einiges aussortierte, ohne dass dieser jemals etwas bemerkte.

Hélias schloss die Lider. Aufgrund der Anspannung wegen seiner bevorstehenden Abreise verspürte er das Bedürfnis, in seinem Innern einen leeren Raum zu schaffen. Er setzte sich, holte tief Luft und ließ seine Emotionen nach außen fließen. Das war eine hilfreiche Übung, die er für gewöhnlich machte, wenn er nervös war.

Plötzlich ertönte die Klingel am Eingang. Hélias sprang wie von der Tarantel gestochen aus dem Sessel auf und rief zu Alains Arbeitszimmer hinüber, dass er zur Tür gehen würde. Als er öffnete, sah er sich zwei von Kopf bis Fuß schwarz gekleideten Kolossen gegenüber, die selbst beim Betreten des Hauses ihre dunklen Sonnenbrillen nicht abgesetzt hatten. Obgleich er, bedingt durch seine Ausbildung, vornehmlich auf Gerüche achtete, stach ihm jetzt vor allem die monochrome Aufmachung der beiden ins Auge.

»Geben Sie Ihre Personalien an!«, befahl einer der Männer.

»Hélias Révol, Assistent von Alain Fisson«, gab er gehorsam preis und massierte dabei seinen Nacken.

Der Mann ließ seinen Finger über die Namen gleiten, die ihm auf dem Display seines Gerätes angeboten wurden, dann hob er den Kopf und fällte sein Urteil.

»Du stehst nicht auf der Liste. Mach Platz.«

Er verschaffte sich Zutritt, indem er Hélias mit der Schulter beiseite drückte. Der zweite Riese folgte ihm auf dem Fuße. An seinem breiten, massigen Handgelenk hing eine Handschelle, an die ein Aluminiumkoffer angeschlossen war.

»Wo ist der Olfakteur Fisson?«, bellte der erste Typ und

nahm über seine dunkle Sonnenbrille hinweg die Räumlichkeiten ins Visier.

»In seinem Arbeitszimmer.«

»Worauf wartest du? Hol ihn her!«

Der grobe Tonfall traf Hélias so unvorbereitet, dass er sich zunächst nicht rührte.

Der zweite Koloss knöpfte seine Jacke auf. In seiner Verwirrung hielt Hélias das an seinem Gürtel befestigte Brillenetui für ein ledernes Pistolenholster. Er begann hektisch zu atmen und wich einen Schritt zurück. Offenbar hochzufrieden über die Wirkung seines Accessoires, grinste der Typ breit. Seine Visage erinnerte an einen Cowboy nach Feierabend, der nicht einmal in einem Italo-Western eine Rolle bekäme.

Hélias jedoch nahm sein Feixen als Drohung wahr. Sein Blickfeld verengte sich, ihm wurde heiß, sein Atem beschleunigte sich, und Panik stieg in ihm auf. Seine Emotionen hatten die Eigenart, außerordentlich heftig zu sein, was oft Krisen auslöste. Und gleich würde er ein weiteres Mal die Kontrolle verlieren, so viel stand fest. Dieser jähe Gedanke verschlimmerte die Situation noch mehr. Sein Brustbein fühlte sich an wie ein Angstgeschwür. Dabei wollte er doch genau das verhindern. Er zog einen Metalljeton aus seiner Tasche und rieb mit den Fingern darüber. »Loslassen, Loslassen«, murmelte er dabei tonlos und schloss die Augen.

»Kann es sein, dass mein aufgemotztes Brillenetui ihn so erschreckt hat? Du meine Güte. Und du hast dich darüber lustig gemacht.«

Sein Partner zuckte lediglich mit den Schultern.

»Schau ihn dir an. Der ist ja völlig fertig.«

»Es reicht«, schaltete sich Alain ein, der aus seinem Arbeitszimmer herübergekommen war.

Das Erscheinen des Olfakteurs genügte, um den beiden Kurieren einen solchen Respekt einzuflößen, dass sie sich augenblicklich zusammenrissen.

»Olfakteur Fisson, wir haben genaue Anweisungen. Er muss …«

»Seien Sie still!«, herrschte Alain die Männer an und hob dabei die Arme, wodurch am Handgelenk die Tätowierung einer Rose mit vier Dornen sichtbar wurde.

»Und lassen Sie meinen Assistenten in Ruhe«, fuhr er nun mit ruhigerer Stimme fort.

Er öffnete seine Brieftasche, suchte kurz darin herum und reichte ihnen dann eine schwarze Karte, die sie sofort kontrollierten.

»Ich weiß ja nicht, wo eure Chefin euch aufgetrieben hat, aber ich werde ihr wohl ein paar Worte zum Thema ›Auswahlkriterien‹ sagen müssen.«

Anschließend nannte er ihnen den fünfstelligen Code. Metall klickte, die Handschellen öffneten sich, und der Koffer wurde ihm übergeben. Der Olfakteur überprüfte, ob die Siegelstreifen auf dem Koffer tatsächlich unversehrt waren, bevor er die beiden Kuriere mit einer lässigen Handbewegung hinauskomplimentierte.

Hélias gewann langsam seine Fassung zurück.

»Du hast dich sehr gut geschlagen«, versicherte ihm Alain. »Du hast dich nicht unterkriegen lassen.«

Er schloss seine Hand um die von Hélias und unterband damit das hektische Herumfummeln mit dem Jeton. Der junge Mann stopfte ihn wieder in seine Tasche und bestaunte den Koffer mit großen Augen. Er hatte noch nie zuvor ein biometrisches Schloss gesehen. Alain grinste.

»Wieder einmal eine neue Regel. Bisher hat es nur mit meinem persönlichen Fingerabdruck funktioniert. Aber das hier ist die verschärfte Version: Es funktioniert nur mit dem Abdruck meines großen Zehs. Für den Fall, dass man mir die Hand abhackt.« Er ließ seine Finger spielen. »Ich weiß nicht, woher sie solche Ideen nehmen. Sei's drum. Dir ist klar, was da drin ist?«

»Volatile memorielle Substanz, nehme ich an«, antwortete der junge Mann, ohne seine Bewunderung für die kostbare Flüssigkeit zu verhehlen.

Alain nickte.

»Auf geht's. Hilf mir, dieses Ding zu öffnen! Zwei Gehirne sind da nicht zu viel!«

2

Etwa zur gleichen Zeit parkte ein paar Hundert Kilometer entfernt eine glänzende Limousine in einer Straße unweit des Rathauses. Der Fahrer schaltete den Motor aus, klappte die Sonnenblende herunter und warf einen Blick in den Rückspiegel. Seine Chefin war auf der Rückbank in die Lektüre eines Zeitungsartikels vertieft.

»Wir sind da, Madame.«

Nora sah auf und beobachtete die Umgebung. Nichts wies darauf hin, dass sie in Melun waren. Sie musste seinen Worten Glauben schenken.

Sie holte einen Taschenspiegel hervor und kontrollierte ihr Aussehen. Ihr wacher Gesichtsausdruck verriet nichts von der latenten Erschöpfung, die ihre Stellung mit sich brachte. Sie wirkte wie eine junge Frau in ihren Dreißigern, wenn man von ihren dunklen Augenringen einmal absah. »Augenringe sind das Markenzeichen von Leuten, die wirklich arbeiten«, hatte ihre Mutter ihr einmal versichert.

Einige ihrer Kollegen hatten ihr prophezeit, dass der Führungsstil von Cornélia, der exzentrischen Direktorin von Fragrancia, sie vorzeitig altern lassen würde. Nach fünf Jahren guter und loyaler Dienste war sie zu dem Schluss gekommen, dass diese Leute ihre Vorhersagen in der Pfeife rauchen konnten. Nora steckte den Spiegel in ihre Tasche zurück und stieg aus dem Wagen.

»Ich brauche etwa zwanzig Minuten. Drehen Sie doch einfach eine kleine Runde«, empfahl sie dem Fahrer noch rasch, bevor sie die Tür zuwarf.

An diesem Spätnachmittag war das Leben im Stadtzentrum schon deutlich abgeebbt. Nur noch eine Handvoll Passanten und ein paar orientierungslose Touristen trotzten der apathischen Atmosphäre. Und auch diese wenigen Versprengten befanden sich wahrscheinlich schon auf den Heimweg. Einer nach dem anderen ließen die Händler in der Rue du Général de Gaulle die Metallgitter herunter, von denen manche ebenso altersschwach waren wie ihre Besitzer.

Die junge Frau warf einen Blick auf die Uhrzeitangabe ihres Handys. Sie war auf die Minute pünktlich. Während sie durch das Tor ging, machte ein städtischer Angestellter sie darauf aufmerksam, dass der Park bald schließen würde. Sie dankte ihm und setzte ihren Weg fort.

Den Treffpunkt, einen frei stehenden Baum in der Nähe einer Bank, konnte sie bereits von Weitem erkennen. Ali Abbad von der Kriminalpolizei hatte ihr ein paar Stunden zuvor per Mail eine genaue Beschreibung zugeschickt, wie sie am besten dorthin gelangen konnte. Ihre Absätze, die auf dem Kiesweg hörbar knirschten, schienen sich über die Situation lustig zu machen: Diese Inszenierung sah dem Ermittler überhaupt nicht ähnlich.

Aus der Ferne sah sie, wie er seine Zigarette an den Latten der Banklehne ausdrückte und die Kippe in seine Tasche stopfte, bevor er auf sie zukam. Er war schlecht rasiert und wirkte so zerzaust, als wäre er schon mehrere Tage nicht mehr zu Hause gewesen. Für einen filmreifen Auftritt fehlte nur noch ein langer Trenchcoat mit einem bis zu den Augen hochgestellten Kragen. Als er sie fast erreicht hatte, geriet er ins Stolpern, und eine Aktenmappe fiel zu Boden.

»Alles in Ordnung bei Ihnen?«

Nora bückte sich, um ihm beim Einsammeln der Blätter behilflich zu sein, die verstreut umherlagen.

»Entschuldigung.«

Beim Aufstehen wehte der jungen Frau der übermäßige Duft von gängigem Fougère-Parfum in die Nase, das Ali sich seit seinem zwanzigsten Lebensjahr im Supermarkt kaufte. Dieser Cocktail aus Lavendel, Eichenmoos, Kumarin und Rauch war seine olfaktorische Signatur. Sein vorrangiges Markenzeichen. Nachdem er den Schmutz von dem Schnellhefter abgeklopft hatte, reichte er ihn Nora, und dann gingen sie Seite an Seite langsam den Weg entlang.

»Ich brauche noch einmal Ihre Unterstützung.«

Er zündete sich wieder eine Zigarette an und hielt auch ihr die Schachtel hin. Aber sie lehnte ab.

Es ging um ein Vergewaltigungsdelikt während einer Party. Ein flüchtiger Blick in die Akte verriet Nora, dass die Frau, die Anzeige erstattet hatte, sich an nichts erinnern konnte. Sämtliche Versuche, ihren Aggressor zu beschreiben, waren gescheitert. Doch sie wurde regelmäßig von dunklen Echos heimgesucht, die mit den Misshandlungen in Verbindung zu stehen schienen und Angstattacken bei ihr auslösten. Ein posttraumatische Belastungsstörung, die nach Einschätzung eines mit der Betreuung von Opfern beauftragten Psychologen alles andere als ungewöhnlich war. Die Befragung der männlichen Partygäste hatte nichts ergeben: Niemand hatte irgendetwas bemerkt. Anscheinend eine Zusammenkunft von Sehbehinderten. Das Einzige, was mit Gewissheit aus dem Bericht hervorging, war: Die Kriminalpolizei eierte herum.

»Bei allem, was bei Fragrancia gerade los ist, befürchte ich, dass ich jeden neuen Auftrag ablehnen muss.«

Nora wollte dem Inspektor die Aktenmappe zurückgeben, aber er lehnte dies ab.

»Wenn ich die Wahl hätte, würde ich einen anderen Weg einschlagen. Aber der Staatsanwalt besteht darauf, dass Sie eingeschaltet werden, um der Spur nachzugehen.«

»Welcher Spur?«

»Wir haben einen Verdächtigen. Sie müssen lediglich unsere Vermutung bestätigen.«

»Es tut mir leid, aber wir können Ihnen dabei nicht helfen.«

Sie hatte einen mitfühlenden Tonfall vermieden. In solchen Augenblicken war es wenig hilfreich, theatralisch zu erscheinen.

Ali zog sein Handy hervor.

»Letzte Woche haben mir Kollegen aus Marseille Fotos von einer Razzia geschickt.«

Nora riss ihm das Smartphone aus der Hand und betrachte jedes Bild eingehend. Man konnte die Demontage eines heimlichen Labors erkennen. Männer in Uniformen mit dem Abzeichen der Drogenfahndung posierten neben großen blauen Kanistern. Sie fragte sich unwillkürlich, ob sie unter ihren FFP2-Masken grinsten.

»Wie viel?«

»Einhundert Liter. Sehr schlechte Qualität. Die Hälfte der Konsumenten hat sich mit diesem gepanschten Gemisch vergiftet. Meine Kollegen haben sie noch im Krankenhaus befragt. Aber keine Sorge. Wir haben es so gemacht wie immer. Es wurde alles vernichtet, und wir haben den Chemikern andere Anklagepunkte zur Last gelegt. Jetzt sitzen sie erst einmal für eine Weile hinter Gittern.«

Ali steckte sein Handy wieder ein, als Nora es ihm zurückgab.

Sie fand den Versuch plump, was sie dem Beamten auch deutlich zu verstehen gab. Es kam ihr lächerlich vor, dass die Absprachen zwischen der Polizei und Fragrancia aufs Spiel gesetzt werden sollten. Zugegeben, das Unternehmen brauchte die Beamten, um seine geheime Tätigkeit ausüben zu können, aber auch die Ordnungskräfte würden viel verlieren, wenn sie auf die Dienste von Fragrancia verzichten müssten.

»Wir sollten von plumpen Drohungen absehen, okay? Davon hätte niemand etwas.«

Nora streckte ihm erneut die Mappe entgegen, und diesmal nahm er sie an.

»Sobald unser Terminkalender es zulässt, können Sie wieder auf unsere Zusammenarbeit zählen.«

Schweigend legten die beiden ein Stück Weg zurück. Jetzt am Abend war es empfindlich kühl geworden, und zwischen zwei Zügen an seiner Zigarette hauchte Abbad auf seine Hände, um sie zu wärmen.

Nora beglückwünschte sich innerlich dazu, den mit einer solchen Mission verbundenen logistischen Aufwand vermieden zu haben. Sie war erleichtert, weder die oft unwilligen Olfakteure noch die Dekrypteure bemühen zu müssen, um passende Szenarien zu entwerfen. Während ihr derlei Gedanken durch den Kopf gingen, kam sie jedoch auch ins Grübeln.

»Warum gerade dieser Fall? Normalerweise fordern Sie uns nie für die Rubrik ›Gemischtes‹ an. Verstehen Sie mich nicht falsch: Dass bei einer Party eine junge Frau vergewaltigt wurde, ist sicherlich schlimm, aber für die Lösung dieses Falls Fragrancia zu kontaktieren, erscheint mir doch ein wenig übertrieben. Vor allem, wenn unsere Zusammenarbeit inoffiziell bleiben muss.«

Ali zog so heftig an seiner Zigarette, dass sie danach ausging. Dann vertraute er ihr an, dass er das Opfer kannte. Diese wichtige Information gefiel Nora gar nicht. Aber zumindest konnte sie jetzt sein Verhalten besser nachvollziehen – und auch seine Drohungen nach Art eines Bullen in einem B-Movie. Er war in diesen Fall emotional verstrickt. Nora hegte ein grundsätzliches Misstrauen, wenn Gefühle ins Spiel kamen. Vor allem bei den anderen. Erfahrungsgemäß konnten Gefühle wirklich alles verderben, was sie berührten.

»Und wenn sich bei der Sitzung herausstellt, dass unser Typ tatsächlich der Täter ist, Sie aber keinen einzigen zusätzlichen Beweis finden? Was dann? Ich brauche Sie nicht daran zu erinnern, dass ein Geständnis unter dem Einfluss von VMS in der Strafakte nicht auftauchen darf.«

Zum ersten Mal löste sich Alis Blick von seinen Füßen und richtete sich nun auf Nora.

»Kümmern Sie sich darum, seine Schuld zu beweisen. Alles Weitere übernehme ich.«

Nora musste an sich halten, um nicht zu erwidern, dass dies keine Antwort auf ihre Frage war. Es konnte ihr letztlich egal sein, auf welche Weise er in den Fall involviert war – sie würde ihm nicht helfen.

Wie aus dem Nichts – vielleicht aus einem Gebüsch – tauchte plötzlich der Stadtangestellte auf, der Nora vorhin schon angesprochen hatte.

»Jetzt wird es aber langsam wirklich Zeit. Ich hatte die Dame bereits informiert, dass der Park schließt. Ich muss Sie bitten, das Gelände umgehend zu verlassen.«

Nora entschuldigte sich, und sie bewegten sich auf den Ausgang zu.

Am Tor hielt Ali sie am Arm zurück und flüsterte ihr mit

einem von Tabak und Alkohol geschwängerten Atem zu: »Rauchsignale.«

Die junge Frau wich leicht zurück. Sie musste ihre ganze Willenskraft aufbringen, um nicht ihre Gefühle preiszugeben. Ohne eine Antwort abzuwarten, schob Abbad die Aktenmappe in Noras Tasche und verschwand in Richtung der Kreuzung an der Rue Contrescarpe.

»Scheiße«, entfuhr es ihr.

Sie hatte keine Wahl.

3

Der Olfakteur ging um seinen Schreibtisch herum, stellte das Köfferchen auf den Boden und zog einen Schuh aus, um dann seinen großen Zeh gegen das Scanfeld zu drücken. Hochgradig gespannt verfolgte Hélias mit großen Augen die einzelnen Phasen des Vorgangs: die grüne Kontrollleuchte, das Klicken des Schnappschlosses und schließlich ein Tonsignal. Der Koffer tat sich auf. Alain schaffte Platz auf der Arbeitsfläche vor ihm, musste dazu allerdings erst einmal eine beträchtliche Anzahl von *Fèves de galettes*, jenen in einen Kuchen eingebackenen Porzellanfigürchen, beiseiteräumen, die er Claudine schenken wollte, sobald die Sammlung komplett war. Danach konnte er endlich den Koffer auf den Tisch legen.

Hélias registrierte mit einer gewissen Schadenfreude die Verärgerung seines Mentors, als dieser bemerkte, dass er die Arbeitsfläche mit den Metallnieten des Koffers zerkratzt hatte. Der Auszubildende zählte längst nicht mehr, wie oft er auf Bitten von Alain den grässlichen Lederbezug des Schreibtisches imprägniert hatte, um ihn vor möglichen Rohstoff-Spritzern zu schützen. Auch wenn er eine grenzenlose Wertschätzung für seinen Mentor hegte, war ihm doch jetzt schon klar, dass er selbst einige Dinge in seinem zukünftigen Berufsleben als Olfakteur anders machen würde. Angefangen bei den Möbeln. Er würde einen Tisch mit einer Arbeitsplatte aus Glas wählen. Und die Einrichtung aufs Nötigste beschränken. Außer den Rohstoffen sollte nichts herumstehen. Keine Sammlung von irgendetwas. Niemals.

Alain holte ein Aluminiumbehältnis hervor. Auf dem Etikett stand die Aufschrift »Volatile memorielle Substanz – 500 ml«, der eine Kombination aus Ziffern folgte. Er rückte seine Brille zurecht, die ein dünnes Gestell hatte und auf seiner langen Nase einigermaßen zerbrechlich wirkte, und bewegte die Computermaus, um den Bildschirm einzuschalten. Die Langsamkeit, mit der er die Tastatur bediente, verriet einmal mehr seine Unfähigkeit im Umgang mit diesen elektronischen Geräten. Er verabscheute sie und war bereits in den achtziger Jahren der Auffassung gewesen, dass Bernard Marti mit seinem damals eingeführten Online-Dienst Minitel zu weit gegangen war.

»Brauchst du Hilfe?«

»Ja, bitte. Mit dieser neuen Plattform komme ich überhaupt nicht zurecht. Auf dem Behältnis steht eine Seriennummer. Gib sie doch bitte mal ein … Perfekt. Und bring uns zwei saubere Vernebler.«

Hélias kam den Bitten nach und nahm dann zwei der drei Apparate aus dem Schrank, die er vorhin noch gereinigt hatte.

»Wir werden einen Qualitätstest machen.«

»Wozu das?«

»Um sicherzugehen, dass die VMS zwischen ihrer Produktion und der Ankunft hier nicht verdünnt wurde.« Er griff nach den Verneblern. »Da es momentan so viele Diebstähle gibt, hat Cornélia die Kontrollen verschärft.«

Trotz seiner Neugierde konnte Hélias einen Anflug von Angst nicht unterdrücken. Es war das erste Mal, dass er Alain bei dieser Aufgabe helfen durfte. Er befürchtete, ihn zu enttäuschen. Schlimmer noch. Er hatte Angst, dass sein Mentor Zeuge einer übertriebenen Reaktion werden könnte, wenn er die VMS inhalierte. Obwohl er wusste, dass diese Substanz weitestgehend harmlos war, solange sie fachmännisch eingesetzt wurde, konnte er sich nicht ganz von der Vorstellung lösen, dass sie, unverdünnt inhaliert, gefürchtete Trancezustände hervorzurufen vermochte.

Alain öffnete das Aluminiumbehältnis, entnahm mithilfe einer Pipette ein wenig von dessen Inhalt und füllte ihn in die Tanks der Vernebler. Dann stellte er den Apparat, der Flüssigkeiten auch bei niedrigen Temperaturen in eine Wolke aus feinen Partikeln verwandeln konnte, vor seinen Assistenten.

Jetzt gab es kein Zurück mehr. Hélias spürte sein Herz bis zum Hals schlagen. Aber nach einem tiefen Atemzug gelang es ihm, die aufsteigenden Empfindungen zu entschärfen. Er musste jeden inneren Aufruhr im Keim ersticken. Aus Erfahrung wusste er um die unangenehmen Folgen einer heftigen Emotion, die sich mit aller Wucht ihren Weg suchte, wenn sie zu lange unbeaufsichtigt gelassen wurde. Und das Leben hatte ihn gelehrt, jede Krise mehr oder weniger vorherzusehen. Die Ironie des Schicksals bestand jedoch darin, dass die gesteigerte Selbstbeobachtung aktiv zu seinen emotionalen Fehlfunktionen beitrug. In ihm waren Henker und Verurteilter gleichermaßen am Werk.

»Ich warne dich lieber vorher noch einmal: Es ist sehr eindrucksvoll. Ein ›normales‹ Gehirn …« – Alain zeichnete mit seinen Fingern Anführungsstriche in die Luft – »geht stets etwas desorientiert aus dieser Sache hervor. Aber es geschieht nichts, was du nicht unter Kontrolle hättest.«

Hélias nickte angespannt. Ein Schauer lief ihm den Rücken hinunter, seine Ängste lebten wieder auf. Bisher hatte er noch nie die Gelegenheit gehabt, reine VMS zu riechen, und war sich daher alles andere als sicher, ob er den Schock verkraften würde.

Er wischte seine feuchten Hände an der Jeans trocken und blickte noch einmal hilfesuchend in Richtung seines Mentors. Dann gab er sich einen Ruck. Nachdem er den Vernebler geholt hatte, schaltete er ihn ein und platzierte den Schlitz, dem die milchigen Dämpfe entwichen, unter seiner Nase. Er schloss die Augen, atmete tief ein und ließ sich gegen die Lehne seines Stuhls sinken, während sich draußen der Tag dem Abend zuneigte.

Üblicherweise drang die VMS in Kombination mit einem vertrauten Riechstoff in die Nasenhöhlen ein, wurde dann von der Schleimhaut des Riechepithels eingefangen und stieg bis zu den feinen Rezeptorhärchen auf, die am äußeren Rand der olfaktorischen Neuronen saßen. Letztere übermittelten unter dem psychoaktiven Einfluss der VMS einen gewaltigen, informationsreichen Impuls, dessen Signal vom Riechkolben über Nervenzellen in den olfaktorischen Kortex projiziert wurde und die gesamte limbische Region des Gehirns erschütterte. Die Amygdala und der Hippocampus – also die beiden Hirnregionen, die für den Umgang mit Emotionen und Erinnerungen zuständig waren – erbebten zu guter Letzt mit ungeheurer Intensität. Einmal aktiviert, verbanden sie die Nervenreize mit anderen Sinneseindrücken und lösten sensorielle und memorielle Halluzinationen aus. Es war wie ein Eintauchen – im Fachjargon nannte man dieses Phänomen Immersion.

Ohne assoziierte olfaktorische Atmosphäre inhaliert, war die Erfahrung unter VMS eine andere. Die Substanz allein setzte dann einen synthetischen, strengen Geruch frei – mit kalten Noten, aufdringlich und beißend, beinahe aldehydisch. Als der Datenfluss das limbische System von Hélias erreichte, verbreitete sich ein angenehmer Widerhall in seinem gesamten Gehirn. Ihm war ein wenig schwindlig, aber diese

Befindlichkeit wich alsbald einer Euphorie. Die Reise wurde aufregend, berauschend. Aber nach ein paar Sekunden kippte dieser Zustand ins Bittere, sein Gehirn zermahlte alles. Ein mentaler Aufruhr ergriff ihn, dem er nicht Einhalt gebieten konnte. Vergeblich versuchte er, sich an eine Vergangenheit zu erinnern, die nicht existierte. Es tauchte nichts auf, gleichwohl waren all seine Synapsen in Aufruhr. Doch sein Gehirn wühlte in einer hoffnungslos leeren Bibliothek. Verärgert und frustriert krallten sich seine Hände um die Armlehnen. Er kniff seine Augen zusammen, deren Lider die ganze Zeit über fest geschlossen waren. Es bedurfte einer beachtlichen Anstrengung, sich an ein Vergessen zu erinnern, eine Abwesenheit wiederzubeleben und eine Leere zu erspüren.

Was zunächst eine unangenehme Empfindung gewesen war, vergleichbar etwa mit einem Wort, das einem auf der Zunge lag oder einem Niesen, das nicht ausbrechen wollte, verwandelte sich nun rasch in eine deutliche Gereiztheit. Bei jedem Versuch, sich an seinem Gedächtnis festzuklammern, entzog sich dieses. Schweißperlen standen ihm auf der Stirn. Ausgelaugt, mit seinen Kräften am Ende, gab sein Gehirn endlich auf. Die Wirkungen verblassten. Er öffnete die Augen wieder und sah, dass Alain ihm ein Glas Wasser hingestellt hatte.

Hélias holte den Jeton aus seiner Hosentasche und zwirbelte ihn zwischen den Fingern hin und her.

»Pack das Ding weg und trink! Nur keine Sorge, das hier ist einfach nur Zuckerwasser. Bei der Anstrengung, die deinem Kortex abverlangt worden ist, wird dir das jetzt guttun«, beruhigte ihn Alain.

Und Hélias tat, wie ihm geheißen.

»Also, wie war das erste Mal?«

»Was willst du hören? Was soll ich schon sagen? Es war

total unangenehm. Ich wusste ja nicht einmal, nach was ich suche.«

»Nach der Frustration. Und in Anbetracht deiner Gereiztheit würde ich doch glatt sagen, dass du sie gefunden hast.«

Alain knöpfte sich den Hemdkragen auf. Die Situation amüsierte ihn offenbar sehr.

»Wenn der VMS keinerlei Riechstoff beigemischt wird, empfängt das Gehirn die Information, sich zu erinnern, ohne zu begreifen, woran genau«, fuhr er fort. »Aus dieser Verwirrung entsteht die Frustration. Das ist zugegebenermaßen eine sehr unleidige Empfindung. Aber je unangenehmer die Erfahrung ist, desto mehr zeugt es von einer guten Qualität der VMS. Diese Ladung« – er zeigte Hélias den Aluminiumkanister – »ist nicht verdünnt worden.«

Die Nachwirkungen waren mittlerweile fast verschwunden, und Hélias entspannte sich wieder.

»Entschuldige, dass ich so aus der Haut gefahren bin.«

»Du musst dich doch nicht entschuldigen. Deine Reaktion beweist die hohe Qualität der Lieferung. Darüber sollte man sich eher freuen.«

»Ich muss zugeben, dass nicht alles negativ war. Die Anfangsphase war sogar sehr angenehm.«

»Das Losrollen? Ein ärgerlicher Effekt, der uns ziemliche Sorgen bereitet. Irgendwelche Idioten versuchen, die VMS zu synthetisieren, um einfach nur diese Anfangseuphorie zu erleben.« Alain stand auf und streckte sich. »Und wegen dieser Idioten sind wir auf noch größere Idioten angewiesen wie beispielsweise unsere Lieferanten.«

Er wies mit dem Finger auf den Bildschirm.

»Hilf mir noch rasch, das Ergebnis an Fragrancia zu übermitteln. Und danach kannst du dich ausruhen. Das hast du dir redlich verdient.«

4

Hélias stieg die Treppen der drei Etagen hoch, die ihn noch von seiner Wohnung trennten. Mit dem Fahrrad über der Schulter und den vollen Einkaufstaschen, deren Griffe ihm in die Hände schnitten, stellte jede Stufe eine Herausforderung dar. Seine Befürchtungen galten heute der Einkaufstüte mit den erstandenen Putzmitteln. Das jämmerliche Ding drohte bei jedem zu hastigen Schlenker zu zerreißen. Hélias flehte innerlich, dass die Tasche bis zu seinem Ziel halten möge. Ohne den Inhalt würde er sein Zimmer nicht reinigen können. Endlich auf dem letzten Absatz angekommen, stellte er alles mit einem tiefen Seufzer auf den Boden. Seine heutige Heldentat im Alltag.

Die einhundert Quadratmeter große Maisonette-Wohnung mitten im Bollée-Viertel verdankte er seinem Mitbewohner. Adam hatte bei seiner Entscheidung, in eine reiche Familie hineingeboren zu werden, einen guten Geschmack bewiesen. Über eine Kleinanzeigenplattform hatten er und Hélias dann zusammengefunden. Nichts deutete darauf hin, dass eine Freundschaft zwischen ihnen entstehen würde. Während Adam Menschenmengen nachjagte wie ein Bürgermeister im Wahlkampf, litt Hélias unter Ansammlungen von Mitmenschen, und während Hélias einen gesunden Lebensstil pflegte, schien Adam den Schatz der Tempelritter auf dem Grund jeden Glases Alkohols zu suchen.

Auch dieser Freitagabend offenbarte, wie unterschiedlich die beiden waren. Kaum hatte Hélias die Wohnung betreten, überflutete ihn ein ohrenbetäubender Lärm. Etwa ein Dutzend Typen unterhielten sich im Wohnzimmer wild durcheinander. Sein Mitbewohner kam sogleich torkelnd auf ihn zu. Sein Hemd war so schweißgetränkt, dass es eher durchsichtig als weiß wirkte. Anschmiegsam hatte sich das feuchte Etwas um seine beginnenden Fettpolster gelegt.

»Hey, ich dachte, du kommst erst später zurück. Alles in Ordnung?«

Er konnte sich gerade noch davon abhalten, nicht auf Hélias zu fallen.

»Ja, alles okay«, erwiderte Letzterer mit erstickter Stimme.

»Von wegen. Ich kenne dich doch. Wegen der Party hier? Tut mir leid, Kumpel.«

Der Alkohol tat Adams Scharfsinnigkeit keinen Abbruch. Statt einer Antwort holte Hélias den Jeton hervor und ließ ihn zwischen seinen Fingerknöcheln hin und her gleiten. Die Überraschung in Verbindung mit einer Furcht vor geselligen Situationen hatte ihn schon wieder in Verwirrung gestürzt. Es mochten noch so gewöhnliche Verhaltensweisen sein – jemanden begrüßen, mit jemandem sprechen, sich jemandem zuwenden oder von jemandem abwenden. Doch ohne Vorbereitung waren sie für Hélias kaum zu bewältigen.

Er schloss die Augen und atmete tief ein. Eine Vielzahl von Gerüchen, allesamt charakteristisch für ein Fest, präsentierten sich seiner Nase. Das auf den Boden gekippte Bier, der cumollastige Schweiß der Leiber, die kalten Joints in den Gläsern, der warme Tabak, der den Lungen in Rauchspiralen entwich. Auch das Eau de Cologne von Adam bemerkte er und die Signatur seines feuchten Gels in den blonden Haaren. Sogar ein weibliches Parfum mit Duftnoten von Rosen fing er auf, das sich zwischen den Personen hindurchschlängelte und seine zarten Spuren in der Luft des Wohnzimmers hinterließ. Schwer auszumachen – er hätte die Quelle nicht benennen können. Es beruhigte ihn, sich so in den Duftnoten zu verlieren: eine olfaktorische Meditation gewissermaßen. Es war seine ganz besondere persönliche Art, kritische Situationen durchzustehen.

»Keine Angst, wir sind gleich weg.«

»Nein, kein Problem. Bleibt ruhig hier.«

Sein Mitbewohner war rücksichtsvoll: ein Charakterzug, der die Zuneigung erklärte, die Hélias ihm trotz ihrer unterschiedlichen Wesensarten entgegenbrachte.

»Das glaube ich dir nicht. Du tust ja nur so, als würdest du lächeln.«

»Keine Sorge, es geht schon wieder.«

Adam legte seinen schweißnassen Arm um den Nacken seines Mitbewohners und zog ihn entzückt weiter ins Zimmer, um ihn seinen Freunden vorzustellen. Während Hélias ihnen die eine oder andere Lüge über seine berufliche Laufbahn auftischte, schenkte man ihm einen Becher Pfefferminzlikör Get 27 ein. Üblicherweise erzählte Hélias allen, die Fragrancia nicht kannten, dass er Assistent eines Aromatherapeuten war. Er hatte sich sogar die wohltuende Wirkung einiger ätherischer Öle auf den menschlichen Körper gemerkt, um seine Notlüge möglichst glaubhaft wirken zu lassen.

»Dann sag uns doch mal, wofür diese Minze hier nützlich ist!«, bedrängte ihn ein Typ, dessen Namen Hélias augenblicklich wieder entfallen war, und wies auf das alkoholische Getränk in seinem Glas.

Allgemeines Gelächter brach aus, und Hélias suchte Halt in einem Sessel. Doch er gewann wieder Kontrolle über die Situation, die Turbulenzen in seinem Innern ebbten allmählich ab. Es war wie bei einem Schwimmer, dem es endlich gelang, sich aus dem Sog einer gefährlichen Unterströmung zu befreien – der jedoch auch wusste, dass ihn die Strömungen bei der geringsten Erschlaffung aufs offene Meer hinausziehen könnten. Daher tastete er sich in seinem Rhythmus vorwärts. Das Geheimnis lag im Management. Er schaltete sich hin und wieder in ein Gespräch ein, trug die eine oder andere Anekdote bei, brachte seine Meinung vor und stellte sogar ein oder zwei Fragen. Aber diese Anstrengungen ermüdeten ihn sehr, und er spürte zunehmend, wie die Wellen ihn weit hinaustragen wollten. Deshalb musste ein anderer Plan her. Er beschloss, in die weniger aufreibende Rolle des Zuhörers zu schlüpfen. Eine Rolle, die ihm erlaubte, die Situation kampflos zu meistern. Die Statistenrolle war das beste Mittel, um weitgehend ohne Intervention auf der Bühne zu bleiben. Aber Vorsicht: Zuhören entband nicht von aktiver Teilnahme. Und alle stimmten darin überein, in Hélias einen Könner auf diesem Gebiet vor sich zu haben – der auf alles Gesagte stets mit passendem Gesichtsausdruck, mit ein paar Worten oder Gesten reagierte. Seine Aufrichtigkeit hatte etwas Entwaffnendes und Anrührendes, war ein liebenswerter Charakterzug, der seine Andersartigkeit verschleierte. Es kam vor, dass sich dann ein besonders eifriger Gesprächspartner sogar für ihn interessierte. Das passierte selten, aber die Gefahr bestand. Wenn Hélias dann den Boden unter den Füßen verlor und innerlich so sehr zu kämpfen hatte, dass er völlig verkrampfte, ließ er sich äußerlich jedoch nichts anmerken. Niemals. Alarm zu schlagen bedeutete, anderen kundzutun, dass man ertrank. Also versuchte er, die Unterhaltung ganz sanft wieder auf sein Gegenüber zu lenken und sich so in ruhiges Gewässer tragen zu lassen.

Inzwischen hatte die Stimmung ihren Höhepunkt erreicht. Alle redeten laut und wild durcheinander, nahmen sich gegenseitig auf die Schippe und lachten in einem fort. Hélias hörte einer jungen Frau zu, die über ihren Freund lästerte. Sie hatte in ihm den perfekten Adressaten gefunden und wollte ihn deshalb offenbar nicht so schnell wieder aus ihren Fängen lassen. Alles wurde aufs Tapet gebracht. Von der Beziehung ihres Freundes zu seiner Mutter bis zu dem Grunzen, das er beim Sex von sich gab. Hélias erfuhr alles über ihr Intimleben, während sie nichts von ihrem Gegenüber wahrnahm, schon gar nicht sein ausgezeichnetes Riechvermögen. Während die meisten Leute ihre Achtsamkeit auf die Geräusche, die Empfindungen oder die Atmung richten, verwendete Hélias sie auf Gerüche. Diese Übung war für die Ausbildung seines Talents von entscheidender Bedeutung gewesen. Um seine Fähigkeiten zu veranschaulichen, hätte er ihr jetzt auch mitteilen können, dass sie den sehr leichten Geruch einer mandelölhaltigen Feuchtigkeitscreme verströmte. Aber sie war nicht hier, um sich für das Leben von Hélias zu interessieren. Ihr reichte ihr eigenes Leben mit all seinen Problemen – ob es nun um ihre Partnerschaft oder ihre trockene Haut ging. Schade.

Mit fortschreitender Nacht ging den beiden Gastgebern ein Besucher nach dem anderen verloren. Jeder Aufbruch wurde für Hélias zu einem weiteren Beleg, dass er seine Soziophobien überwunden hatte. Er würde den Abend siegreich, glücklich und betrunken beenden. Vollkommen betrunken. In seinem Kopf drehte sich alles. Irgendwann sackte sein hoch aufgeschossener Körper schlaff auf das Sofa. Er kippte zur Seite, und seine kastanienbraunen Haare fielen ihm ins Gesicht. Die letzten Ausläufer des Gelages bekam er nur noch aus weiter Ferne mit. Die Welt um ihn herum war einerseits verschwommen, andererseits lief alles zu schnell ab, als dass er einen Überblick hätte bewahren können. Aber er hatte ohnehin nie wirklich alles verstanden. Sein Magen war leer, und er taumelte in die Erschöpfung einer alkoholgeschwängerten Nacht. Gedämpfte, unbesonnene Empfindungen. In den frühen Morgenstunden glitt er endlich in den Schlaf.

5

Ohne Rücksicht auf den Glücklichen, der neben ihr schlief, schaltete Nora Olsson ihre Nachttischlampe ein. Sie verzichtete auf weitere Versuche, dem Schlaf hinterherzujagen, und wand sich aus den Laken. Die Flauschigkeit des Teppichbodens unter ihren Füßen bedeutete einen kleinen Sieg der Aufmunterung über die Resignation. Geschmeidig schlich sie nackt um das Bett herum und griff nach dem Morgenmantel, den sie über die Lehne eines Stuhls gelegt hatte. Dieser Stuhl diente einzig und allein als Ablage für die Kleidungsstücke, die sich in der Warteschleife befanden: nicht schmutzig genug, um in der Waschmaschine zu landen, nicht sauber genug, um sie in den Kleiderschrank zu räumen.

Als sie am Wandspiegel ihres Schlafzimmers vorbeikam, warf sie einen flüchtigen Blick auf ihre Gestalt. Jede Begegnung mit ihrem Spiegelbild bot die Gelegenheit, sich einer merkwürdigen Kontrolle hinzugeben – zu überprüfen, ob ein glücklicher Zufall ihr es nicht doch noch vielleicht beschert hatte, etwas zu wachsen. Nur gerade so viel, um über einen Meter sechzig hinauszukommen. Das war wahrlich nicht zu viel verlangt. Bis dieser ersehnte Tag sich einstellte, richtete sie es so ein, dass sie ihr blondes Haar zu einem dichten Knoten oben auf ihrem Schädel frisierte, was ihr ein paar zusätzliche Zentimeter einbrachte. Gegen die meisten Widrigkeiten der Natur gab es eine List.

Die andere Person – ein Mann, dessen behaarter Oberkörper von ihrem heftigen Liebesspiel immer noch feucht glänzte – erfüllte das Zimmer mit lautem Schnarchen. Sie kannte ihn nicht näher, war ihm lediglich dreimal begegnet, und dann immer nur, um die Cattleyas zu arrangieren. Diese Begegnung hatte mit den vorigen nicht mithalten können, aber das konnte Nora ihm kaum zum Vorwurf machen. Der Fehler lag bei ihr.

Unentwegt ging ihr das Treffen mit Abbad durch den Kopf. »Rauchsignale«: Mit diesem Wort hatte der Mistkerl ihr jede Möglichkeit genommen, sein Ersuchen abzulehnen. Fragen um Fragen trieben sie um. Und die furchterregendste war: Was wusste er wirklich? Zu viel, das stand definitiv fest. Und Nora durfte ihm keine Gelegenheit geben, das Ausmaß seiner Kenntnisse unter Beweis zu stellen. Wenn Abbad irgendetwas an Cornélia weitergab, könnte Nora sich von ihrem Job verabschieden. Dieser Gedanke beunruhigte sie. Fragrancia war ihr ganzes Leben. Einen Erpresser konnte sie wahrlich nicht gebrauchen. Vor allem nicht im Augenblick. Mit den vermehrt auftretenden undichten Stellen, die überall bei Fragrancia auftraten und durch die offenbar VMS abhanden kam, und den internen Maßnahmen, die Cornélia eingeleitet hatte, um dieses Problem einzudämmen, war ihr Stresspegel jetzt ohnehin schon sehr hoch. Nora würde also klein beigeben müssen und das Spiel von Ali mitspielen. Zumindest für den Augenblick.

Bevor sie das Schlafzimmer verließ, warf sie noch einmal einen Blick auf ihren Bettgefährten. Er wirkte ruhig, zufrieden, womöglich befriedigt. Sicher auch stolz auf die getane Arbeit. Sie verdrehte die Augen. Sein Schlaf war für sie ein Affront, die ruhigen Atemzüge stellten eine Beleidigung dar. Nora zog den Gürtel ihres Morgenmantels enger um sich herum, wie um ihre Nacktheit unmissverständlich zu verbergen, und überließ den Unbekannten seinen Schnarchgeräuschen.

Die Überreste einer schnell hinuntergeschlungenen Mahlzeit standen wie ein beschämender Vorwurf noch auf dem Tisch im Esszimmer. Die Erregung hatte keine Zeit mehr für die letzten Bissen gelassen. Was zunächst vorzüglich ausgesehen hatte, wirkte nun wie Abfall.

Ihre Küche war bloßes Dekor, denn sie kochte nie. Als sie jetzt mit dem Aufräumen beginnen wollte, fiel es ihr wieder ein: Sie wollte ins Wohnzimmer gehen, um etwas ganz Bestimmtes zu erledigen. Sie hatte die Absicht, diese Geschichte mit der Vergewaltigung schnell hinter sich zu bringen. Das Wohlergehen ihrer Firma stand auf dem Spiel – und damit letztlich auch ihr eigenes.

Sie betrat das Wohnzimmer, griff nach der Mappe von Abbad und setzte sich aufs Sofa. Wieder musste sie daran denken, wie furchtbar der Ermittler im Park ausgesehen hatte. Sie hatten sich vier Jahre zuvor kennengelernt, als die »Amtshilfe« zwischen Fragrancia und den Ordnungskräften sich zunehmend ausweitete. Schon beim ersten Auftrag war Ali Abbad die für das Gebiet um Melun eingeteilte Kontaktperson gewesen. Und das war er geblieben. Ein anständiger Typ, zurückhaltend, beinahe schüchtern. Er blieb stets sachlich und wurde nie laut. Deshalb verstörte Nora sein Erpressungsversuch umso mehr. Aus dem Mund eines eigentlich diskreten Menschen klang eine Drohung ganz besonders beängstigend, da sie darauf schließen ließ, dass eine wirkliche Notsituation vorlag. Aber welche? Sie trauerte bereits dem wohlwollenden und respektvollen Ermittler nach, der die Grenzen seines Gegenübers respektierte. Und sie fragte sich, wann genau das Vertrauen abhanden gekommen war wie das

Tafelsilber samt dem Notgroschen bei einem Hauseinbruch. Das Interesse, das der Ermittler dieser jungen Frau entgegenbrachte, war in der Tat erstaunlich groß.

Audrey, vierundzwanzig Jahre alt. Keine besondere Vorgeschichte. Nora überflog die verschiedenen Dokumente und blieb beim Protokoll der Befragung des Opfers hängen.

DER SACHVERHALT

FRAGE: Können Sie mir etwas zu den Umständen sagen, die Sie heute zu uns geführt haben?

ANTWORT: Ich glaube, dass ich bei einer Party vergewaltigt wurde ... Stellen Sie mir gar keine Fragen? Mir ist lieber, wenn Sie mir Fragen stellen.

FRAGE: Wer hat die Party veranstaltet?

ANTWORT: Émilie, eine Freundin aus der Grundschule. Ihre Eltern waren an dem Wochenende verreist. Sie hatte das ganze Haus nur für sich zur Verfügung.

FRAGE: Kannten Sie – abgesehen von Émilie – die anderen Gäste?

ANTWORT: Anfangs ja, später eher nicht mehr. Die Adresse der Feier hatte in den sozialen Netzwerken die Runde gemacht. Irgendwann sind dann auch Unbekannte aufgekreuzt.

FRAGE: Und Émilie hat sie reingelassen?

ANTWORT: Manche schon, ja. Weil es irgendwelche Bekannte von Bekannten waren.

FRAGE: Wie viele Personen waren letztlich anwesend?

ANTWORT: So um die vierzig vielleicht.

FRAGE: Und wie viele davon waren Männer?

ANTWORT: Die Hälfte. So in etwa.

FRAGE: Und dann?

ANTWORT: Dann wurde gefeiert.

FRAGE: Was verstehen Sie unter ›gefeiert‹?

ANTWORT: Man hat geredet. Es gab Trinkspiele. Es wurde getanzt. Es wurden Fotos gemacht. All die Dinge eben, die man an einem solchen Abend macht. Alles war ganz normal also. Aber ich erinnere mich nicht mehr an Details.

FRAGE: Hatten Sie zu viel getrunken?

ANTWORT: Ja, das heißt, eigentlich nein. Ich denke nicht. Aber als ich mein erstes Glas leer hatte, wurde mir ziemlich schnell danach übel.

FRAGE: Haben Sie Ihr Glas unbeobachtet stehen lassen?

ANTWORT: Ja, schon. Es stand die ganze Zeit auf dem Tisch im Esszimmer, während wir Spiele gemacht haben.

FRAGE: Können Sie Ihre Empfindungen zum damaligen Zeitpunkt beschreiben?

ANTWORT: Ich weiß nicht mehr so genau. Mir war schwindlig und gleichzeitig speiübel. Ich fühlte mich irgendwie benommen.

FRAGE: Was haben Sie dann gemacht?

ANTWORT: Ich bin hochgegangen, um mich hinzulegen. Émilie hatte mir angeboten, im Zimmer ihres jüngeren Bruders zu übernachten.

FRAGE: War er nicht da?

ANTWORT: Nein. Er hat bei einem Freund übernachtet, glaube ich.

FRAGE: Hat Sie jemand ins Zimmer begleitet?

ANTWORT: Nein. Doch. Ich weiß es nicht mehr. Vielleicht Émilie. Ich glaube, sie hatte Angst, dass ich mich übergebe. Aber ich weiß, dass ich allein ins Bett gegangen bin.

FRAGE: Warum?

ANTWORT: Das Bett war schmal, und ich hatte noch den Gedanken, dass sich dann wenigstens niemand neben mich legen kann. Zum Beispiel jemand, der sternhagelvoll ist.

FRAGE: Konnte man das Zimmer nicht von innen abschließen?

ANTWORT: Nein, aber ich habe auch nicht wirklich daran gedacht.

FRAGE: Sind Sie schnell eingeschlafen?

ANTWORT: Mir war auch im Liegen noch schwindlig. Ich weiß, dass ich vollkommen bekleidet eingeschlafen bin. Ich wollte mich nicht ausziehen.

FRAGE: Warum? Hatten Sie Angst vor irgendetwas?

ANTWORT: Ja und nein. Man weiß nie. Außerdem wollte ich nicht, dass mich einer in Unterwäsche sieht.

FRAGE: Was ist dann passiert?

ANTWORT: Das weiß ich eben nicht mehr genau. Ich weiß nicht, ob ich es geträumt habe oder ob es tatsächlich geschehen ist.

FRAGE: Können Sie versuchen, etwas präziser zu sein?

ANTWORT: Es fällt mir sehr schwer, darüber zu sprechen. Ich fühle mich schlecht.

Wir weisen darauf hin, dass die Befragung hier für zehn Minuten unterbrochen wurde.

FRAGE: Was glauben Sie, was Ihnen widerfahren ist, Audrey?

ANTWORT: Ich habe nur ziemlich vage Erinnerungen. Wie Flashbacks ...

Jemand hat meinen Mund geöffnet. Und dann wurde ein Penis eingeführt.

FRAGE: Waren Sie sich dessen bewusst?

ANTWORT: Nein. Das war irgendwie weit weg für mich. Ich hatte vor allem das Gefühl, als würde ich im Schlaf ersticken ...

Ich habe auch Dinge in meinem Unterbauch gespürt.

FRAGE: Können Sie das präzisieren?

ANTWORT: In der Vagina. Ich hatte das Gefühl, als würde man mir dort etwas einführen.

FRAGE: Haben Sie eine Vorstellung, was das gewesen sein könnte?

ANTWORT: Nein. Ich erinnere mich, dass ich mich einmal beinahe übergeben hätte, weil ich so geschüttelt wurde. Was danach passiert ist, weiß ich nicht mehr.

FRAGE: Was hat Sie beim Aufwachen zu der Annahme veranlasst, dass Sie vergewaltigt wurden?

ANTWORT: Ich war nackt, und ich hatte starke Schmerzen im Unterbauch. Außerdem war da Blut auf dem Laken.

FRAGE: Wo waren Ihre Kleider?

ANTWORT: Sie lagen zusammengeknüllt irgendwo in einer Zimmerecke.

Aufgewühlt schloss Nora die Akte wieder. Das war wenig. Sehr wenig. Armes Mädel. Nora kannte das Rechtssystem gut genug, um zu wissen, dass Vergewaltigungsfälle, bei denen die Opfer unter Gedächtnisverlust litten, nur sehr selten aufgeklärt wurden. Sie war allerdings angenehm überrascht, dass ein Ermittler sich diesen Fall so zu Herzen nahm. Vielleicht kam am Ende doch noch Bewegung in das Ganze.

Sie stand auf und ging in die Diele. In der Jackentasche ihres Bettgefährten fand sie ein Päckchen Zigaretten, dessen Rückseite das Bild eines nekrotischen Fußes zeigte. Er hatte sich nicht getraut, eine vor ihr anzuzünden, aber sein Atem hatte ihn verraten. Sie selbst rauchte nur selten. Hauptsächlich, wenn sie sich überfordert fühlte.

Rote Lucky Strike. Perfekt, dachte sie.

6

Hélias erwachte mit einem massiven Brummschädel. Er musste all seine Kräfte zusammennehmen, um sich bis in die Küche zu schleppen.

Sein Mitbewohner hatte eine ausgeprägte Neigung zum Hypochonder und eine mindestens ebensolche zur Unordnung. Normalerweise ließ er Medikamente überall in der Wohnung herumliegen. Aber diesmal waren die Dolipran-Tabletten weder in der Schublade für das Besteck noch in einer anderen. Hélias begnügte sich daher mit einem Glas Wasser aus dem Wasserhahn.

Wenig später kam Adam in Boxershorts herunter. Schon von Weitem konnte Hélias das Parfum mit den Duftnoten von Rosen ausmachen, das die Unbekannte am Abend getragen hatte.

»Gut geschlafen?«

»In Klamotten auf dem Sofa«, antwortete Hélias und kratzte sich am Rücken.

»Du sahst so entspannt aus. Da habe ich mich nicht getraut, dich zu wecken.«

»Danke. Schlafanzug und Bett – beides Dinge, die echt überbewertet werden.«

Adam lächelte ihn an und öffnete den Kühlschrank.

»Hast du vor deiner Abreise noch etwas Besonderes vor, oder läuft alles wie immer?«

»Ich gehe in die Praxis, arbeite noch ein wenig, und später mache ich dann noch einen Spaziergang.«

»Also alles wie immer.«

»Weißt du, wo die Dolipran-Tabletten sind?«

»Hast du schon im Sicherungskasten nachgesehen?«

Hélias ließ sein Fahrrad in der Wohnung und machte sich zu Fuß auf den Weg zu seinem Arbeitsplatz. Unterwegs machte er bei der Bäckerei halt, um sich ein Sandwich und ein süßes Teilchen zu kaufen. Bevor er es hinunterschlang, überzeugte er sich eingehend davon, dass die in der Vitrine herumschwirrenden Wespen sich nicht irgendwo auf seinem Gebäckstück niedergelassen hatten. Dann ging er die Rue de Bolton hinunter, überquerte die Place de la République, um anschließend den Boulevard René Levasseur entlangzugehen.

In der Zweigniederlassung war niemand, und Hélias empfand es als angenehm, dass kein Mensch hier war. Es herrschte vollkommene Stille. Er öffnete die Tür zum Büro von Alain und holte einige Rohstoffe aus dem Metallschrank heraus. Die Revision der Paletten konnte beginnen. Er begann, alle Essenzen blind zu testen. Dank seiner abgehärteten Nase analysierte er mühelos die einzelnen Facetten der Riechstoffe und listete sie auf. Er hielt alles in einem Heft fest – es war bereits das dritte in diesem Jahr. Mit jeder Ausdünstung verknüpfte er eine Farbe, eine Erinnerung, aber vor allem eine Emotion, von denen er so viele hatte, dass sie bei der kleinsten Widrigkeit in Unordnung gerieten.

Als er siebzehn Jahre alt gewesen war, hatte ein Psychiater eine Hochsensibilität bei ihm diagnostiziert. Er hatte diese Nachricht mit einer gewissen Erleichterung zur Kenntnis genommen. Seinem Feind einen Namen geben zu können war der erste Schritt, um ihn zu bekämpfen. Er hatte sich sein ganzes Leben lang anders gefühlt als die anderen, ohne zu verstehen, warum. Wobei manche seiner Reflexe auch ihm selbst ungewöhnlich vorkamen. Zum Beispiel wusste er sehr wohl, dass sein Bedürfnis, stets den Körpergeruch seines Gegenübers bestimmen zu wollen, ein wenig aus dem Rahmen normaler Verhaltensweisen fiel. Eigentlich befand er sich in einem fortwährenden Kampf – gegen sein emotionales Handicap wie auch gegen seinen Instinkt.

Nacheinander atmete er die erste Auswahl der Rohstoffe ein. Als er damit fertig war, holte er eine neue Palette. Und so fuhr er weiter fort, bis es dunkel wurde. Wieder einmal würde er seinen Spaziergang auslassen, aber immerhin lagen die olfaktorischen Kopfschmerzen der ersten Sitzungen inzwischen in weiter Ferne. Inzwischen konnte er einen ganzen Tag lang Riechstoffe testen, ohne eine Miene zu verziehen. Nur die Nachwirkungen des Likörs Get 27 hämmerten noch in seinem Schädel. Er hielt abrupt inne, als ein Riechstreifen ihn überraschte. Beschriftet war die Auswahl mit »Citral«. Eine flüchtige, aber angenehme Erinnerung wurde wach und wich rasch dem Wunsch, den fernen Augenblick noch einmal zu erleben. Er stand auf und ging zur Toilette. Dort stieg er auf den Rand der Kloschüssel, um eine Platte der Zwischendecke anzuheben, dann seine Hand in diese Öffnung hineinzustecken und nach etwas zu tasten. Schließlich holte er ein Knäuel von Stofffetzen hervor. Darin eingewickelt war ein kleines Aluminiumgefäß.

Nach jeder Entnahme der volatilen memoriellen Substanz überließ Alain es Hélias, die gebrauchte Pipette wegzuwerfen. Hélias aber zwackte zuvor die wenigen Tropfen ab, die sich noch in dem kleinen Behältnis befanden. Auf diese Weise hatte er ungefähr zehn Milliliter reine VMS gesammelt. Würde jemand auf dieses Versteck stoßen, könnte Hélias sein Fragrancia-Namensschild zurückgeben und bei einem Lieferdienst anheuern. Sogar Alain könnte seinen Kopf dann nicht mehr retten.

Er mischte die psychotrope Substanz mit dem ersten zitrischen Rohstoff und machte es sich auf dem Stuhl bequem. Als er die richtige Position gefunden hatte, betätigte er den Vernebler und atmete die Dämpfe ein. Ein paar Augenblicke lang drehte sich alles in seinem Kopf.

Erst tauchten kalte und hesperidische Noten auf, dann fruchtige Facetten. Sein Gehirn bot ihm zahlreiche Rückerinnerungen an, die jedoch allesamt einigermaßen vage blieben. Es war wie bei einem Katalog, den man zu schnell durchblättert, sodass die einzelnen Objekte nicht genau wahrgenommen wurden. Doch dann gewannen die Begebenheiten Konturen. Worte gesellten sich in seinem Kopf dazu. Er tauchte weiter ab, und diesmal gelang es ihm, sich an Erinnerungsfetzen festzukrallen: Sommer, Limonade, Sonne, Camping, Düfte, Früchte, Kuchen. Das war es, was er identifizieren konnte. Er kam wieder zu sich. Schweißperlen standen ihm auf der Stirn. Im Jargon von Fragrancia nannte man diese Erfahrung ein »Panorama«. Die Technik bestand darin, einen gemeinschaftlichen und vertrauten Geruch wahrzunehmen. Etwas, dem man zu wiederholten Malen in seinem Leben begegnet war. Das Gehirn schlug dann als Reaktion mehrere Erinnerungen vor, die damit assoziiert wurden, und anschließend musste man nur noch etwas auswählen und es dann genauer bestimmen. Hélias hatte seine Erinnerung gefunden:

Es war sein erster Besuch bei den Fissons gewesen, die damals in einem schönen Anwesen unweit von Le Mans gewohnt hatten. Kiefern säumten die Allee, die von der Straße zur Außentreppe des Hauses führte. Ganz hinten im Garten gab es sogar einen Überlaufpool und einen Hartplatz zum Tennisspielen. Das Haus selbst roch nach weißem Moschus. Hélias, der damals ein Patient unter vielen anderen war, erinnerte sich nun ganz deutlich daran. Ein Geruch von frisch gewaschener Wäsche durchzog die Räume, subtil, weich und einladend. Dieser Duft hatte sich ihm eingeprägt und war für ihn jetzt mit einer noch nie erlebten Gastfreundschaft verknüpft. Schon damals hatten die verschiedenen Sammlungen des Olfakteurs allen verfügbaren Platz in Beschlag genommen, und Hélias schlängelte sich zwischen ihnen hindurch – voller Angst, dass er etwas zum Einstürzen bringen könnte. Unter einer häuslichen Lawine begraben zu werden, das hatte es in der Weltgeschichte vermutlich noch nie gegeben. Alain hatte ihn gebeten, im Wohnzimmer Platz zu nehmen. Dieses Zimmer gehörte Claudine Fisson, und sie hatte Alain zur strikten Auflage gemacht, dass seine Sammlungen in diesem Raum nichts zu suchen hatten. Als große Liebhaberin von Zimmerpflanzen hatte sie überall große und kleine Exemplare verschiedenster Art aufgestellt. Und auf dem niedrigen Tisch wartete ein üppiger Strauß Maiglöckchen darauf, dass Hélias näher kam, um ihm seinen Duft entgegenzuhauchen. Kurz darauf war Claudine lächelnd mit zwei Stücken Zitronentarte aus der Küche gekommen.

Hélias war zufrieden mit den Anhaltspunkten, die seine Erinnerung ihm geliefert hatte. Er stand auf, um die entsprechenden Rohstoffe zusammenzutragen. Nachdem er sie vor sich aufgebaut hatte, öffnete er die Gefäße. Dann präzisierte er die Atmosphäre. Der weiße Moschus des Hauses, das Chlor des Pools, das geschnittene Gras des Gartens, der warme Boden des Tennisplatzes, das Harz der hohen Kiefern, der Staub auf den zu lange ungenutzt herumstehenden Gegenständen, das gebohnerte Parkett, die Blumenerde der Zimmerpflanzen, der Strauß Maiglöckchen. Und natürlich fügte er das Citral hinzu, die wesentliche Zutat in der Zitronentarte und Hauptbestandteil seiner Erinnerung. Sicher vergaß er andere Gerüche, aber diese hier reichten bei Weitem aus.

Als er seine Zusammenstellung abgeschlossen hatte, betätigte er den Vernebler. Das Eintauchen war so umwerfend, dass er es kaum schaffte, wieder auf seinem Stuhl Platz zu nehmen und beinahe hingefallen wäre.

»Mein Schatz, ich muss mich mit Hélias unterhalten. Würde es dir etwas ausmachen, uns allein zu lassen?«

Alain wirkte Claudine gegenüber schuldbewusst.

»Weißt du, warum ich meinem Mann jedes Jahr Maiglöckchen schenke?«

Claudine nahm eine der kleinen Blumen und reichte sie Hélias.

»Weil es eine Tradition ist?«

Hélias neigte seine Nase zum Glöckchen hin. Der liebliche, weiße und grüne Geruch erinnerte ihn an die Geruchsneutralisatoren in Toiletten. Sogleich machte er sich Vorwürfe wegen dieser unschönen Assoziation.

»Nun, wir haben Anfang Juni«, amüsierte sich Claudine.

»Schatz! Ich meine es ernst«, mahnte Alain liebevoll.

Mit erhobenem Zeigefinger brachte Claudine ihren Mann zum Schweigen. Sie ließ Hélias nicht aus den Augen, während sie ihn über die Besonderheit des Maiglöckchens aufklärte. Wie der Flieder, die Pfingstrose oder auch die Lilie war diese Blume so fragil, dass keine Extraktionstechnik es je gestatten würde, ihre Essenz oder ihr *Absolue* zu erhalten. Daher wurden diese Blumen auch stumme Blumen genannt. Aber manche Parfumeure ertrugen einen solchen Widerstand nicht und wandten eine List an. Mithilfe ihrer Nase und der organischen Chemie war es ihnen gelungen, den Duft des Maiglöckchens, den die Natur so eifersüchtig hütete, künstlich nachzustellen.

»Also wollen Sie ihn daran erinnern, dass er schweigen soll?«

Das helle Lachen von Claudine ließ den Raum erstrahlen. Hélias lief rot an.

»So habe ich das noch nie gesehen. Ich will vor allem, dass er mir nichts verheimlicht. Denn ich werde immer einen Weg finden, ihn zum Reden zu bringen.«

So war Claudine im Zimmer geblieben und hatte die entscheidende Wendung im Leben von Hélias miterlebt.

In diesem Augenblick nahm seine Erinnerung Fahrt auf. Die Schärfe und Exaktheit der Rückerinnerung hatte ein wahres Emotionsfeuerwerk zur Folge.

»Mir ist aufgefallen, mit welcher Leichtigkeit du Gerüche wahrnimmst. Du bist sehr begabt.«

Diese Worte hallten so stark in Hélias wider, dass sie eine ungeheure Freude auslösten. Später hatte Alain ihn dann gefragt, ob er sein Assistent werden wolle, und Hélias hatte ohne jegliches Zögern einwilligt. Zum ersten Mal schenkte man ihm Vertrauen. Zum ersten Mal gab man ihm auf einem Weg ins Ungewisse einen Grund, weiterzugehen. Seine Gefühle überschlugen sich förmlich. Stolz, Dankbarkeit und Erleichterung drängten sich ihm mit all ihren Facetten auf. Hélias sog alles in sich auf. Es war schön, gewaltig – und vor allem übersteigert durch die Wirkungen der VMS.

Um die Neuigkeit zu feiern, hatte Claudine irgendwann die Zitronentarte aus der Küche hereingebracht. Sie war umwerfend gut, als käme sie geradewegs von einem Konditor. Die Nostalgie besitzt diese verrückte Fähigkeit, alles zu verschönern, womit sie in Berührung kommt. Ein guter

Kuchen verwandelte sich in der Erinnerung zu etwas geradezu Himmlischem.

»Alains Talente in der Küche wiegen seine Marotten doch weitgehend auf.«

Diese Bemerkung hatte sie alle drei zum Lachen gebracht.

Hélias tauchte erschöpft, aber hochzufrieden aus der Welt seiner Erinnerungen wieder auf. Diese Auszeit hatte bei ihm die Lust geweckt, Claudine wiederzusehen, und er nahm sich fest vor, sie zu besuchen, bevor er in die Zentrale nach Fontainebleau abreiste. Er erhob sich, steckte die VMS in das Versteck zurück und streckte sich auf dem Sofa aus. Es kribbelte ihn bereits am ganzen Körper vor lauter Müdigkeit. Die psychotrope Substanz hatte die Erinnerung an jenen Augenblick, der für ihn das Ende seines Leidenswegs und seines ziellosen Herumirrens bedeutet hatte, mit Faktor zehn auf den Plan gerufen. Sie hatte ihn an all das erinnert, was er Alain verdankte. Entspannt wie ein Sohn, der sich in den Augen seines Vaters wiedererkannte, schlief er ein.

7

Für Nora war es ein Samstagmorgen, der es in sich hatte. Ihr One-Night-Stand liebäugelte mit der Absicht, das Abenteuer ihres Lebens zu werden. Als geschickte Diplomatin befleißigte sie sich zunächst aller vorstellbaren Mittel, um ihm zu erklären, dass das Schicksal etwas anderes für ihn vorgesehen hatte. Da er offenbar nicht in der Lage war, logische Schlüsse zu ziehen, erwiesen sich ihre wortreichen Ausführungen als Fehlschlag. Kurz darauf erschien er nackt in ihrer Küche und betätigte ganz unverfroren den Kaffeeautomaten. Dann goss er sich Kaffee auch noch in ihre Lieblingstasse – ja, wirklich und wahrhaftig in ihre Lieblingstasse. Und dieser Affront wurde sogar noch übertroffen: Er setzte sich, immer noch nackt, vor den Fernseher und schaute sich die Verbraucherhinweise von *ConsoMag* an. Die kurze Nacht hatte ihre Geduld erschöpft, und so verzichtete sie schließlich auf jede Form von Höflichkeit und setzte ihn kurzerhand vor die Tür.

Nora lebte mit nur wenigen Besitztümern um sich herum. Ihr Appartement glich von seiner Ausstattung her jenen Musterhäusern, die potenziellen Käufern als Anschauungsobjekt dienten. Ihr gesamtes Hab und Gut, einschließlich der Möbel, passte in einen zwölf Kubikmeter fassenden Transporter, und am Tag ihres Auszugs würde eine einzige Fahrt ausreichen. Sie war der Meinung, dass ihr Geld besser aufgehoben wäre, wenn sie es anlegte, und so flossen all ihre Ersparnisse in Immobilien. Inzwischen besaß sie bereits zwei kleine Appartements am Rand von Paris, um die sich eine Hausverwaltung kümmerte – je komplexer ihr Berufsleben sich gestaltete, desto einfacher sollte ihr Privatleben organisiert sein. Um den Kopf frei zu bekommen, ging sie joggen, wann immer sie das Bedürfnis danach verspürte. Also beinahe jeden Tag. Sie hatte kein Haustier, denn Bindungen aller Art irritierten sie. Ihre Eltern und ihre beiden Brüder sah sie an den Geburtstagen und an den Weihnachtsfeiertagen. Manchmal bei einer Beerdigung. Das reichte.

Da sie als Krisenmanagerin mehrere Interviews pro Woche gab, hatte sie ihr persönliches Büro zu einem Videokonferenzraum umfunktioniert. Es war das einzige Zimmer im Haus mit einem Bild an der Wand: Man sah es hinter ihr, wenn sie sich in einen Videotermin einloggte. Sie kannte den Künstler nicht und hatte ein farblich möglichst dezentes Werk ausgewählt. Gleichmäßig aufgetragene sanfte Töne in mehr oder weniger geometrischen Formen schwebten auf einem pastellfarbenen Hintergrund. Mehrheitsfähig, und daher perfekt. Sie suchte in den Kontaktfavoriten der verschlüsselten Videokonferenz-Software nach dem Profil von Steve und klickte auf das »Anruf«-Symbol. Als Leiter des Cyber-Security-Programms von Fragrancia wurde seine Hilfe von den Mitarbeitern regelmäßig in Anspruch genommen. Und angesichts der persönlichen Wendung, die ihr Auftrag genommen hatte, würde Nora seine Kompetenzen eindeutig missbrauchen müssen. Das Konterfei von Steve erschien auf dem Bildschirm, und sie erkannte im Hintergrund die Arbeitsräume der Zentrale. Er winkte ihr zu und stopfte sich gleichzeitig ein paar Weingummis in den Mund.

»Du weißt schon, dass Wochenende ist – was machst du also in der Zentrale?«, konnte sie sich nicht verkneifen zu fragen, setzte dann aber hinzu: »Aber ehrlicherweise habe ich gehofft, dich dort zu erreichen.«

»Die Internetgeschwindigkeit hier ist einfach verrückt. Es braucht gerade mal zwölf Sekunden, um einen 1-Gigabyte-Film runterzuladen. Ich habe heute Morgen alle Folgen von *One Piece* runtergeladen. Wenn du willst, kann ich sie dir auf eine externe Festplatte ziehen.«

Er schnappte sich eine Tagada-Erdbeere aus der Tüte und warf sie hoch, um sie mit dem Mund aufzufangen. Doch er verfehlte seine Beute und zuckte mit den Schultern. Nora lächelte.

»Nein danke. Sag mir nicht, dass du ins Büro gegangen bist, um Mangas anzuschauen!«

»Man nennt das Animes. Und du kannst mir glauben, dass ich lieber zu Hause geblieben wäre. Ein höchst obskurer Blog hat mir das Wochenende versaut. In der vergangenen Nacht haben irgendwelche Penner einen ziemlich heiklen Artikel über Fragrancia ins Netz gestellt. Ich musste sogar die Zwillinge um Hilfe bitten, um den Schaden einigermaßen einzudämmen.«

Er drehte die Webcam so, dass sie zwei Frauen sehen konnte, die konzentriert Tischtennis spielten.

»Ich finde, sie wirken überarbeitet.«

»Jetzt nicht mehr, aber du rufst auch nach der Schlacht an.«

Zunächst hatten sie einen Gegenangriff mit Trollen durchgeführt, um den Journalisten in Kommentaren zu verunglimpfen. Als das nicht ausreichte und der Artikel immer häufiger gelesen und geteilt wurde, hatten sie die Daumenschrauben angezogen. Um 10:12 Uhr hatte das Trio eine *Distributed Denial of Service*, kurz DDoS, gestartet. Dabei ging es darum, von zig Rechnern gleichzeitig eine riesige Menge Anfragen an die entsprechende Seite zu senden. Das zwang den Server der Zielperson in die Knie und führte zum totalen Absturz des Systems. Wenige Minuten später erschien nur noch die Meldung *404 error*, wenn man den Blog aufrufen wollte. Es würde Stunden dauern, bis der Absturz behoben wäre.

Steve spielte eine entscheidende Rolle bei Fragrancia. Manche sahen in seiner Arbeit zwar eine Art Zensur, aber er selbst betrachtete sie als eine Garantie für Diskretion. Die Hauptaufgabe seines Teams bestand darin, die Profile aller zukünftigen Patienten zu überprüfen. Das Leben sämtlicher Personen, die an Sitzungen zur olfaktorischen Erinnerung teilnehmen wollten, wurde eingehend geprüft. Es wurden Erkundigungen zu ihrer Ausbildung, ihren Berufen, ihren Adressen, ihren Freunden, ihren Hobbys, ihren politischen Ausrichtungen und ihrem Konsumverhalten eingeholt und entsprechende Listen angelegt. Die Kunden waren größtenteils betagt, besaßen jedoch zumindest einen Facebook-Account. Das erleichterte die Cyberüberwachung erheblich, da viele Leute immer noch nicht auch nur ansatzweise begriffen, was sie an Informationen in den sozialen Netzwerken von sich offenbarten. Als großer Zyniker pflegte Steve gern zu sagen: »Man verlangt nichts von ihnen, und sie geben alles preis. Wir betreiben keine Spionage, wir öffnen einfach nur das Fenster und sehen hinaus.«

Lieferte die digitale Recherche weder in den sozialen Netzwerken noch sonst wo im Internet ein Ergebnis, wurde die Person abgewiesen. Schlicht und ergreifend. Cornélia wollte nicht das geringste Risiko eingehen und ging zum Schutz von Fragrancia sogar noch weiter: Von jedem Interessierten verlangte sie außerdem immer die Empfehlung von zwei Stammkunden, damit er überhaupt darauf hoffen durfte, aufgenommen zu werden. Und wenn in der Folge eine der drei Personen die bestehenden Regeln verletzte, wurden alle drei ausgeschlossen. Trotz dieser Auflagen nahmen die Anfragen stetig zu, und das Unternehmen erzielte Ergebnisse, die sogar die erfolgreichsten französischen Firmen alt aussehen ließen.

Cornélia sah in Steve und seinem Team die Hüter ihres Reiches und stellte ihm ein beinahe unbegrenztes Budget zur Verfügung.

Nora scannte die Akte ein, die Ali Abbad ihr im Park übergeben hatte, und schickte sie ihm.

»Du wirst mir doch jetzt nicht auch noch Arbeit aufhalsen, nachdem ich gerade diesen Skandal ausgeräumt habe. Wie herzlos!«

»Es ist wichtig. Mit deiner Kompetenz brauchst du dafür nicht einmal zehn Minuten. Schließlich frage ich den Besten seines Faches!«

Steve schien wahrhaftig zu erröten.

»Schön, wonach suchst du genau?«

Bei der Durchsicht der Akte war Nora natürlich der Name des Hauptverdächtigen besonders ins Auge gefallen: ein gewisser Simon Vilmet. Und nachdem sie alles gelesen hatte, was die Polizei über ihn wusste, war sie zu dem Schluss gelangt, dass sich eine detailliertere Suche lohnen könnte.

»Komm am Dienstag bei mir vorbei. Bis dahin weiß ich alles über diesen Typ«, versprach Steve.

Wie schnell Ermittlungen durchgeführt und geregelt werden könnten, wenn die Einheiten der Kriminalpolizei einen Steve in ihren Reihen hätten, kam es Nora in den Sinn. Sie dankte ihm. Ohne ihr noch Zeit für Abschiedsworte zu lassen, beendete der Chef für IT-Sicherheit die Unterhaltung. Im schwarzen Bildschirm des Rechners spiegelte sich nur noch Noras Gesicht. Wenn dieser Simon Vilmet irgendetwas zu verbergen hatte, dann würde er nichts zu lachen haben – sie hatte gerade den besten Cyberermittler auf ihn angesetzt.

8

Alain war jeder Vorwand recht, um sich auch sonntags in das Offizin zu begeben. Ob er das Niveau der VMS prüfen, die Räume lüften oder die Kaffeemaschine reinigen wollte – hinter all diesen Entschuldigungen verbarg sich der Wunsch, möglichst rasch zu seiner Arbeit zurückzukehren. Doch an diesem Tag hatte das Schicksal ihm einen anderen Grund quasi auf dem Silbertablett geliefert.

Ein Verwaltungsmitarbeiter der Zentrale hatte ihm die Akkreditierung für die Erfassung einer bestimmten Atmosphäre erteilt. Bevor er sich auf den Weg machte, um diesen Auftrag in Angriff zu nehmen, wollte er eine Duftorgel holen, die beinahe so alt war wie er selbst. Für Fragrancia war ein Koffer voller Rohstoffe im Zeitalter von künstlicher Intelligenz und tragbarer Headspace-Technik ein Zeichen altmodischer Extravaganz. Alain hingegen waren die in seinen Augen übertriebenen Innovationsbestrebungen des Unternehmens fremd. Er war davon überzeugt, dass die Welt früher oder später wieder zur Vernunft kommen und von dieser heillosen Flucht in die Technologie ablassen würde. Und bis dahin würde er keinen Deut von seiner Vorgehensart abweichen.

Als er den Schlüssel in die Eingangstür steckte und ihn drehte, fiel ihm auf, dass sie nicht zweimal abgeschlossen war. Auf leisen Sohlen schlich er den Flur entlang, betrat den

Warteraum und fand dort Hélias schlafend auf dem Sofa. Er weckte den jungen Mann, dessen Gesichtsausdruck dem eines Kaninchens glich, das sich mitten auf die Autobahn A10 verirrt hatte, und schlug ihm vor, ihn auf seiner Autoreise zu begleiten. Alain tischte Hélias das ideale, da höchst plausible Motiv auf: Er benötigte Hilfe bei der Bedienung des GPS-Navigationssystems. Beim letzten Mal, als Alain dieses unglückselige Gerät benutzt hatte, um von Le Mans nach Agen zu gelangen, hatte er schließlich irgendwann an der spanischen Grenze seinen Personalausweis vorzeigen müssen.

Staunend und etwas verstört, weil er noch nicht ganz wach war, konnte Hélias sich nicht daran erinnern, wieso er sich hier im Offizin befand. Angesichts seiner verängstigten Miene beruhigte Alain ihn. Als er wieder ganz bei Sinnen war, zog Hélias seinen Jeton hervor und spielte mit ihm. Alles normalisierte sich wieder.

»Sag mal, Hélias, würdest du mir helfen, die Duftorgel runter ins Auto zu bringen?«

»Wohin fahren wir?«

»Ans Meer.«

Aus dem Kofferraum des Sportwagens erklang das Geräusch von aneinanderstoßendem Glas. Das Auto vibrierte leicht, denn Alain fuhr schnell, und wenn er eine Kurve nahm, quietschten die Reifen.

Auf halber Strecke sah er aus den Augenwinkeln zu seinem Mitfahrer hinüber, um zu prüfen, wie es ihm ging. Wie hatte ihn dessen verlorener Gesichtsausdruck am Anfang genervt! Hélias wäre ein einfacher Patient geblieben, wenn er nicht irgendwann diese überraschende Wahrnehmungsfähigkeit an den Tag gelegt hätte. Eine so außergewöhnliche, dass Alain ihn nach dem nächsten Termin abends zu sich nach

Hause eingeladen hatte, um ihm die Stelle eines Assistenten anzubieten. Die beste Entscheidung seiner gesamten Karriere. Jetzt schien Hélias wieder richtig wach zu werden. Er blinzelte, streckte sich und drehte das Radio lauter auf. Alain fragte sich manchmal, in welche Gefilde er seine Gedanken wohl schweifen ließ. Auf jeden Fall in so weite Ferne, dass er dann in der Welt der Normalen ziemlich verwirrt wirkte.

Alain hegte eine väterliche Zuneigung für ihn, und für dieses unverhoffte Gefühl war er dankbar, denn eine Oligospermie reduzierte die Wahrscheinlichkeit, selbst Kinder zu bekommen, quasi auf null. Außerdem hatte Claudine nie Kinder haben wollen.

Während sie ihrem Ziel näher kamen, wurde die Luft langsam jodhaltiger.

An der Küste parkte Alain den Wagen und schaltete den Motor aus. Das Autoradio samt der laufenden Sendung über Gesundheitsthemen verstummte und ließ Hélias mit der grundlegenden Frage zurück, ob das Intervallfasten nun empfohlen wurde oder nicht.

Bevor sie ausstiegen, bat Alain ihn, beim Öffnen der Tür achtzugeben – nicht, dass seine gesammelten Quittungen über die bezahlten Autobahngebühren davonflogen. Hélias kam natürlich der Bitte nach, ging dann zum Wagenheck und ergriff mit beiden Händen den schweren Koffer. Nachdem er ihn aus dem Kofferraum gehievt hatte, nahmen Alain und er den Weg, der durch die Dünen führte. Man hörte bereits das Rauschen der heranrollenden Wellen, die sich auf dem Sandstrand brachen. Es war mild. Nach ein paar Minuten Fußweg hatten sie den Strand erreicht. Abgesehen von den Möwen und ein paar Surfern war weit und breit niemand zu sehen.

Mit einem Handzeichen bedeutete Alain seinem Gefährten, die Duftorgel vorzubereiten. Hélias beugte sich über den

Koffer, ließ die beiden Chromschlösser aufschnappen und klappte den Deckel hoch. Durch einen ausgeklügelten Mechanismus erschienen Unterabteilungen, und der Koffer verwandelte sich in ein kleines drehbares Etagenwunderwerk. Jede Schublade enthielt mit Flüssigkeiten gefüllte Phiolen. Alle waren beschriftet und nach den unterschiedlichen Duftfamilien geordnet. Ganz oben befanden sich die hesperidischen Riechstoffe, ganz unten die leicht bitteren Furane und in der Mitte die grünen Geruchsnoten. Es wirkte beinahe wie ein großes Kinderspielzeug. Liebevoll strich Hélias über die Deckel der Phiolen. Als ginge von ihnen ein bezirzender Gesang aus, verspürte er große Lust, an allen zu riechen.

Alain trat neben ihn und begann, die Flakons zu inventarisieren.

»Kannst du mir die Atmosphäre, die uns hier umgibt, in einen Duft übersetzen?«

Hélias Herz machte einen Satz. Er wischte sich die feuchten Hände an der Hose ab und trat von einem Fuß auf den anderen. Er war aufgewühlt. Zum ersten Mal sollte er nun diese Übung vollkommen selbstständig angehen.

Alain wäre beinahe nach hinten gefallen, als er sich auf einen Sandhaufen setzte. In der Ferne verschwanden die Surfer immer wieder zwischen den sich auftürmenden Wellen des Ozeans.

Die Atmosphäre war so reichhaltig, dass Hélias nicht wusste, womit er beginnen sollte. Er untersuchte die Umgebung, denn er wollte eine Geruchsleitlinie ausfindig machen. Die von der Sonne angewärmten Algen, die spärliche Vegetation in den Dünen, das Meer und seine Gischt, der trockene Sand, der feuchte Sand: Die Informationen prasselten geradezu auf ihn ein. Alain hatte sich derweil auf den Rücken gelegt.

»He, mein Junge, du musst einfach nur atmen.«

Dieses Wort elektrisierte den jungen Mann. Er schloss die Augen, und es gelang ihm, den Aufruhr in seinem Innern zu bändigen. Alle Laute und Geräusche der Welt verklangen allmählich, und Stille breitete sich aus. Nach einigen Augenblicken begannen die Gerüche zu murmeln. Hélias verstand ihre Sprache. Die Sprache des Unsichtbaren, des Unsagbaren. Er wandelte jeden Geruch, der in seine Nase stieg, in einen Duftrohstoff um – alle, ohne Unterschied. Er gab den Geistern Namen. Barbarische Namen. Chemische Namen. Wissenschaftliche Namen. Als sie seinen Mund ganz füllten, gab er sie mit einem Seufzer preis. Etwas auszusprechen bedeutete, es gebändigt zu haben. Er machte sich die Duftelemente der Atmosphäre zu eigen. So verwandelte sich der Geruch des Sands in Tonalid. Dieser Rohstoff aus der Familie der polycyclischen Moschusverbindungen besaß erdige und trockene Facetten. Hélias würde Flüssigkeit hinzufügen müssen, um der Wirklichkeit nahezukommen. Geosmin – genau, dieser synthetische Alkohol – könnte es durchdringen. Eine Möwe kreischte ihre Zustimmung, und Hélias nahm den Seetang in Angriff. Das Algen-*Absolue* gemischt mit Nonadienal würde passen. Er klopfte den Sand von seiner Hose und begab sich zu dem Koffer. Über die Schubfächer gebeugt, fand er das *Absolue* und suchte dann in den verschiedenen Fächern nach dem Flakon mit dem Nonadienal. Vergeblich. Schon wollte er sich bei Alain über das Fehlen beklagen, als er auf die Idee kam, noch einmal unter der vollständigen Bezeichnung danach zu suchen: trans-2, cis-6-Nonadienal. Und damit war er erfolgreich. Dieses Molekül würde, abgesehen von einem Hauch Gurke und Veilchenblatt, dem *Absolue* eine luftige Strahlkraft verleihen. Er mischte den Duft des Sandes und der Algen und führte einen Teststreifen der Mischung an seine Nase. Ein guter Anfang, aber noch keineswegs überzeugend. Calone musste her. Das war der wichtigste Rohstoff für marine Noten: die Hohepriesterin des Ozonischen und die Königin des Aquatischen. Alain besaß nur eine zehnprozentige Verdünnung in Äthanol. Damit würde Hélias zurechtkommen müssen. Dieser Stoff ahmte den Geruch der Meeresbrise und der Gischt nach.

Langsam nahm seine Kombination Ähnlichkeit mit irgendetwas – selbst wenn er seine Arbeit im Augenblick noch als vulgäre Nachäffung einstufte, als den unbeholfenen Entwurf einer reichen Wirklichkeit, die sich nur schwer ganz einfangen ließ. In ihrer derzeitigen Beschaffenheit kam die Mischung noch einer Beleidigung gleich. Es musste eine weitere Facette hinzukommen, wenn sie zu einer Huldigung werden sollte. Er ließ seinen Blick über Hunderte von Etiketten schweifen, bis er bei einem hängen blieb: Linalylacetat. Perfekt. Eine ordentliche Portion dieser Essenz würde dem Duftakkord eine explosive Lebendigkeit verleihen und ihn gleichzeitig mit einer silbernen, schimmernden Fluidität versehen, beinahe wie Fischschuppen.

Alain musterte Hélias von Weitem und stellte fest, wie verändert er war. Von dem verschreckten, emotional dysfunktionalen Jungen war nichts mehr zu sehen. Es ging eine beinahe freche Selbstsicherheit von ihm aus. Die gleiche Selbstsicherheit, deren Zeuge er vor nun schon fast vier Jahren in seinem Arbeitszimmer geworden war.

»Ohne dich wird das Offizin leer wirken.«

Wegen einer aufkommenden Windböe drang Alains Bemerkung nicht bis zu Hélias' Ohren. Aber der Mentor wiederholte seine Worte nicht. Dieser Moment der Verwirrung hatte es tatsächlich geschafft, die Barriere seiner Scham zu durchbrechen. Noch einmal würde er sich nicht überraschen lassen.

Hélias setzte seine Versuche fort und modifizierte, Versuch um Versuch, die Dosierungen. Tropfen für Tropfen, Komponente für Komponente.

Nach einer Weile sah er auf und verkündete, fertig zu sein. Er räumte die Materialien in den Koffer zurück, säuberte die Gläser und reichte das Probefläschchen an Alain weiter. Dieser führte es an seine Nase. Er roch so gut wie nichts. Nur die alkoholische Basis. Fruchtig und stark. Er verbarg seine Enttäuschung hinter einem höflichen Lächeln.

»Und, was hältst du davon?«

»Eine schüchterne Transkription. Aber mach dir nichts draus. Während deiner Ausbildung in der Zentrale hast du viel Zeit, um besser zu werden.«

Hélias senkte den Blick. Ein Windstoß wirbelte seine Haare hoch und gab den Blick auf sein Gesicht frei. Blass, missmutig.

Alain beschwichtigte ihn. Da ihm die Erfahrung fehlte, war das vollkommen normal. Eine Atmosphäre ohne technische Unterstützung nachzuahmen war eine schwierige, wenn nicht gar unmögliche Aufgabe. Nur wenige Menschen waren zu einer solchen Meisterleistung fähig, und er hegte keinen Zweifel daran, dass Hélias, wenn er so weiterarbeitete wie bisher, irgendwann zu dieser Elite zählen würde. Alain steckte das Fläschchen in seine Hosentasche, stand auf und klopfte Hélias wohlwollend auf die Schulter.

»Wenn du nur sehen könntest, was ich in dir sehe. Einzig und allein deine Ängste begrenzen deine Fähigkeiten.«

Der Wind fegte über eine Düne hinweg, und der aufgewirbelte Sand peitschte den beiden Männern ins Gesicht. Die Natur legte ihnen nahe, endlich aufzubrechen, und sie ließen sich nicht lange bitten.

Die Rückfahrt verlief lebhafter als die Hinfahrt. Nach der Niederlage, die er hatte einstecken müssen, konnte Hélias seine Angst vor einem Scheitern bei der Ausbildung zum Olfakteur im Hauptsitz von Fragrancia nicht verbergen. Der heutige Misserfolg weckte in ihm den Wunsch, alles zu verschieben und noch für eine Weile Alains Assistent zu bleiben. Sein Mentor versuchte, ihn davon zu überzeugen, dass man einen Traum nicht aufschiebt. Dass man die Chance ergreift, wenn sie sich bietet.

»Ich verstehe, dass du Angst hast. Etwas Großes liegt vor dir. Aber du hast nicht all diesen Einsatz gezeigt, nur um kurz vor der Ziellinie aufzugeben.«

»Werden wir denn wieder zusammenarbeiten, wenn ich Olfakteur bin?«

»Natürlich. So leicht wirst du mich nicht los.«

Beruhigt steckte Hélias seinen Jeton wieder in die Tasche.

Nachdem Alain seinen Assistenten vor der Tür seines Wohnhauses abgesetzt hatte, fuhr er nicht sofort weiter, sondern blieb mit seinem Auto noch ein paar Minuten in der zweiten Reihe stehen. Einer Eingebung folgend, schob er den Ärmel seines Hemdes bis über den Ellbogen hoch und steckte seine Nase in die Ellbogenbeuge. Ein paar Sekunden lang die eigene Ausdünstung zu schnüffeln war eine einfache Technik, um den Geruchssinn zu »resetten«. Manche Parfümerien boten den Kunden Kaffeebohnen an, um den gleichen Effekt zu erzielen. Alain wartete, bis er die Atmosphäre des Wageninneren neutralisiert hatte. Dann zog er das Probefläschchen hervor, drehte den schwarzen Verschluss auf und roch noch einmal an dem Entwurf von Hélias. Mit zitternden Händen verschloss er die Phiole wieder. Mit seinem Versuch, den Duftakkord schon am Strand zu beurteilen, hatte er einen

Riesenfehler begangen. Hier, mitten im Stadtviertel Bollée von Le Mans, brachen nun die Wellen, die Algen, der Sand, die Fische, die Möwen, die Kiesel und all das, was man sich sonst noch am Meeresrand so vorstellen konnte, über ihn herein.

Hélias war ganz gewiss die beste Entscheidung seiner Karriere.

9

Zur Vorbereitung auf das Telefoninterview mit dem Morgenmagazin von *France Inter* las Nora an diesem Montagmorgen noch einmal ihre Notizen durch. Eine ihrer zahlreichen Aufgaben im Unternehmen bestand darin, die Medien in Schach zu halten und Gerüchte zu entkräften, die das Team um Steve nicht eindämmen konnte. Fernsehen, Radio, Presse – sie war an allen Fronten unterwegs.

Die Kommunikationspolitik von Cornelia sollte einfach sein, in gewisser Weise beunruhigend einfach: Man lebte am glücklichsten, wenn man sich von der Öffentlichkeit fernhielt. Unermüdlich rückte sie all denen zu Leibe, die über das Geschäftsmodell von Fragrancia berichten wollten. Dazu setzte sie alle verfügbaren Mittel ein – legale und weniger redliche. Hauptsache, ihr Unternehmen geriet nicht in die Schlagzeilen. Diese »Null-Info«-Politik hatte bisher wunderbar funktioniert, gestaltete sich aber seit ein paar Monaten zunehmend schwierig. Das allgemeine Misstrauen der Bürger, das sich in den sozialen Netzwerken zum Ausdruck brachte, und die wachsende Popularität von Verschwörungstheorien hatten auch ihr Unternehmen zur Zielscheibe wilder Fantasien werden lassen. Noch dazu befeuert durch eine lächerlich geringe Zahl neu zugelassener Patienten, was in den Augen vieler Leute den Verdacht nährte, hier handle es sich um eine von Illuminati-Reptilien geführte Freimaurerloge. Seit einer Woche feierte das heimlich gedrehte Video aus dem Innern eines olfaktorischen Labors einen beachtlichen Erfolg im Netz. Die Abteilung für IT-Sicherheit hatte nicht lange gebraucht, um die Niederlassung von Grenoble zu identifizieren – und noch kürzer, um den letztlich planlos und unvorsichtig vorgehenden Whistleblower auszumachen. War der Fall auch mit größter Geheimhaltung behandelt worden, so hatte der Clip doch den Hunger der Medien geweckt, dem Geheimnis von Fragrancia auf die Spur zu kommen. Mit dem anstehenden Gespräch sollte Nora nun aller Welt möglichst glaubhaft in Erinnerung rufen, dass Fragrancia ein vollkommen normales Unternehmen war, in dem nichts Verfängliches passierte.

Um Punkt acht Uhr klingelte ihr Handy. Direktübertragungen schreckten sie schon lange nicht mehr. Sie hatte Übung darin. Ruhig und entspannt hörte sie der Assistentin zu, die ihr eine kurze Einweisung in den Ablauf des Gesprächs gab. Man bat sie, das Radio auszuschalten, um Störgeräusche und Rückkopplungen zu vermeiden, bevor man sie live dem Morgenmagazin von *France Inter* zuschaltete. Nach einer kurzen Einführung zum Unternehmen selbst – viel hatten die Journalisten nicht zu sagen, da es kaum Informationen zu ihm gab – kamen sie gleich zum Thema.

»Welche Leistungen bietet das Unternehmen Fragrancia denn nun genau an?«

Nora hielt sich getreu an ihre einstudierten Sätze und versicherte, dass sie die üblichen Dienste eines Wellness-Zentrums mit einer Ausrichtung auf Aromatherapie anboten. Ihre Gesprächspartner – eine Frau und ein Mann – gaben sich mit der Antwort nicht zufrieden und hielten dagegen, dass sie nur wenige Wellness-Zentren kannten, die eine so restriktive Politik bei der Aufnahme neuer Kunden verfolgten und eine so ausgeprägte Kultur der Geheimhaltung pflegten. Nora erwiderte, dass sie größten Wert darauf legten, den Patienten absolute Diskretion zu gewährleisten. Genau diese Garantie würde Patienten dazu bewegen, sich für ein so erstklassiges Institut wie das ihre zu entscheiden.

Etwas verärgert hakte die Journalistin nach: »Und was hat es mit dieser Substanz namens VMS auf sich? Was können Sie uns dazu sagen?«

»Es ist ein Wirkstoff, der im Rahmen von Entspannungstherapien eingesetzt wird, nichts weiter. Wir verwenden ihn, um unsere Aromatherapiesitzungen möglichst effektiv zu gestalten.«

»Es gibt allerdings Stimmen, die behaupten, dass es sich bei diesem Produkt um einen psychotropen Stoff handelt, der bewusstseinsverändernd wirkt und die Emotionen steigert. Was antworten Sie darauf?«

»Mir ist nicht bekannt, dass wir über eine solch spezielle Erfindung verfügen – aber vielleicht sollte ich es ja einfach mal ausprobieren. Nein, ernsthaft, die einzigen Wirkstoffe, die Sie bei uns finden werden, sind ätherische Öle. Und wenn man bereits Lavendelextrakt als Droge betrachten will, dann müsste mehr als nur ein Therapeut unserer Sparte hinter Gittern sitzen. Ich kann Ihnen versichern, dass die von uns angebotenen Behandlungen rechtmäßig sind und alle bestehenden Richtlinien eingehalten werden. Die Gerüchte, die über uns im Umlauf sind, sind einzig und allein eine Folge unserer Diskretion. In einer Gesellschaft, in der man jederzeit alles über jeden wissen muss, liegt es nahe, dass eine solche Politik der Diskretion die Fantasie ganz besonders befeuert. Aber ich fürchte, dass jedes erfolgreiche Unternehmen sich mit Neidern auseinandersetzen muss.«

Bis zu diesem Punkt hatte sich der zweite Journalist im

Hintergrund gehalten. Jetzt ergriff er das Wort. Eine Quelle habe erst kürzlich von einer breit angelegten Operation zur Drogenbekämpfung in Marseille erfahren, behauptete der Mann, und in diesem Zusammenhang sei des Öfteren der Name Fragrancia gefallen. Wie erkläre man sich diese Verbindung zwischen einem Wellness-Unternehmen und dem Drogendezernat? Nora antwortete ausweichend und gab vor, die näheren Umstände dieser Angelegenheit nicht zu kennen. Offensichtlich besitze man nicht genug Informationen, um das Ganze als ernsthafte Gefahr einzustufen.

Auf die Verteidigung folgte der Angriff. Mit einem durchaus drohenden Unterton hob Nora den Stellenwert hervor, den Fragrancia dem Kampf gegen jede Form von Verleumdung beimaß. In diesem Zusammenhang kam sie auch auf die Erfolge des Unternehmens in diesem Bereich zu sprechen – nur der Form halber, denn kein Journalist könne die Reputation von Fragrancia ernsthaft infrage stellen. Gleichzeitig sei hinlänglich bekannt, welchen Preis manche Korrespondenten bei dem Versuch hatten zahlen müssen, diese Reputation in Zweifel zu ziehen. Wie Nora nur zu gut wusste, hatte Cornélia sich im Lauf der Jahre so viele Leute gewogen gemacht, um die Geheimhaltung aufrechtzuerhalten, dass Fragrancia heute beinahe unantastbar war.

Das Gespräch hatte jetzt eine für die Journalisten frustrierend harmlose Wendung genommen. Deshalb dankten sie ihrem Interviewgast und trugen dann eine Überleitung zu den neuesten Nachrichten vor: ganz vorneweg – ein neuer Hitzerekord und der Sieg von Lens über Paris Saint Germain in der Ersten Liga.

Nachdem sie diese lästige Pflicht hinter sich gebracht hatte, konnte Nora sich auf das wirklich Dringliche konzentrieren. Sie nahm ein schwarzes Kostüm aus dem Schrank und zog es an. Eigentlich brauchte sie die Uniform von Fragancia heute nicht zu tragen, da sie von zu Hause aus arbeitete, aber Gewohnheiten ließen sich schwer abstellen. Nachdem sie sich einen Kaffee zubereitet hatte, setzte sie sich wieder an ihren Schreibtisch. Der Auftrag von Abbad beanspruchte ihre Aufmerksamkeit über Gebühr, und sie wollte ihn so schnell wie möglich abhaken, um wieder durchatmen zu können. Sie hatte bereits die Abteilung für IT-Sicherheit auf den Fall angesetzt. Jetzt musste sie im Terminkalender für diese Woche nur noch das geeignete Zeitfenster finden, damit dieser Auftrag erledigt werden konnte. Also holte sie Informationen ein, wann andere Abteilungen, deren Hilfe sie benötigen würde, etwas Zeit erübrigen konnten. Aber alle, von denen sie sich Unterstützung erhoffte, waren in den nächsten Tagen vollständig ausgelastet. Sie würde sich also mit den wenigen schwarzen Schafen begnügen müssen, die anderswo nicht eingeplant waren. Normalerweise hätte sie dieser Umstand nicht sonderlich gekümmert, aber diesmal stand viel auf dem Spiel. Nora hielt eine Weile inne. Seit dem Abend zuvor gingen ihr die polizeilichen Befragungen nicht mehr aus dem Kopf und entfalteten eine zunehmend beklemmende Wirkung. Sie musste Gewissheit haben.

Sie öffnete an ihrem Handy eine verschlüsselte Nachrichten-App und klickte den einzigen dort vorhandenen Kontakt an. Nach einem kurzen Zögern – sie hatte schon lange nicht mehr mit ihm gesprochen – schrieb sie ihren Text und schickte ihn ab.

»Lage?«

Sie und ihr Gesprächspartner pflegten sich stets so kurz und prägnant wie möglich auszutauschen. Ein Wort tauchte in den wenigen lakonischen Kurznachrichten allerdings immer wieder auf: »Rauchsignale.« Die Antwort kam auf der

Stelle – ebenfalls mit der für ihren Nachrichtenaustausch typischen Nüchternheit.

»Aufgeflogen.«

Nora musste schlucken. Abbad bluffte also nicht.

Es hatte gegen Ende ihres zweiten Jahres begonnen, kurz nachdem sie zur Krisenmanagerin und rechten Hand von Cornélia befördert worden war. Während die Polizei die ersten heimlichen Labore zerschlug, hatte Nora einmal eine Charge dubiose VMS mit ins Büro gebracht. Zuerst war sie misstrauisch gegenüber diesem mutmaßlich minderwertigen Zeug gewesen, aber schon bald hatte sie eine gefährliche Neugier gepackt. Die ersten zaghaften Anfälle von Wissbegier hatte sie noch mit dem Argument abwehren können, dass sie lediglich einem ganz natürlichen menschlichen Verlangen nach Überschreitung von Grenzen entsprachen. Aber der Drang, diese Substanz selbst auszuprobieren, wurde immer größer. Das Folgende war wie so oft im Leben eine Verkettung unglücklicher Umstände gewesen. Verschiedene schwierige Aufträge und heikle Situationen hatten den Stresslevel so in die Höhe schießen lassen, dass Nora der Versuchung schließlich nachgab. Eines Abends hatte sie – nach einem harten, hektischen Tag in dem endlich stillen Büro – eine Art erholsamer Entspannungsmöglichkeit in jener Charge gesehen. Einfach mal abschalten … So hatte sie es zunächst empfunden, und das war auch ihr Hauptgedanke gewesen. Die in ihr Büro geschaffte VMS besaß als Basis das gleiche Molekül wie die Version von Fragrancia, die Anfangsphase fiel jedoch deutlich intensiver aus. Der euphorische Zustand zu Beginn dauerte fünf- bis zehnmal so lange. Im Gegenzug begünstigte die illegale VMS die olfaktorische Rückerinnerung deutlich weniger. Nora hatte die

Substanz in der Folge mit vertrauten Gerüchen getestet und bemerkt, dass die Immersion mittels dieser Version der VMS den Erinnerungen einen undurchdringlichen, nebulösen und irgendwie auch chemischen Beigeschmack gab. Es war ein wenig wie ein Traum unter der Wirkung von Schlafmitteln. Sie tauchte groggy wieder auf, war benommen wie nach übermäßigem Alkoholgenuss, ohne wirkliche Empfindungen zu verspüren. Sie hatte den ganzen Hype um dieses Produkt weder nach dem ersten Test noch nach dem zweiten und dritten nachvollziehen können. Doch genau darin lag das Problem. Denn die Wirkung setzte nicht schlagartig ein, zeitigte keine einschneidenden Veränderungen, sondern verlief eher wie eine samtweiche Euphorie. Zu spät war ihr bewusst geworden, in welches Räderwerk sie nach und nach hineingeraten war. Das begriff sie erst nach ein paar Monaten, als sie bereits süchtig war. Unmerklich und heimtückisch war sie mit Haut und Haaren in eine gemeine Abhängigkeit geraten: Die Falle war zugeschnappt. Jede schwierige Situation – und von so etwas hatte ihr Job eine ganze Menge zu bieten – endete damit, dass sie sich danach in ihr Büro einschloss, um für eine Weile der Realität zu entfliehen. Jede Dosis lieferte ihr eine Auszeit, eine Atempause, die es ihr gestattete, das nächste Hindernis besser in Angriff zu nehmen. Da der von der Polizei beschlagnahmte Vorrat schnell aufgebraucht war, hatte sie einen neuen Lieferanten finden müssen. Dank ihres Netzwerks war das jedoch fast schon ein Kinderspiel gewesen. Als Ort der Übergabe hatte ihr Dealer einen Tabakladen in Paris vorgeschlagen. »Rauchsignale.« Und das war auch zu ihrem Codewort geworden. Gleichzeitig verwies es auf Noras Schwachstelle, auf ihre Abhängigkeit, ihr Geheimnis. Ein geflüsterter Schlachtruf. Eine verborgene Schmach.

»Rauchsignale.« Diese Wortwahl kam ihr reichlich komisch

vor, jetzt, da ihre gesamte Karriere in Rauch aufzugehen drohte. Denn die Polizei hatte dieses Drogennetz schließlich zerschlagen und nutzte ihre neuen Erkenntnisse, um sie gefügig zu machen. Ganz besonders frustrierend bei alldem war jedoch, dass Nora seit über einem Jahr keine illegale VMS mehr konsumierte. Die Erinnerung an diese turbulente Phase stürzte sie in quälende Selbstvorwürfe. Sie wusste, dass sie noch lange nicht gerettet war. Ist man überhaupt irgendwann gefeit gegen die Versuchung, wenn man die schmerzlich-schöne Ekstase des Missbrauchs erfahren hat?

Nora holte tief Luft und legte das Handy wieder auf den Tisch. Plötzlich packte sie der Drang, joggen zu gehen. Sie wechselte die Kleidung, zog eine Jogginghose an, ging hinaus und begab sich auf ihre gewöhnliche Laufstrecke. Der regelmäßige Atem, das Gefühl ihres gut funktionierenden Körpers – schon nach den ersten Schritten war Nora klar, dass diese Laufeinheit ihr guttun würde. Über die schnurlosen Kopfhörer hielt *Run Boy Run* von Woodkid sie auf Trab. Alles kam wieder ins Gleis. Nach einer Weile spürte sie die ersten Endorphinschübe. Sie beschleunigte das Tempo weiter. In raumgreifenden Schritten hämmerten ihre Füße auf den Asphalt. Unaufhaltsam. Die nervösen Percussionklänge gaben den Rhythmus vor. Ihre Muskeln dehnten sich gleichsam ins Endlose, und bald war sie schweißgebadet. Die Probleme schienen nun weit weg zu sein. Hier, bei dieser rein körperlichen Anstrengung, wurde alles einfach. Wenn das Gehirn nur damit beschäftigt war, die körperliche Beanspruchung zu bewältigen, stellte sich eine Art Erlösungsgefühl ein. Alles andere versank in Belanglosigkeit. Es lag etwas Archaisches in ihrem Laufschritt. Sie würde dem Ermittler helfen, seinen Schuldigen zu finden, und alles würde wieder seine Ordnung haben. Auf halber Strecke begann das Handy in der Seitentasche ihrer Jackenarms zu vibrieren, und die Musik wurde stummgeschaltet, um dem Klingelton Platz zu machen. Nora erkannte die vertraute Nummer der Rezeption von Fragrancia und nahm das Gespräch an.

»Madame Olsson, wir haben ein Problem.«

10

Es gab zweiunddreißig Olfakteure auf der Welt. Acht praktizierten in Fontainebleau, und die vierundzwanzig anderen verteilten sich auf alle großen Städte in Frankreich. Um in diesen illustren Kreis aufgenommen zu werden, musste man ein gleichermaßen langes wie kompliziertes Verfahren durchlaufen. Zunächst einmal hatte nur ein Mitarbeiter von Fragrancia die Möglichkeit, sich auf eine Stelle zu bewerben. Das war an sich schon eine Herausforderung: Stellen für geheime Unternehmen waren auf Plattformen wie LinkedIn nicht gerade häufig zu finden. Darüber hinaus konnte ein Angestellter erst nach vier Jahren Betriebszugehörigkeit in die Zentrale von Fontainebleau wechseln, und das wiederum nur, wenn der jeweilige Mentor für ihn bürgte und das Vorhaben unterstützte. Hélias Révol war nun so weit, dass er diesen Schritt gehen würde. Die Ausbildung selbst würde noch einmal zwei bis fünf Jahre dauern. Eine Zeitspanne, in der ein Bewerber darauf wartete, dass der Platz eines der zweiunddreißig praktizierenden Olfakteure frei wurde. Wenn das geschah, wurde ihm angeboten, die Lizenz des in den Ruhestand gegangenen Vorgängers zu erwerben. Abgesehen von diesem ohnehin schon langen Weg konnten die Bemühungen eines Auszubildenden jederzeit zunichte gemacht werden, wenn Cornélia in ihm nicht das erforderliche Talent zu erkennen glaubte. Niemals wurde man einfach so Olfakteur.

Am Montagmorgen suchte Hélias seinen Mentor zu Hause auf. Es war vorgesehen, dass ihn dort ein Wagen abholen und zur Zentrale bringen würde. Er kam eine knappe Stunde vor dem geplanten Aufbruch, sodass ihm Zeit für einen Kaffee mit Claudine blieb. Als sie ihn in die Küche kommen sah, eilte sie freudig auf ihn zu und schloss ihn in die Arme. Hélias fiel auf, dass sie eines der zahlreichen, von Alain komponierten Parfums aufgetragen hatte. Zu jedem Hochzeitstag schenkte er ihr einen neu kreierten Duft. Eine Tradition, die sich über all die Jahre gehalten hatte. Claudine hatte eine seltsame Beziehung zu den Duftstoffen: Ihre Vorlieben verliefen in strengen Zyklen, die zwischen allen sieben großen olfaktorischen Familien wechselten. Bei ihrer letzten Begegnung stand Claudine gerade am Anfang einer Phase der »aromatischen Düfte«. Als Hélias sich jetzt aus ihrer duftigen Umarmung löste, stellte er fest, dass sie sich in einer »chyprefruchtigen« Periode befand. Sehr zu seinem Vergnügen. Ihr heutiger Duftakkord setzte sich hauptsächlich aus Bergamotte, Pfirsich, Eichenmoos, Patchouli und Labdanum zusammen und zählte zu Hélias' Lieblingskompositionen. Und einer Frau, die wie Claudine bereits in einem gewissen Alter war, verlieh eine solch klassische Formel mit ihrem frechen Spritzer Modernität eine kontrollierte Jugendlichkeit.

Claudine und Hélias unterhielten sich bei einem starken Kaffee, bis ein klagender Alain auftauchte und sie unterbrach. Der Olfakteur hatte das Gefühl, irgendjemand oder irgendetwas habe sich an seiner Schneekugelsammlung zu schaffen gemacht. Während Claudine Verwunderung vorgab und beteuerte, nichts damit zu tun zu haben, versuchte Hélias, den Gesprächsfaden wieder aufzunehmen, als er eine Indol-Note wahrnahm, die mit dem sich kräuselnden Dampf über der schwarzen Flüssigkeit vor ihm aufstieg. Dieses Molekül besaß eine besondere Eigenheit: In festem Zustand hatte es einen ausgeprägt fäkalen Geruch, aber destilliert und in sehr kleinen Mengen wies es blumige und sinnliche Akzente auf. Dieser so paradoxe Rohstoff wurde von den Parfümeuren gern zur Nachahmung weißer Blüten verwendet. Mit geschlossenen Augen nahm er die einzelnen Facetten des Getränks auseinander, während die Flüssigkeit langsam kalt wurde.

»Trink doch endlich, Hélias! Oder wolltest du lieber einen Frappuccino haben?«

Claudine, der die scherzhafte Bemerkung von Alain nicht gefiel, versetzte ihm einen dezenten Klaps auf den Arm. Alain hatte schon des Öfteren bemerkt, dass Hélias, wenn er sich in die olfaktorische Welt zurückzog, um sich zu beruhigen, dem Avatar eines Videospiels ähnelte, der vom Hauptserver abgeschnitten war. Wenn er nicht einmal Scherze über das Verhalten seines Assistenten machen durfte, würde dieser niemals allein zurechtkommen. Er war fest davon überzeugt, dass freundlicher Spott einen Menschen auf seinem Weg zu Akzeptanz und Heilung in Riesenschritten vorwärts brachte.

Das Geräusch eines Autos, das über den Kies im Hof rollte, beendete seine Überlegungen. Die Verabschiedung fiel kurz aus. Alain würde ohnehin bald in die Zentrale fahren müssen, da eine außerordentliche Hauptversammlung anstand. Das einzige Gepäckstück von Hélias war ein Rucksack mit schwarzen Kleidungsstücken darin – entsprechend dem von Cornélia verfügten strengen Dress-Code. Ein Mann stieg aus dem Wagen und öffnete wortlos die rückwärtige Tür. Mit besorgter Miene warf Hélias einen letzten Blick auf Claudine und Alain, dann verschwand er im Innern des Wagens. Um Punkt zehn Uhr verließ die Limousine mit den getönten Scheiben den Wohnsitz der Fissons.

Während der Fahrt bemerkte Hélias, dass sein Chauffeur einen minderwertigen Ambraduft trug. Diese Beobachtung entspannte Hélias irgendwie ein wenig. Er hatte angenommen, dass die Angestellten der Zentrale subtilere Parfums und nicht Essenzen aus dem Supermarkt verwenden würden.

Es war das erste Mal, dass er seine Heimatstadt für so lange Zeit verlassen würde. In Le Mans aufgewachsen, war Hélias bis vor ein paar Jahren davon überzeugt gewesen, dass er dort auch sterben würde. In einer globalisierten Welt, in der es zur Norm gehörte, ständig in Bewegung zu sein, kam es einem Akt der Rebellion gleich, den Löffel in dem Krankenhaus abzugeben, in dem man geboren wurde. Als wäre dem Chauffeur bewusst, welch einschneidendes Ereignis dieser Aufbruch für den jungen Mann bedeutete, schenkte er ihm zweieinhalb Stunden vollkommenen Schweigens, das eines stillen Trauermarsches würdig gewesen wäre. Hélias nutzte die Zeit, um seinen Schlafmangel etwas auszugleichen.

Er öffnete die Augen ein erstes Mal, als an der Autobahn-Mautstelle beim Öffnen der Schranke ein greller Piepton ertönte, und wachte dann richtig auf, als das Auto von der Nationalstraße abfuhr. Nach etwa zehn Minuten auf einer schattigen Landstraße bog der Fahrer auf einen geteerten und gepflegten Waldweg. Die Bäume, die den Weg säumten, wirkten wie eine unüberwindbare Wand. Selbst die Sonne hatte Mühe, ihre Lichtstrahlen durch das Blätterwerk zu schicken, obwohl sie hoch am Himmel stand. Hélias verrenkte den Hals, um durch die Seitenfenster die Wipfel ausmachen zu können. Er hatte den Eindruck, als würden sie tief in ein grünes Königreich eintauchen.

Am Ende des Weges blieb die Limousine vor einem riesigen Tor stehen. Zwei Wachposten kamen aus einem Torhaus, und der Fahrer reichte ihnen eine ähnliche schwarze Karte, wie auch Alain eine besaß. Die gusseisernen Gitter öffneten sich geräuschlos, und der Wagen fuhr durch das offene Tor.

Hélias hatte sich die mythische Zentrale der Olfaktorik in tausend Farben ausgemalt. Aber dieser erste Eindruck übertraf all seine Vorstellungen bei Weitem.

Ein riesiger englischer Landschaftsgarten tat alles, um das wie ein Herrenhaus anmutende Gebäude zu verbergen. Gärtner gingen in den Blumenarealen ihrer Arbeit nach. Während das Auto weiterfuhr, erkannte Hélias Lavendel, der im Juli blühen würde, Beete von *rosa centifolia*, der üppigen, hundertblättrigen Rose, und buschige Sträucher von Falschem Jasmin mit unzähligen kleinen weißen Blüten. Pfingstrosen, die auch in der Ferne zu sehen waren, hoben sich als Farbtupfer hier und da zwischen imposanten, von Geißblatt umrankten Säulen ab. Auch ein blühender Blauregen-Tunnel fiel ihm auf, durch den man zu einem Beet Flieder gelangte. Dort tanzte ein Schwarm Schmetterlinge um die zwei Meter hohen Pflanzen. Überall waren Blumen. Sie waren die wahren Herrscherinnen in diesem Königreich und machten Hélias zu einem einfachen Untertanen. Er ließ das Autofenster an seiner Seite herunter. Im Zusammenspiel mit den animalischen Facetten der narkotischen Blumen wehten Orangenblüte und Honigsüße von der Robinie – der sogenannten Falschen Akazie – zu ihm herüber; dann wieder tauchten spritzige, grüne Akzente auf, um von mandelartigen, eugenolhaltigen, würzigen, rosenartigen und unbekannten Quellen abgelöst zu werden – ja, der ganze Park schien seine bukolischen und betörenden Düfte herauszuposaunen. Hélias war nahe an einer Überdosis. Es kam ihm vor, als wollte dieses Blütenparadies ihn mit allem herausfordern, was es zu bieten hatte, um ihn besser verschlingen zu können. So viele Ausdünstungen, die definiert werden wollten, so viele Sinnesdaten, die analysiert werden mussten. Er verspürte eine aufkeimende Angst. Diese Pflanzenwelt und ihr Überfluss an Informationen würden ihn ganz sicher daran hindern, eine zielführende olfaktorische Meditation durchzuführen. Aber wenn er sich ihrem Sog überließ, würde er – davon war er überzeugt – geradewegs auf einen durch Duftstoffe ausgelösten Epilepsieanfall zusteuern. Er wusste nicht, ob es dieses Krankheitsbild überhaupt gab, aber er legte auch keinen Wert darauf, es herauszufinden. In Anbetracht seines Gedankenaufruhrs musste er das Fenster schon bald wieder schließen und seinen Jeton hervorholen, um sich zu beruhigen.

Wie um ihn noch mehr zu beeindrucken, fuhr der Chauffeur im Schritttempo. Zumeist ältere Patienten gingen auf den Kieswegen spazieren. Eine Trauerweide entspannte sich in der Sonne. Bienen, Schmetterlinge und Insekten aller Art tollten in dieser übersinnlichen Szenerie herum. Langsam bekam Hélias seine Emotionen wieder unter Kontrolle. Der Wagen bog um eine Kurve, und hinter einer Baumreihe tauchte endlich das Gebäude auf, das nun aus der Nähe betrachtet werden konnte. Es hatte vier Etagen und war auf beiden Seiten von niedrigeren Flügeln eingerahmt. Männer in Kitteln kamen die beeindruckende Treppe herab, um das unten an den Stufen wartende Publikum zu empfangen. Einzelne Gruppen waren draußen ins Gespräch vertieft. Einige Fenster des Erdgeschosses waren geöffnet, und man konnte in Räume hineinblicken, in denen Patienten und Olfakteure sich aufhielten wie in einem »tableau vivant«. Das Bild eines summenden Bienenstocks tauchte vor dem inneren Auge von Hélias auf. Hinter dem Herrenhaus erblickte er zu beiden Seiten zwei recht große Nebengebäude. Ganz hinten war ein weiteres Bauwerk zu sehen, das ähnliche Ausmaße wie das Haupthaus hatte, aber an dem noch gearbeitet wurde. Das Auto setzte ihn nun am Fuße der Stufen ab und fuhr anschließend zu dem Parkplatz auf der Ostseite des Parks.

Hélias ging die wuchtige Treppe hoch und wurde vor der Tür von einer Empfangsdame begrüßt. Sie geleitete ihn zur Rezeption, wo er sich anmelden sollte, dann führte sie ihn durch einen der Gebäudeflügel und bat ihn, in einem engen, nüchtern eingerichteten Warteraum Platz zu nehmen. Der Firmenwasserspender und die im Flur gelagerten Flaschen verrieten, dass dieser Teil des Komplexes den Mitarbeitern vorbehalten war. Hélias setzte sich und zückte sein Handy. Es gab kein Netz. Ein paar Sekunden später betrat ein Sicherheitsbeauftragter den Raum, dessen kräftige, athletische Statur ihm Respekt einflößte. Er warf Hélias einen grimmigen Blick zu. Privathandys waren auf dem gesamten Gelände verboten. Widerstandlos ließ sich Hélias das Gerät abnehmen. Dieser unschöne Zwischenfall schmälerte seine positive Aufregung jedoch keineswegs. Er brannte darauf, seine umfangreichen Kenntnisse zu zeigen, und wollte, dass Alain stolz auf ihn war, wenn über ihn berichtet wurde. Vier Jahre lang hatte er gelernt, analysiert und alles abgespeichert. Vier Jahre lang hatte er Erinnerungen in Düfte übersetzt, vier Jahre lang hatte er darauf gewartet, bis er an der Reihe war. Er fühlte sich bereit. In ein paar Minuten würde sich die hintere Tür öffnen und der Leiter der Personalabteilung den Raum betreten. Dieser gewaltige Zerberus würde ihm Zugang zum Reich von Fragrancia gewähren. Danach musste Hélias sein Schicksal nur noch beim Schopfe packen, um seinen Traum zu realisieren: Olfakteur zu werden. Nur diese Tür musste sich öffnen, mehr nicht. Diese Tür, auf der, wie er jetzt erst bemerkte, eine interne Notiz kundtat, dass der Leiter der Personalabteilung sich in einen Weiterbildungsurlaub verabschiedet hatte.

11

Auch die Bearbeitung von Personalangelegenheiten war selbstverständlich Nora übertragen worden. Als rechte Hand von Cornélia gestattete sie sich den Gedanken, dass ein unvorhergesehener Ausfall ihrer Person unweigerlich die Schließung von Fragrancia nach sich ziehen dürfte. Glücklicherweise war dieser Tätigkeitsbereich im Vergleich zu vielen anderen wenig zeitaufwendig. Es gab hier nur eine einzige lästige Pflicht: Von Zeit und zu Zeit musste sie E-Mails an die Zweigniederlassungen schreiben – mit der Erinnerung daran, dass gegenwärtig ein inoffizieller Einstellungsstopp herrschte. Eine Pflichtübung, die sie aber durchaus ernst nahm. Deshalb verschickte sie seit sechs Monaten alle zwei Wochen ein solches Schreiben. Umso größer war ihre Überraschung, als sie beim Joggen einen Anruf vom Empfang erhielt und man sie davon in Kenntnis setzte, dass ein neuer Anwärter in der Zentrale auf sie wartete.

Sie hatte auf der Stelle ihren Fahrer kontaktiert, der sie jetzt mit halsbrecherischer Geschwindigkeit zum Hauptgebäude von Fragrancia fuhr. Auf der Rückbank überflog Nora auf ihrem Tablet die Informationen über diesen Störenfried. Er hieß Hélias Révol und arbeitete seit vier Jahren als Assistent im Offizin von Le Mans. Diese Niederlassung wurde von Alain Fisson geleitet, dem fünften Olfakteur im Bezirk Nord-West, und war so unbedeutend klein, dass Nora ihre Existenz beinahe vergessen hatte. Zwei Angestellte, einhundertdreißig Patienten – die Zahlen waren lächerlich. Mit einer raschen Handbewegung scrollte sie durch die Unterlagen zu Hélias und blieb bei seinem Foto hängen. Er hatte ein hageres, von dichten schwarzen Locken umrahmtes Gesicht, eingefallene Wangen und eine sehr große, schmale Nase, die sie an eine Haifischflosse denken ließ. Aber es waren seine dunklen und traurigen Augen, die ihre besondere Aufmerksamkeit weckten. Sie mochte Männer mit einem leicht melancholischen Blick. Sie flößten ihr Vertrauen ein. Schließlich schaltete sie das Tablet aus und steckte es in das Ablagefach der Autotür. Sie begann, am Nagel ihres Zeigefingers herumzukauen, und dachte darüber nach, wie es zu dieser Komplikation hatte kommen können und wie sie am besten zu beheben wäre.

Hélias konnte nicht wissen, dass Cornélia angesichts der zunehmenden Diebstähle von VMS, der wachsenden Zahl von im Geheimen arbeitenden Laboratorien und wiederholter Indiskretionen mit anschließender Berichterstattung in den Medien nicht länger untätig bleiben wollte. Da sie der Meinung war, dass der Kontrollverlust und die Aufdeckung einiger Firmenaktivitäten auf die Expansion von Fragrancia zurückzuführen war, hatte sie beschlossen, eine Strategie auf die Wege zu bringen, um die landesweite Abdeckung des Unternehmens zu reduzieren. Unter ganz besonderer Geheimhaltung plante sie, die kleinsten der vierundzwanzig Niederlassungen zu schließen. Und Le Mans zählte zu den sieben davon betroffenen Zweigstellen. Allerdings musste laut Satzung eine solche Entscheidung letztendlich den Olfakteuren bei einer Generalversammlung zur Abstimmung unterbreitet werden. Und daher war Cornélia, die den hartnäckigsten Lobbyisten in nichts nachstand, seit Längerem damit befasst, den Weg dahin zu ebnen und ihren Einfluss zu konsolidieren, um Fragrancia zu reorganisieren und die Zustimmung der nicht von der Schließung betroffenen Niederlassungen zu ihrem Vorhaben zu erlangen. Der Einstellungstopp für zukünftige Praktizierende – wenn auch aus fadenscheinigem Grund – war nun eine ihrer ersten Maßnahmen gewesen, um ihr Ziel zu erreichen.

Nora kniff die Augen zusammen. Warum hatte dieser Alain Fisson trotz einem Dutzend E-Mails, in denen auf das exakte Datum des Einstellungsstopps hingewiesen wurde, seinen Assistenten noch zehn Tage vor dem Stichtag zu ihnen geschickt? Sie griff noch einmal nach ihrem Tablet, schloss das Profil von Hélias Révol und klickte das seines Mentors an. Das Intranet von Fragrancia besaß ein Register mit Informationen zu jedem Mitarbeiter des Unternehmens. Allerdings hatten nur sehr wenige Auserwählte Zugang zu diesem Register, darunter natürlich auch Nora Olsson. In einem Kommentarbereich des Datensatzes stieß Nora auf einen digitalen Vermerk des Chefs der Personalabteilung: »höchst technophob, erreichbar im Wesentlichen über das Festnetz des Offizins.«

»Ist alles in Ordnung, Madame?«

Der Fahrer betrachtete sie im Rückspiegel. Seit fünf Jahren fuhr er sie überall hin und war in dieser Zeit ein stiller Zeuge ihres Aufstiegs geworden. Er wusste, wenn seine Vorgesetzte etwas bedrückte.

»Ja, alles in Ordnung, abgesehen von einem Olfakteur, dem ich seit sechs Monaten Mails schicke, die er offenbar nicht liest.«

»Rufen Sie ihn doch einfach an.«

»Das würde ich gern tun. Aber jetzt ist es zu spät. Schauen Sie bitte auf die Straße, François. Bei dieser Geschwindigkeit riskieren wir am Ende noch, dem großen Architekten des Universums zu begegnen.«

Nora wusste, dass Cornélia bei einer solch unpopulären Reform auf den Überraschungseffekt setzen musste, um bei der Abstimmung Erfolg zu haben. Indem sie die sieben betroffenen Olfakteure über ihre Pläne im Unklaren ließ, verhinderte sie, dass diese sich im Vorfeld organisierten und andere Teilnehmer der Generalversammlung auf ihre Seite ziehen konnten, um dann ihre Pläne von einer Mehrheit abschmettern zu lassen.

»Aber was hat das mit diesem Assistenten zu tun?«

Diesmal hatte sich François direkt zu ihr umgedreht.

»Seien Sie so gut und schauen Sie auf die Straße, bitte!«, flehte Nora und fuhr dann fort: »Bis zum heutigen Zeitpunkt hat Fragrancia noch nie einem Kandidaten, der von einem Olfakteur vorgeschlagen wurde, eine Probezeit verwehrt. Wenn ich diesen Hélias fortschicke, gehen wir das Risiko ein, dass sein Mentor ungefragt bei uns auftaucht und eine Erklärung verlangt. Genau das will Cornélia vermeiden.«

Wie Nora das Problem auch drehte und wendete – es bot sich nur eine einzige Lösung an. Und die war ebenso einfach wie frustrierend: Sie würde Hélias aufnehmen und bis zur nächsten Hauptversammlung hierbehalten müssen.

Zehn Minuten später erreichte der Wagen das Tor der Zentrale. Die beiden Wachposten schienen jedoch in eine Auseinandersetzung mit einem Patienten verwickelt zu sein, dem sie den Zugang verwehrten, wie ihrer Körperhaltung und ihren Handbewegungen entnommen werden konnte. Nora stutzte und bat ihren Fahrer, anzuhalten und zu den dreien hinzugehen, um sich Aufschluss über die Situation zu verschaffen.

»Der Typ hat sich umsonst Sitzungen erschlichen. Er bezahlt seit fast einem Monat nicht«, berichtete François, während er wieder hinter dem Steuer Platz nahm.

»Wie viele Sitzungen ist er denn im Rückstand?«

»Fünfzehn, Madame.«

Sie sah durch die Heckscheibe. Der Mann war bei dem Wortwechsel mit dem Wachposten einige Meter hinter das Tor zurückgedrängt worden und wirkte am Boden zerstört.

»Haben Sie zufällig nach seinem Namen gefragt?«

François streckte den Kopf aus dem Fenster des Wagens und bat einen der Posten mit lauter Stimme, ihm die Identität des Abgewiesenen zu verraten.

»So hätte ich das auch selbst erledigen können«, entfuhr es Nora verdrossen.

»Pardon, Madame.«

Während ihr Wagen langsam weiterrollte, nahm Nora noch einmal ihr Tablet zur Hand, um mehr über diesen Patienten zu erfahren. Sie las, dass er vor Kurzem Witwer geworden war und die olfaktorisch-memoriellen Sitzungen dazu nutzte, um glückliche Momente mit seiner verstorbenen Frau noch einmal zu erleben. Der Mann hatte seinem Olfakteur anvertraut, dass er sein Haus verkaufen wolle, um seine Schulden zu begleichen. Nora verspürte einen Kloß im Hals und bat ihren Fahrer, noch einmal zu dem Wachhäuschen zurückzufahren.

Dort angekommen, öffnete sie kurz ihr Fenster und befahl den Wachposten: »Lassen Sie diesen armen Kerl durch. Nur dieses eine Mal.«

Nora wusste, dass sie mit einem solchen Vorgehen der Politik von Fragrancia, so wie Cornélia sie ausrichtete, vollkommen zuwiderhandelte. Aber sie kannte die Abhängigkeit, die diesen Mann gefangen hielt, nur allzu gut. Die Dosis an

Erinnerung war für den Unglücklichen nicht nur notwendig, sondern lebenswichtig.

Vor der großen Treppe der Zentrale stieg Nora aus dem Auto, betrat das Gebäude, durchquerte die Eingangshalle und eilte die Treppe hinauf. In der ersten Etage schritt sie zielstrebig die Flure entlang, bis sie die Tür des Warteraums erreichte. Dort holte sie noch einmal tief Luft, überprüfte den Sitz ihres schwarzen Kostüms und trat ein.

Es waren weder ihre haselnussbraunen Augen noch ihre tadellos auf dem Kopf festgesteckten blonden Haare, noch ihre geringe Körpergröße, die Hélias zuerst ins Auge fielen – um die Wahrheit zu sagen, bemerkte er von all dem zunächst überhaupt nichts. Seine ganze Aufmerksamkeit wurde schlagartig von dem betörenden, feurigen, üppigen und berauschenden Parfum gefangen genommen, das die junge Frau verströmte. Was mit ihr in den Raum hereinwehte, erzwang unbedingte Gefolgschaft, und Hélias fügte sich. Ohne aufzubegehren.

»Ich bin Nora, und im Namen des gesamten Teams heiße ich dich bei uns willkommen.«

12

Der geöffnete Koffer stand vor seinen Füßen, während Hélias seine neuen Räumlichkeiten in Augenschein nahm. Nora hatte ihn nicht gerade ausführlich informiert, und er musste sich auf seinen Orientierungssinn verlassen, um sich zurechtzufinden. Wie es aussah, befand er sich im Dachgeschoss des Südflügels. Während sie durch einen letzten Flur gegangen waren, war ihm aufgefallen, dass auf dieser Etage ausschließlich Schlafräume lagen. Gleichwohl schienen die acht anderen Zimmer, die alle ebenso winzig wie sein eigenes waren, nicht bewohnt zu sein. Hélias packte seine Sachen aus und räumte sie in die vorhandene Kommode, die neben dem Bett das einzige Möbelstück war.

Spartanischer geht es kaum, dachte er bei sich und legte eine Hand auf die Matratze. Als er mit der Handfläche etwas Druck ausübte, gab sie einen schrillen Klagelaut von sich. Die alte Pritsche mit ihren quietschenden Federn im Innern stammte vermutlich aus der Zeit des Zweiten Weltkriegs. Er setzte sich auf den Rand und wartete darauf, dass Nora ihn abholte. Ohne Handy wurde das Warten schnell quälend lang – seine Generation hatte es nicht gelernt, Langeweile zu ertragen. Seinen Computer hatte er ebenfalls nicht bei sich, und nun fiel ihm auch unangenehm auf, dass die Wände des Zimmers kahl waren. Er bedauerte es, kein Buch eingepackt zu haben, und starrte in Ermangelung von etwas anderem auf die Zeiger seiner Armbanduhr. Letztlich war das ein Zeitvertreib wie jeder andere auch. Einmal hätte er schwören können, dass der Sekundenzeiger einen Satz zurück gemacht hatte.

Sein Blick schweifte zum Fenster, und er stand auf, um hinauszublicken. Ein Dach im Vordergrund und dazu ein üppiges, vielfältiges Blätterwerk konnte man kaum als einen interessanten Ausblick bezeichnen. Also kehrte er zum Bett zurück, dessen Matratze erneut ächzte, als er sich darauf setzte, so als wollte sie ihn daran erinnern, dass auch sie Grund hatte, sich zu beklagen. Obendrein war das Zimmer olfaktorisch neutral – es roch nicht einmal nach Staub oder Farbe. Die vollkommene Leere. Mehrmals musste er sich beherrschen, den Raum nicht zu verlassen und die Umgebung zu erkunden. Noras Anweisungen waren klar und deutlich gewesen: Er sollte hier auf sie warten. Hélias lag zu viel an seiner neuen Stelle, als dass er auch nur die geringste Regelübertretung riskiert hätte.

Das Fegefeuer dauerte eine Stunde, die sich jedoch wie fünf Stunden anfühlte. Gerade als er die Hoffnung verlor, dass heute noch jemand auftauchen würde, um ihn zu abzuholen, klopfte es an der Tür. Die Befreiung.

»Es ist nicht abgeschlossen«, rief er, ohne auch nur den Versuch zu unternehmen, die Aufregung in seiner Stimme zu verbergen.

Nora und ihr betörendes Parfum ergossen sich in den Raum. Sie hielt einen Stapel von sorgsam gefalteten Kleidungsstücken in den Händen.

»Es tut mir leid, dass du in diesem Schlafraum untergebracht wurdest. Hier wird momentan umgebaut, da wir die Räumlichkeiten vergrößern wollen.«

»Machen Sie sich keine Sorgen. Es hat zwar nicht den

Anschein, aber die Matratze ist einigermaßen bequem. Allerdings gibt sie erstaunliche Geräusche von sich.«

Um seine Ausführungen zu unterstreichen, setzte sich Hélias mit viel Schwung darauf. Sobald eine Frau ihm gefiel, verwandelte er sich systematisch in ein irgendwie seltsames und verhaltensauffälliges Wesen. Während ihm dieser Gedanke durch den Kopf schoss, spürte er, wie seine Wangen rot wurden, denn er erinnerte sich an einen Vorfall, bei dem er – obwohl die Situation keineswegs passend war – einer Patientin vorgeführt hatte, wie er mit seiner Zunge ein dreiblättriges Kleeblatt formen konnte.

»Ein Packen schwarze Kittel. Das ist die Uniform der Olfakteure«, sagte Nora mit einem Lächeln und legte den Stapel neben ihn.

Er nahm die sorgsam gefalteten Kleidungsstücke bewegt zur Kenntnis. Es war das erste Mal, dass man die Berufskleidung seines Standes für ihn bereitstellte.

Er zog sich um, und sie gingen hinunter, um alles zu besichtigen.

Cornélia hatte dieses Landgut vor zwanzig Jahren gekauft. Von ausgedehnten Waldgebieten umschlossen und durch einen hohen Gitterzaun geschützt, war der Ort recht schwer aufzufinden und garantierte ein Höchstmaß an Diskretion. Der Legende zufolge hatte die Gründerin, nachdem sie das an den Landsitz angrenzende Gelände weiträumig inspiziert hatte, einem verdutzten Immobilienmakler ein Kaufangebot unterbreitet, ohne überhaupt einen Blick in die Gebäude geworfen zu haben. Zwei Jahre hatten die Bauarbeiten gedauert, um aus dem Vorgefundenen eine hochwertige Anlage zu machen.

Über eine große Kalksteintreppe gingen Nora und Hélias in den Garten hinunter. Da die Stufen schon den ganzen

Nachmittag über der prallen Sonne ausgesetzt waren, stieg ein trockener und kreidiger Geruch von den imposanten, behauenen Steinblöcken auf. Ein Geruch nach Sommer, der Hélias für einen Augenblick auf den mit Kies bestreuten Hof bei seinen Großeltern versetzte. Während Nora ihm den Park zeigte, erklärte sie in groben Zügen die Abläufe in der Zentrale. Die Patienten – bevor sie die Erlaubnis zur Anreise erhielten, wurden ihre Profile sorgfältig überprüft – kamen aus ganz Frankreich hierher, um ihre olfaktorischen Anwendungen zu erhalten. Ihre Aufnahme und anschließende Verteilung auf die acht hier residierenden Olfakteure fand von Montag bis Freitag statt. Die Patienten ebenso wie die achtzig anderen Angestellten hier sahen in den Olfakteuren so etwas wie echte Rockstars. Manche von ihnen nutzten diesen Status aus, aber die meisten gaben sich eher bescheiden. Allerdings war Nora nach mehreren Jahren im Unternehmen davon überzeugt, dass sie alle, und zwar ausnahmslos, ziemlich von sich eingenommen waren. Sie blieb für einen Moment stehen, als sie ihm das anvertraute.

Hélias gefiel die Offenheit seiner Führerin. Er war sich seiner besonderen Beziehung zu Alain bewusst, und schon seit ein paar Tagen hatte ihn die Angst umgetrieben, dass die anderen Olfakteure ihm vermutlich einen reservierten Empfang bereiten würden. Dass diese in den Augen von Nora nicht frei von Fehlern waren, beruhigte ihn ein wenig. Sollten seine Beziehungen zu ihnen in unruhige Gewässer geraten, würde man nicht ihm allein die Schuld dafür geben.

Die junge Frau setzte den Rundgang fort und nahm auch ihre Erklärungen wieder auf. Stets um äußerste Diskretion bemüht, würde Fragrancia eine französische Besonderheit bleiben. Keine Niederlassung außerhalb Kontinental-Frankreichs – selbst die Überseegebiete hatten unter Cornélias Paranoia zu leiden. Allerdings musste man zugestehen, dass ein internationaler Markt auch zusätzliche Risiken mit sich gebracht hätte, denn womöglich wäre dann die Zahl undichter Stellen noch gestiegen und noch mehr VMS verschwunden. Gleichwohl bot Fragrancia seine Dienste ausländischen Kunden an, sofern diese die Aufnahmebedingungen erfüllten und von zwei vertrauenswürdigen »Paten« empfohlen wurden.

»Kennst du die Geschichte von Fragrancia?«, fragte Nora unvermittelt und wandte sich ihm nun direkt zu.

Jetzt war Hélias froh, seine Lektion gelernt zu haben, und wiederholte, was Alain ihm eines Abends bei einem Glas Wein anvertraut hatte. Die Vergangenheit des Unternehmens war eng mit Cornélias Lebensgeschichte verbunden. Sie war eine große Abenteurerin und hatte die VMS auf einer Reise nach Ostsibirien in den neunziger Jahren entdeckt. Ein aleutischer Schamane hatte sie in die Riten seines Stammes eingeweiht: Mit den Wurzeln einer endemischen Pflanze, deren besondere Eigenschaften nur den Inuit bekannt waren, provozierte der Schamane durch Verräucherung nach Belieben Trancezustände. Cornélia hatte einige dieser Wurzeln nach Frankreich mitgebracht, den entscheidenden Wirkstoff isoliert und die Idee gehabt, ihm vertraute Gerüche hinzuzufügen. Auf diese Weise hatte sie das Phänomen der sogenannten Immersion, des Eintauchens, erfunden.

Nora lachte hell auf.

»Nicht schlecht! So habe ich die Geschichte noch nie gehört. Als ich diese Frage das letzte Mal gestellt habe, hat man mir erzählt, dass Cornélia Chemikerin für ein kolumbianisches Kartell war und dass sie die VMS mehr oder weniger zufällig synthetisiert hat – als sie auf der Suche nach einer neuen Droge war, die den amerikanischen Zoll passieren könnte, ohne von den Hundestaffeln aufgespürt zu werden.«

»Und was ist nun die Wahrheit?«, verlangte Hélias zu wissen, der ein wenig gekränkt war.

Nora zuckte nur mit den Schultern. Vielleicht hatte Cornélia die Formel während ihrer Arbeit für eine pharmazeutische Firma entwickelt. Vielleicht hatte sie den entscheidenden Wirkstoff ganz einfach einer dritten Person abgekauft. Vielleicht war ihr sogar die Molekülstruktur der VMS im Traum erschienen. Wer wusste das schon? Niemand. Und so lautete die vermutlich wichtigste Lehre, die man aus diesem ganzen Wirrwarr ziehen konnte, und die zugleich einzige Erkenntnis, der alle zustimmten: Cornélia war eine meisterhafte Geheimniskrämerin.

Die Besichtigung führte nun ins olfaktorische Labor, das sich in einem der Nebengebäude befand. Einen Augenblick lang fiel es Hélias schwer zu glauben, dass Alain für das Unternehmen arbeitete, das er gerade entdeckte. Wie schon der biometrische Koffer für den Transport der VMS verströmte die Zentrale an allen Ecken und Enden technologischen Fortschritt. Dieser Tempel der Modernität verfügte über Apparate, die er noch nie zuvor in seinem Leben gesehen hatte, und im Vergleich zu diesem Nonplusultra kam Hélias das Offizin von Alain reichlich rustikal vor: Für Hélias war es ein wenig so, als würde man die Gartenhacke eines Bauern aus dem Mittelalter einer modernen hydraulischen Jäthacke samt rotierender Aufsätze gegenüberstellen. In der Mitte des Labors standen mehrere Arbeitstische, um die herum in hohen Regalen Tausende von Duftessenzen lagerten. Eine Überfülle, die in den Niederlassungen mit ihren deutlich kleineren Räumlichkeiten natürlich nicht denkbar war. Und dank eines hocheffizienten Belüftungssystems lagen nicht zu viele Düfte in der Luft wie so oft in den Laboreinrichtungen von

Parfümeuren, einschließlich seiner bisherigen Arbeitsstätte in Le Mans.

Auf dem Weg, der sie zu seinem zukünftigen Arbeitsplatz führte, begrüßten manche der Laborassistenten den Neuankömmling, was Hélias mit einem schüchternen Lächeln erwiderte. Später würde ein Mitarbeiter es übernehmen, ihm das Funktionieren der Materialbibliothek und ihres Distributionsroboters zu erklären.

Im Hauptgebäude zeigte Nora ihm die übrigen Räumlichkeiten, in denen er sich aufhalten würde, von denen Küche, Ruheraum, Wartezimmer und Kantine einen Großteil des Komplexes ausmachten. Auf einer den Olfakteuren vorbehaltenen Etage blieb sie schließlich vor einer Tür stehen, sah noch einmal rasch auf ihre Armbanduhr und klopfte dann dreimal. Niemand antwortete. Sie betrat den Raum und bedeutete Hélias, ihr zu folgen.

Es war ein großes Zimmer, in das durch zwei Rundbogenfenster das Tageslicht ungehindert einfiel, sodass der Raum sehr hell wirkte. Auf den Louis-XVI.-Möbeln standen afrikanische Skulpturen. Ein handgestickter Cordélie-Teppich aus dem Hause Hermès zog Hélias' Blick magisch an. Er hatte einen ähnlichen schon einmal gesehen, wenn auch nur auf einem Foto in einer der unzähligen Zeitschriften, die Alain sammelte. An der Decke, die sich drei Meter über seinem Kopf befand, hing ein moderner Kronleuchter aus ineinandergreifenden Goldringen. Vor einer Wand, die mit Bilderrahmen geschmückt war, stand ein mit orangefarbenem Samt bezogenes Sofa. Und in der Mitte des Raums prangte der Traum von Hélias – ein Schreibtisch ganz aus Glas.

»Herzlich willkommen im Büro von einem der acht großen Meister.«

Hélias ging auf die Fotografien zu.

»Ist er das – der da neben Chirac?«

»Ja«, bestätigte sie und trat an seine Seite. »Er ist sehr involviert in die Politik seines Heimatlandes, des Senegal. Hier siehst du ihn neben Abdoulaye Wade. Und dort schüttelt er die Hand von Moustapha Niasse bei dessen letztem Besuch in Paris.«

Angesichts der ratlosen Miene ihres Gegenübers erläuterte sie, dass es sich um den ehemaligen Präsidenten der Nationalversammlung des Senegal handelte. Hélias sah auf und wechselte das Thema, da ihn seine Wissenslücken in Verlegenheit gebracht hatten.

»Ach, so etwas kenne ich dafür sehr gut.«

Er wies mit dem Finger auf einen Vernebler, wie er in den Sitzungen zur memoriellen Olfaktion zum Einsatz kam. Als er ihn zur Hand nahm, stellte er fest, dass ein Satz darauf eingraviert war.

»Es reicht aus, die Sache zu benennen, damit der Sinn unter dem Zeichen zum Vorschein kommt«, entzifferte er laut.

»Léopold Sédar Senghor«, fügte Nora hinzu, um auch die letzten Wörter der Inschrift wiederzugeben. »Lass uns gehen. Das reicht für heute.«

Hélias stellte den Vernebler zurück auf seinen Sockel und folgte ihr. Niemals zuvor hatte er in einem einzigen Raum Kulter in solcher Konzentration versammelt gesehen. Ohne dem Olfakteur leibhaftig begegnet zu sein, machte allein dessen Büro ihm klar, dass sie beide nicht der gleichen Welt angehörten. Dabei hätte Hélias in diesem Augenblick alles gegeben, um ihr anzugehören.

13

Am nächsten Tag bildeten die Autos der Patienten eine lange Schlange vor dem eisernen Tor, kaum dass es geöffnet worden war. Die Wachposten überprüften die Identität der eintreffenden Personen, bevor sie ihnen die Durchfahrt in den Park hinein gewährten. Wer nicht auf der Liste der registrierten Patienten stand, wurde auf der Stelle abgewiesen. Vom Fenster der Kantine aus genoss Hélias einen unverstellten Blick auf das Schauspiel am Tor. Nachdem er sich beinahe verbrannt hätte, blies er geistesabwesend auf seinen Kaffee und sann darüber nach, was ihn wohl erwartete. Die Aussicht auf seinen ersten Tag machte ihn nervös. Eine leise Stimme ganz tief in seinem Innern hatte ihm seit seiner Ankunft unaufhörlich eingeredet, dass er den Anforderungen hier nicht gewachsen sei. Ab und zu war es ihm gelungen, sie zum Schweigen zu bringen. Aber heute Morgen nicht.

Nach dem Frühstück ging er in die Eingangshalle hinunter und fragte am Empfang nach Nora. Während man ihn zur IT-Abteilung führte, fühlte er sich wie ein Kind, das seinen Schulweg noch nicht allein bewältigen konnte. Dort sah er Nora im intensiven Austausch mit einem Mann, der kaum älter war als sie selbst und sich auf einem Gaming-Stuhl räkelte. Als der Mann Hélias bemerkte, hielt er mitten im Wort inne und blickte Nora fragend an.

»Wer ist das?«

»Ein zukünftiger Olfakteur«, erwiderte sie unwirsch.

»Tatsächlich? Ich dachte, alle weiteren Einstellungen wären auf Eis gelegt.«

»Dachte ich auch. Hélias, darf ich dir Steve vorstellen? Und das ...« – mit dem Kinn wies sie auf eine Gruppe aus fünf Personen, die allesamt an Bildschirmen saßen – »... sind die Mitglieder seines Teams.«

Keiner von ihnen reagierte, als Hélias sie begrüßte. Steve fing an zu lachen.

»Mach dir nichts draus, sie sind ein wenig mürrisch. Ihr Lieben, wie wär's, wenn ihr eure Manieren mal überdenkt. Wenn jemand euch begrüßt, dann grüßt gefälligst zurück. Auch bei einem Muggel.«

Zur Bekräftigung seiner Rüge warf er ein Bonbon auf einen der Monitore. Beim Aufprall murmelte der Nutzer des Bildschirms ein paar Schimpfworte, bevor er ein kaum hörbares »Hallo« hervorbrachte. Aus Angst, ebenfalls ein süßes Geschoss bei sich landen zu sehen, grüßten die anderen vier nun ebenfalls.

»Hélias, kannst du bitte kurz draußen auf mich warten? Ich bin gleich bei dir«, wies Nora ihn an.

Steves Recherchen zum Hauptverdächtigen in dem Fall waren weitaus ergiebiger gewesen als die der Polizei. Simon Vilmet war sechsundzwanzig Jahre alt und in der Welt der Influencer unterwegs. Ohne Beschäftigung im konventionellen Sinn des Wortes, bezeichnete er sich selbst als Unternehmer. Er lebte davon, Produkte in den sozialen Netzwerken zu platzieren, und gab dort Ratschläge jedweder Art. Steves Leute hatten herausgefunden, dass Simon Online-Kurse zu verschiedenen Themen anbot: Lifestyle, Kampfsport, Investitionen in Kryptowährungen und NFTs, diesen Kryptowerten, die im Gegensatz zu den Kryptowährungen nicht teilbar sind, wie beispielsweise der Zugriff auf eine Mediendatei. Offenbar beruhten seine Expertisen nicht immer auf fundierten Kenntnissen. Dennoch genoss er dank eines dreisten Handstreichs ein gewisses Ansehen in der Welt der Börsenspekulanten. Zu Beginn des Jahres 2017 hatte er nämlich auf Anraten eines Freundes seine gesamten Ersparnisse in Bitcoin investiert. Damals kostete ein einziger Token ungefähr eintausend Dollar, und Simon hatte elf gekauft. Nach dem Crash im Juni 2021 hatte er alle schnellstmöglich wieder verkauft – für die bescheidene Summe von fünfunddreißigtausend Euro pro Stück. Diese lukrative Transaktion hatte ihm einen ausgezeichneten Ruf eingebracht, der es ihm in der Folge ermöglichte, sein Image gewinnbringend einzusetzen. Er verbreitete Videos, in denen er sich in Luxuslimousinen zeigte oder sich mit prestigeträchtigen Uhren am Handgelenk in Szene setzte. Im Prinzip machte er Werbung für einen bestimmten Lebensstil, die sich vor allem an ein junges, leicht beeinflussbares Publikum richtete, das ihn dafür bezahlte. Selbstverständlich gehörte ihm keines der Luxusobjekte, mit denen er sich zeigte.

Zum Schluss erwähnte Steve noch das Haus von Simon in einem Vorort von Paris, sein Singledasein und seine respektablen monatlichen Einkünfte.

»Wie bist du an die Information über seine Einkünfte gekommen?«

»Ich habe dir doch gesagt, dass ich ein super Team habe. Solche Typen wie dieser Simon sind echt das Krebsgeschwür der sozialen Netzwerke. Ein Wort von dir, und ich kapere seinen Instagram-Account.«

»Nein, auf keinen Fall.« Nora richtete sich auf. »Er soll sich in Sicherheit wiegen.«

Sie dachte kurz nach. Angesichts seiner beeindruckenden Schar von Followern war es riskant, Simon einem direkten olfaktorischen Verhör zu unterziehen. Er würde sich schnellstmöglich der sozialen Netzwerke bedienen, um seiner Community davon zu berichten. Das verhieß nichts Gutes, und Nora verspannte sich. Um gegen ihn vorzugehen, würde man wohl ein sogenanntes sensibles Profil zugrunde legen müssen. Steve war ganz ihrer Meinung. Das war zwar mit hohen Kosten verbunden, aber wenn alles reibungslos verlief, würde das Mitwirken von Fragrancia nicht preisgegeben. Nora hütete sich, hinzuzufügen, dass sie im Grunde keine andere Wahl hatte – Abbads Erpressung kreiste über all ihren Entscheidungen wie ein Geier über einem Kadaver. Nach einem kurzen Austausch stand der Plan fest: Da Simon sich für einen Unternehmer hielt, würden sie ein Täuschungsmanöver einfädeln, das seinen Unternehmergeist nicht kaltlassen konnte. Im ersten Schritt würde Steve das Fake-Profil einer für Simon interessanten Person erstellen. Nora gab ihm hierfür achtundvierzig Stunden.

Draußen stieß Nora wieder zu Hélias und reichte ihm ein Smartphone der besonderen Art. Damit das Unternehmen über ein lückenloses Sicherheitssystem verfügte, waren Firmentelefone so konfiguriert worden, dass alle ihre Aktivitäten durch den zentralen Sicherheitsdienst überwacht werden konnten. Mit anderen Worten: Wenn Hélias das Handy benutzte, würde das Überwachungsteam alles sehen und hören können, was über das Smartphone ablief. Solche Maßnahmen sollten gewährleisten, dass es keine undichten Stellen gab.

Hélias fand diese Methode so übergriffig, dass es ihm die Sprache verschlug. Angesichts seiner entsetzten Miene stellte

Nora klar, dass er sein altes Handy jederzeit zurückerhalten konnte – dann allerdings in dem Auto, das ihn nach Le Mans zurückbringen würde. In diesem Augenblick wurde ihm bewusst, dass bereits Welten zwischen ihm und seinem Mentor lagen, der ihm stets mit großem Wohlwollen begegnet war. Er war in fremde Gewässer geraten, wo vollkommen andere Gesetze und Regeln galten. Er dankte ihr und steckte das Smartphone wortlos in die Tasche seines Kittels.

Aus den Augenwinkeln bemerkte er plötzlich eine Bewegung hinter einem Busch. Zunächst wollte er diesem Umstand keine Aufmerksamkeit schenken und ging weiter neben Nora her. Aber als kurz darauf ein flüchtiger Schatten über den Weg huschte, blieb er abrupt stehen.

»Was ist denn das gewesen?«

Nora lächelte, dann bückte sie sich und schaute in die Richtung, in die das seltsame Wesen verschwunden war. Sie legte zwei Finger unter ihre Zunge und stieß für den Bruchteil einer Sekunde einen gellenden Pfeifton aus.

Als Antwort darauf verließ dieses Wesen jetzt sein Versteck und strich um sie herum. Hélias runzelte die Stirn. Ähnlich groß wie ein Dachs, hätte man es für eine Kreuzung aus bengalischer Katze und Marder halten können. Sein Hinterteil wirkte im Vergleich zur übrigen Anatomie unverhältnismäßig breit. Das beigefarbene Fell wies dunkle Flecken auf, die an Hals und Pfoten in Streifen übergingen. Oben auf dem Rücken wuchs vom Kopf bis zum Schwanz eine lange schwarze Mähne, die anscheinend aufgerichtet werden konnte. Der dunkle, mit fünf weißen Ringen gemusterte Schwanz war buschig, sein Ende sah wie ein Pinsel aus. Hélias war so verdutzt, dass er zunächst kein Wort hervorbrachte. Die Raubkatze richtete ihre großen funkelnden Augen auf ihn.

»Darf ich dir Cahetel vorstellen, eine Afrikanische Zibetkatze, die Cornélia irgendwann mal gerettet hat. Mach keine abrupten Bewegungen. Sie ist zwar zahm, aber immer noch ziemlich ängstlich.«

Hélias war wie gebannt stehen geblieben.

»Unglaublich«, entfuhr es ihm schließlich.

Alain hatte wiederholt die Absonderlichkeiten von Cornélia erwähnt, und dass sie als Haustier eine gezähmte Zibetkatze hielt, bestätigte einmal mehr ihre Exzentrik. Nora streckte ihre Innenhand dem Tier entgegen, das langsam darauf zuging, um daran zu schnüffeln und dann rasch wieder zu verschwinden, nicht ohne dabei wie eine Hyäne aufzulachen.

Nora nutzte das Intermezzo, um den jungen Mann zu warnen – er würde den Nachmittag und auch den folgenden Tag mit Edmond Cholet verbringen, dem leitenden Olfakteur hier in der Zentrale. Sie hatte beinahe ein schlechtes Gewissen, Hélias den Händen dieses Mannes zu überlassen, der bekannt dafür war, Neuankömmlinge schlecht zu behandeln. Aber niemand außer ihm hatte die Rolle des Tutors übernehmen wollen. Sie hoffte einfach, dass Cholet mit seiner Einwilligung, den jungen Auszubildenden bei sich aufzunehmen, nichts Übles im Schilde führte.

14

Nach dem Mittagessen klopfte Hélias an die nur angelehnte Tür des Olfakteurs Cholet. Dadurch öffnete sich die Tür noch ein wenig mehr, und Hélias nahm seinen ganzen Mut zusammen und betrat den Raum. Das Arbeitszimmer verströmte eine ganz andere Atmosphäre als das, welches er bei seinem gestrigen Rundgang besichtigt hatte. Hier paarte sich die Hochkultur mit bedeutungsvollem Ernst. Leise war die Stimme einer Sängerin mitten in einer dramatischen Opernarie zu vernehmen. Das Licht war gedämpft, die Einrichtung schwer und kantig – all das flößte Hélias Ehrerbietung ein. Die beiden Bogenfenster waren durch dicke Samtvorhänge abgedunkelt. Er drehte sich zu der hinteren Wand, um ein barockes Ölgemälde zu bewundern, das dort hing. Es zeigte einen Mann, der etwas trug, das wie ein dicker Balken aussah. Sein Gesicht war schmerzverzerrt, und er hatte die dunklen Augen zu Schlitzen zusammengepresst. Unter seiner weiten, schmutzigen Toga zeichneten sich seine angespannten Muskeln ab.

Hélias fuhr zusammen. Ein großer Mann mit graumeliertem Bart, dunklen Brillengläsern und halblangem weißem Haar hatte sich zu seiner Rechten aufgebaut. Kurz huschte Hélias der Gedanke durch den Kopf, er sei vielleicht dem Gemälde entsprungen.

»Simon von Cyrene: der Mann, den die Römer zwangen,

Christus beim Tragen des Kreuzes zu helfen. Und Sie, Sie werden wohl das Kreuz sein, das ich in den nächsten Tagen zu tragen habe.«

Hélias wich einen Schritt zurück.

Ohne innezuhalten, fuhr sein Gegenüber fort: »Morgen empfange ich einen höchst attraktiven Patienten – nicht zuletzt seines Geldbeutels wegen.«

Der Olfakteur zog sich in einen abdunkelten Bereich des Zimmers zurück. Hélias hatte Mühe, seine Umrisse zu erkennen. Nur seine gravitätische Stimme drang zu ihm. In einem anderen Zusammenhang hätte diese hochtrabende Inszenierung ihn vielleicht zum Lachen gebracht, aber von diesem Menschen ging etwas zutiefst Beunruhigendes aus.

Cholet redete weiter. »Ich habe Ihnen soeben per E-Mail alle notwendigen Informationen übermittelt, um die Atmosphäre zu umreißen.«

»Aber, ich … bin doch noch gar nicht eingearbeitet.«

»Ihr Problem. Ich erteile Ihnen einen Auftrag, und Sie führen ihn aus. Wenn Sie versagen, verfasse ich einen Bericht, und dass war's dann für Sie mit einer Stelle hier bei Fragrancia. Schließen Sie dann bitte die Tür hinter sich.«

Hélias fühlte sich völlig aus der Bahn geworfen, und als er sich auf dem Flur wiederfand, zitterten seine Beine. Er widerstand der Versuchung, nach seinem Metalljeton zu greifen, den er immer bei sich trug, und beschloss stattdessen, sich auf seine Atmung zu konzentrieren. Hierfür legte er eine Hand auf seinen Bauch. Zu dieser Übung hatte ihn sein Psychiater angeleitet, und auch im Beisein von Alain hatte er sie oft durchgeführt. In diesem Augenblick sehnte er sich noch mehr als schon zuvor nach der kleinen Niederlassung in Le Mans, nach seinem Mentor mit seinen seltsamen Sammlungen und sogar nach seinem hypochondrischen Mitbewohner. Er stand kurz davor, Alain anzurufen, aber dann fiel ihm ein, dass sein Telefon abgehört wurde und Nora ihm untersagt hatte, mit irgendjemandem über seine Erfahrungen hier in der Zentrale zu sprechen. Das galt mit Sicherheit auch für die Begegnung mit seinem Olfakteur.

Als er sich wieder etwas beruhigt hatte, öffnete er die Datei in seinem Posteingang. Bei dem Patienten handelte es sich um einen vergleichsweise jungen Rentner, der stellvertretender Direktor eines Bauunternehmens gewesen war. Hélias überflog seine Biografie, um rasch zu dem für ihn relevanten Abschnitt zu kommen. Der Mann war einer wiederkehrenden Erinnerung verfallen, die er um jeden Preis vollständig wachrufen wollte. Im Haus seiner Kindheit hatte sein Vater den Keller zu einer Werkstatt umgebaut, und sie hatten einen Großteil ihrer Freizeit dort unten mit Basteleien und Reparaturen verbracht. Später war der Mann sehr reich geworden, und seine Eltern waren in einen Bungalow umgezogen, den er ihnen geschenkt hatte, ohne dass in diesem neuen Leben irgendetwas an die einfachen Freuden der gemeinsam verbrachten Zeit jemals wieder heranreichte. Der Akte war eine ganze Reihe von Fotos beigefügt, die der Patient mitgebracht hatte. Auf einem der Bilder, das die typische Körnung der noch weniger lichtempfindlichen Filme aus den siebziger Jahren aufwies, konnte man einen Erwachsenen und ein etwa zehn Jahre altes Kind in besagtem Keller erkennen. Dort herrschte eine unbeschreibliche Unordnung. Auf der letzten Seite der Unterlagen erfuhr Hélias noch, dass die Wohnung sich in Chartres befand, in einer dort in den sechziger und siebziger Jahren aus dem Boden gestampften Hochhaussiedlung namens Beaulieu.

Nora hatte ihm geraten, sich bei dem geringsten Problem

an die Rezeption zu wenden. Beispielsweise, wenn er ein Auto benötigte. Daher begab er sich jetzt zum Empfang und stellte sich vor das Halbrund des Tresens. Dahinter thronten zwei Frauen und ein Mann so herrschaftlich wie vornehme Besucher eines Banketts. Sie saßen so kerzengerade auf ihren Stühlen, als bestünde ihre Aufgabe darin, eine möglichst stolze und hochmütige Haltung zur Schau zu tragen.

»Entschuldigen Sie bitte.« Hélias hatte die Dame in der Mitte angesprochen, die im Moment nicht wie die zwei anderen auf ihren Bildschirm starrte. »Ich soll für den Olfakteur Cholet eine Atmosphäre einfangen und muss dafür zu folgender Adresse fahren …« Er hob sein Smartphone und zeigte auf den markierten Punkt in der Karten-App. »Aber ich habe kein …«

»Der Mercedes mit dem Kennzeichen FB-183-AZ wartet am westlich gelegenen Parkplatz auf Sie. Wir haben uns erlaubt, den tragbaren Headspace-Analysator in den Kofferraum zu legen. Bringen Sie ihn bei Ihrer Rückkehr bitte hierher in das Analyse-Labor zurück.«

Planung und Koordinierung griffen hier in einer für ihn erschreckenden Effizienz ineinander. Wie amateurhaft wirkten dagegen die Jahre in der Niederlassung von Le Mans! Hélias wies diesen Gedanken sofort vehement von sich. Er wollte nicht schlecht über das denken, was er kurz zuvor noch geliebt hatte.

Auf dem Parkplatz erwartete ihn ein Mann mit dunkler Brille. Seine Hände waren voller Tattoos, und er war ähnlich redselig wie der Fahrer, der Hélias in die Zentrale gebracht hatte. Die Reise verlief in einem Schweigen, gegen das ein schallgedämpfter Warteraum im Bahnhof Lille-Europe gar nichts war.

Als der Wagen anderthalb Stunden später vor dem Gebäude hielt, wusste Hélias nicht, ob er lachen oder weinen sollte. Die billigen Wohnblocks aus den sechziger Jahren wurden gerade abgerissen. Erst später sollte er erfahren, dass die Stadtverwaltung von Chartres im Beaulieu-Viertel groß angelegte urbane Erneuerungsmaßnahmen eingeleitet hatte. Es wurde abgerissen, um etwas Besseres, Zeitgemäßeres aufzubauen. Das betraf sogar den Namen, denn die Gegend würde künftig *Quartier des Clos* heißen. Auf der einen Seite des lang gestreckten Wohnblocks klaffte bereits ein riesiges Loch. Die gesamte Fassade war aufgerissen worden, und man konnte wie bei einem Puppenhaus in jedes Zimmer hineinschauen. Ein großer Bagger, dessen stählerne Arme teleskopartig ausgefahren werden konnten, richtete sich stolz vor seiner Missetat auf. Die Baustelle war durch hohe Bauzäune abgesperrt.

Hélias war niedergeschmettert. Fragen über Fragen schossen ihm durch den Kopf. Gab es überhaupt noch einen Keller? Und wenn ja – hatte sich sein Geruch trotz der schon vorangeschrittenen Zerstörung gehalten?

Als könnte er seine Gedanken lesen, trat der Fahrer auf ihn zu und öffnete zum ersten Mal während ihrer Reise den Mund.

»Ich sage es Ihnen lieber gleich: Ich gehe dort nicht hinein.«

»Wie bitte?«

»Wenn Ihnen Ihr Leben lieb ist, tun Sie das auch nicht. Bei diesen Arbeiten werden auch die Fundamente beschädigt.« Er wies mit dem Finger auf einen Berg aus Erde und Schutt. »Mein Cousin arbeitet in der Baubranche. Ich weiß also, wovon ich spreche.«

Da war es Hélias lieber, wenn der Mann den Mund hielt.

Gleichwohl konnte er sich nicht davon abhalten, den Fahrer zu fragen: »Sind Sie nicht für meine Sicherheit zuständig?«

»Und was mache ich, wenn alles einstürzt? Na? Zwinge ich eine tragende Wand in einen Aufgabegriff? Nehme ich einen Balken in den Schwitzkasten?«

Hélias gab darauf keine Antwort. Er dachte darüber nach, was ihn erwartete, wenn er in die Zentrale zurückkehrte, ohne seinen Auftrag ausgeführt zu haben. Man würde ihn mit Sicherheit nach Hause schicken. Alain hatte ihn gewarnt – wenn er eine Anstellung bekommen wollte, musste er die Prüfungen bestehen.

Die stumme Angst, die ihn seit seiner Begegnung mit Cholet begleitete, verwandelte sich in Wut. Hätte der ihm nicht einen einfacheren Auftrag geben können? Wie wäre es beispielsweise mit der Duftatmosphäre eines Eisverkäufers am Strand in einem Seebad gewesen?

Der Fahrer, der das Unterfangen definitiv als verrückt einstufte, teilte ihm mit, dass er ganz in der Nähe eine Bar gesehen hatte und dort jetzt einen Kaffee trinken würde. Bevor er sich auf den Weg machte, wies er Hélias noch darauf hin, dass Fragrancia bei einem Unfall jede Verantwortung von sich weisen würde. Verblüfft sah Hélias dem Kerl hinterher, als der davonging. Erhielten diese Männer außer einer Ausbildung als Fahrer und Leibwächter auch noch einen Schnellkurs in Rechtsfragen?

Jetzt stand er allein da, die Baustelle direkt vor Augen. Sein Verstand flehte ihn an, sich nicht dort hineinzuwagen, aber aufzugeben hätte all seine Ambitionen zum Scheitern verurteilt. In diesem Moment kam es ihm so vor, als hätte seine Zukunft buchstäblich Gestalt vor ihm angenommen: in Form eines Abbruchhauses.

15

Zur gleichen Zeit sollte sich Nora Olsson erneut mit dem Ermittler treffen, diesmal in einer so unbekannten Ortschaft, dass ihr Fahrer François auch die Postleitzahl ins Navigationssystem des Wagens eingeben musste, damit es eine Route zum Zielort ermitteln konnte. Als sie den Stadtrand von Cesson erreichten, kam ihr das verworfene Projekt einer Niederlassung auf La Réunion wieder in den Sinn. Sie bedauerte diese Entscheidung, denn eine Dienstreise auf diese Insel inmitten von türkisfarbenem Wasser, Berggipfeln, Wasserfällen und alten Stadtmauern besäße einen völlig anderen Reiz. Nora seufzte. Die Reisen waren das Einzige aus ihrem früheren Leben, dem sie hinterhertrauerte. Es war eine Zeit gewesen, in der sie noch nichts von Fragrancia und den Machenschaften dieses Unternehmens wusste. Ihre Eltern waren, als gute Nachfahren von Wikingern, echte Globetrotter und hielten es nie wirklich lange an einem Ort aus. Und sie hatten Nora und ihre beiden Brüder auf ihren Reisen durch die ganze Welt stets mitgenommen. Während dieser Jahre als Weltenbummlerin hatte sie ihre olfaktorische Bibliothek stetig erweitert. Von all den Gegenden, in denen die Touristen Fotos machten und Nippes erstanden, brachte Nora Erinnerungen an Gerüche mit und speicherte sie in ihrem Gedächtnis ab. Die regenbenetzten Pflastersteine in Rom, der Gewürzmarkt in Istanbul, der Sequoia-Nationalpark oder die eisige ozonhaltige Luft in Grönland: All diese Orte hatten ihr Riechvermögen geschärft und ihre Kenntnisse vervollständigt. Für sie war ein Duft eine Reise. Während sie versuchte, den Geruch der westindischen Frangipani auf dem *Cimetière Marin* – dem Meeresfriedhof in Saint-Paul, wo Freibeuter und Piraten auf der Insel La Réunion ihre letzte Ruhestätte gefunden hatten – aus dem Kopf zu bekommen, hatte ihr Fahrer eine Parklücke zwischen zwei schmutzigen Karren ausgemacht, direkt gegenüber einem Tor, das früher einmal weiß gewesen war. Abbad, dem die trübsinnige Stimmung des Ortes offenbar gerade recht war, kam mit hängenden Armen und bedrückter Miene auf sie zu.

Nora hatte ihn seit Melun nicht mehr gesehen und fürchtete sich vor dem erneuten Aufeinandertreffen. Gäbe es eine Rangliste für unangenehme Situationen, dann stünde auf ihr das scheinbar unverfängliche Gespräch einer Person mit ihrem Erpresser ganz weit oben. Nora wollte diesen Zustand keinesfalls widerstandslos hinnehmen und hatte vor, jede Verlegenheit ihrerseits im Keim zu ersticken.

»Lassen Sie uns eines klarstellen: Ich bin damit einverstanden, Ihnen zu helfen. Aber unser gutes Einvernehmen hat mit Ihrer Erpressung ein Ende.«

Abbad warf die Zigarettenkippe weg, drückte sie mit seinem Treter aus und stieß den Rauch durch seine Nasenlöcher aus. Das konnte als Zustimmung gewertet werden.

»Und ich bitte Sie: Hören Sie auf, sich wie eine hartgesottene Ermittlerin aufzuführen. Das passt überhaupt nicht zu Ihnen.«

Der Fahrer unterbrach sie und reichte Nora einen Handgepäckkoffer.

»Hier wurde Audrey angegriffen. In dem Haus da vorne.«

Abbad wies mit einem vom Tabak gelblich verfärbten

Finger auf eine Ansammlung ähnlich gebauter Häuser. Nora konnte nicht genau erkennen, welches er meinte, ließ sich jedoch nichts anmerken. Am besten brachte man alles möglichst schnell hinter sich. Dieser Gedanke beherrschte sie.

Er fuhr fort: »Émilie und ihr Vater warten auf uns.«

Nora hatte in der Polizeiakte gelesen, dass Émilie und Audrey freundschaftlich miteinander verbunden waren, seit sie sich während der Ausbildung zur Krankenpflegerin in Melun kennengelernt hatten. Der Bericht enthielt jedoch keine Einzelheiten über die Schwankungen in ihrem Verhältnis zueinander – es reichte von einem verschworenen Miteinander bis hin zu starken Konkurrenzgefühlen. Warum auch sollten solche Trivialitäten in den Beziehungen zwischen jungen Menschen erwähnt werden?

Der Ermittler wollte gerade klingeln, als Nora, einer plötzlichen Eingebung folgend, ihn zurückhielt.

»Neulich im Park haben Sie mir gesagt, dass Ihnen das Opfer nahesteht. Wie nahe?«

»Eine Bekannte.«

Um klarzustellen, dass er keine weiteren Angaben machen würde, betätigte er die Klingel. Émilies Vater öffnete ihnen. Der Ermittler hatte ihn bereits bei einer Befragung kennengelernt und stellte Nora jetzt als eine Kollegin aus der psychologischen Abteilung der Kriminalpolizei vor. Der Vater fragte nicht nach und wies mit nachlässiger Geste zur oberen Etage. Nora bedankte sich mit einem Kopfnicken und folgte dem Ermittler die Treppe hinauf.

Émilie war eine junge, etwas verklemmt wirkende Frau von ungefähr zwanzig Jahren. Der Spiegel zeigte ihr, was sie nicht sehen wollte: eine zu fettige Haut, zu volle Wangen, zu schmale Lippen, zu sichtbares Zahnfleisch. Auch wenn ihr die ganze Menschheit Attribute einer Venus zusprechen würde, fand ihr Körper keine Gnade vor ihren eigenen Augen, deren Farbe sie im Übrigen für zu kastanienbraun hielt. Sie trug ein weites Sweatshirt mit riesiger Kapuze, als sie ihnen ihre Zimmertür öffnete. Anschließend setzte sie sich wortlos wieder aufs Bett. Nora wusste so gut wie nichts über die Synergologie, die nonverbale Kommunikation, aber die abgekauten Fingernägel und der ausweichende Blick der Studentin und zukünftigen Krankenpflegerin machten sie betroffen.

Nachdem er sie einander vorgestellt hatte, begann der Ermittler mit seiner erneuten Befragung. Ihre Beziehung zu Audrey, ihre Klassenkameraden, ihre Eltern, ihre Liebschaften – alles wurde angesprochen. Die Antworten von Émilie blieben ausweichend, aber ihre Körpersprache war dafür umso aufschlussreicher. Bei jeder Erwähnung von Simon Vilmet sank die junge Frau ein wenig mehr in sich zusammen. Am Ende des Gesprächs hätte man meinen können, ihr Hals wäre verschwunden.

Nora bereitete währenddessen ihre Ausrüstung vor und klopfte ihrem angeblichen Kollegen schließlich leicht auf die Schulter, um ihm verstehen zu geben, dass sie fertig war.

Abbad hielt inne und fragte Émilie: »Ist dein kleiner Bruder zu Hause?«

»Nein. Beim Fußballtraining.«

»Gut. Könntest du uns sein Zimmer zeigen?«

»Warum?«

»Weil ich gerne ein paar Proben nehmen würde«, antwortete Nora.

Die junge Frau zupfte etwas unmotiviert an den Ärmeln ihres Sweatshirts, senkte den Blick und verließ das Zimmer. Nora deutete dies als Aufforderung, ihr zu folgen.

Das Zimmer des Jugendlichen war durchdrungen von

diesem charakteristischen Geruch, den pubertierende Körper oft verströmten: Hefe und Essigessenz. Ein aufdringliches und aggressives Aroma. Eine geruchliche Aufforderung, das Weite zu suchen. Eine Art Pavlov-Effekt brachte den Ermittler dazu, das Fenster öffnen zu wollen, um zu lüften, aber Nora hielt ihn davon ab. Sie drehte sich zu Émilie um.

»Weißt du, ob dein Bruder seine Bettlaken häufig wechselt?«

»Nie. Er ist ein richtiges Ferkel.«

Die Antwort entzückte die rechte Hand von Cornélia. Nora schob eilig ein Glasbehältnis unter die Bettdecke. Mit großer Sorgfalt entfernte sie die Kappe eines Sensors und zog eine weiße Faser hervor. Diese steckte sie in den oberen Teil des Glasbehältnisses und verband es über einen Latexschlauch mit dem im Koffer befindlichen Gerät.

»Was machen Sie da?«

Zum ersten Mal während der Unterhaltung schien Émilie ihre Angst zu überwinden.

»Ich bereite alles für eine Geruchsextraktion vor. In unserer Branche heißt diese Technik Headspace-Analyse. Normalerweise sind diese Geräte sehr viel größer und müssen außerdem mit sperrigen Maschinen gekoppelt werden, aber wir besitzen glücklicherweise auch einige tragbare Ausführungen. Was du hier siehst …« – Nora wies auf das Glasbehältnis –, »ist für den ersten Schritt erforderlich: für die Entnahme einer Probe. Man schafft um die Geruchsquelle herum einen geschlossenen gasförmigen Raum, um jede Einwirkung von außen zu vermeiden. Dann speichert man die in dem Glasgefäß vorhandenen Geruchsmoleküle im Entnahmekopf ab.« Ihre Hand bewegte sich zu dem zylindrischen Sensor hoch. »Diesen Schritt nennt man die Isolierung der volatilen Bestandteile. Die Informationen werden anschließend an das Analysegerät geschickt. Das ist das schwarze Türmchen direkt vor dir – achte auf das Kabel, danke. Und so erhält man die genauen Bestandteile des Dufts. Über eine Chromatographie in der gasförmigen Phase – das heißt, über ein analytisches Trennverfahren zur qualitativen und quantitativen Bestimmung flüchtiger Verbindungen – kann man schließlich die Ergebnisse interpretieren und den Geruch identisch rekonstruieren.«

Nora wusste nicht, wie viel Émilie davon verstanden hatte. Als die junge Frau sie jedoch misstrauisch fragte, warum die Polizei den Geruch vom Bett ihres Bruders reproduzieren wollte, geriet sie etwas in Bedrängnis. Sie hatte angenommen, dass die komplizierten technischen Details, mit denen sie ihre Erklärungen ausgeschmückt hatte, die Studentin von weiteren Nachfragen abhalten würden, da ihr das Thema sicherlich zu kompliziert sein würde. Gerade ein Übermaß an Informationen war manchmal das beste Mittel, um zu verschleiern, dass man etwas verheimlichen wollte.

Ali Abbad hatte ihre Verunsicherung bemerkt und schaltete sich ein.

»Meine Kollegin versucht, eine Hypothese zu belegen oder zu widerlegen. Aber es ist noch zu früh, um über unsere Nachforschungen zu sprechen. Wir werden Sie dann zu gegebenem Zeitpunkt über die Fortschritte unterrichten.«

Diese Antwort schien die junge Frau nicht zu überzeugen. Aber was konnte sie schon tun, wenn diese beiden Autoritätspersonen sich ihren Fragen entzogen? Als Zeichen ihrer Kapitulation entschuldigte sie sich und verließ das Zimmer. Nora bat Abbad, ihrem Beispiel zu folgen. Sein Geruch nach kaltem Tabak in Kombination mit seinem grellen Parfum verunreinigte die örtlichen Gegebenheiten.

Als sie mit dem Bett und dem Zimmer fertig war, wollte

Nora auch noch die Geruchsatmosphäre des Flurs einfangen, doch auf dem Bildschirm des Analysegeräts erschien plötzlich eine Fehlermeldung. Ihre in Schnellkursen erworbenen technischen Fähigkeiten stießen hier an ihre Grenzen, und sie musste sich von der Vorstellung verabschieden, die Atmosphäre zu vervollständigen. Egal, das Zimmer würde reichen. Dieses technische Problem erinnerte sie daran, dass kein Olfakteur aus der Zentrale sie hatte begleiten können, um ihr behilflich zu sein. Alle hatten vorgeschützt, überlastet zu sein. Doch sie war nicht auf den Kopf gefallen. Die hohen Herren hatten einfach keine Lust gehabt! Das war der wahre Grund für ihre Weigerung. Nora schnaufte und packte die Gerätschaften zusammen.

Draußen auf der Straße tauschte sie sich mit dem Inspektor über ihren Eindruck von Émilie aus. Er lächelte traurig und zündete sich eine Zigarette an.

»Ich weiß. Insbesondere das Verhalten von Émilie bestärkt mich in meinem Verdacht gegen Simon Vilmet, und zwar schon seit der ersten Befragung. Ich weiß noch nicht, warum, aber die Kleine hat furchtbare Angst vor diesem Typen.«

16

»Was zum Teufel mache ich hier eigentlich?«

Hélias bereitete sich darauf vor, ins Innerste des ausgezehrten Monsters hinabzusteigen, das dieses Haus jetzt darstellte. Verwegenheit war keine Haltung, die in ihm verankert war, sondern etwas Neuartiges und daher auch etwas Fragiles. Er konnte es kaum fassen, sich so weit vorgewagt zu haben.

Auf der Suche nach einem Zugang war er zunächst um die Baustelle herumgegangen. Auf einer Seite ließen zwei nicht miteinander verbundene Absperrungen Platz genug, um sich zwischen ihnen hindurchzuschlängeln, wenn man es schaffte, die Luft anzuhalten. Er hatte beschlossen, den Koffer mit der Headspace-Ausrüstung, den ihm der Chauffeur in die Hand gedrückt hatte, nicht mitzunehmen. Abgesehen davon, dass ein solcher Gegenstand viel zu hinderlich gewesen wäre, hatte er keinerlei Ahnung, wie dieses Gerät überhaupt funktionierte. In der Niederlassung von Le Mans gab es zwar auch einen solchen Koffer, doch Alain lehnte es kategorisch ab, ihn zu nutzen. Für seinen früheren Mentor war dieses Gerät ein geradezu unheilvoller Gegenstand, dessen Artgenossen die menschliche Spezies bald auslöschen würden. Die technologischen Errungenschaften hatten ihn zu einem Reaktionär werden lassen.

Nachdem Hélias ein paar Kieshaufen überwunden und

auch einige sperrige Schrottansammlungen hinter sich gelassen hatte, erreichte er endlich einen der seitlichen Notausgänge. Die Fassade wies hier und da lediglich tiefe Risse auf und wirkte ansonsten im Vergleich zu den übrigen Gebäudeteilen geradezu intakt. Bevor er sich hineinwagte, vergewisserte sich Hélias noch einmal, dass niemand ihn im Blick hatte. Der lange Flur, der sich durch das Gebäude zog, lag im Dunkeln. Beim Anblick der nach allen Seiten hin offenen oberen Etagen war er davon ausgegangen, dass das Licht mühelos bis ins Erdgeschoss fallen würde. Aber in Anbetracht der um ihn herum herrschenden Dunkelheit kam er zu dem Schluss, dass die unteren Mauern die bisherigen Abrissarbeiten unbeschadet überstanden hatten. Die Taschenlampenfunktion seines Handys beleuchtete nur den unmittelbar vor ihm liegenden Bereich, und er betete, nicht ins Stolpern zu geraten.

In seinen Nasennebenhöhlen kribbelte es. Die Ausdünstungen von feuchtem Zement, Kalk und Staub mischten sich mit dem Geruch von Glaswollepartikeln, die in der Luft schwebten. Hélias entschied dennoch, seinen Weg fortzusetzen, achtete jedoch darauf, seine Nase vorsorglich gegen den Ärmel seines Hemdes zu drücken. Die Türen, die früher einmal zu den Wohnungen führten, waren herausgerissen, die Fenster allesamt mit großen Betonblöcken abgedichtet. Hier und da fiel der Lichtkegel seiner Taschenlampe auf verblasste Wandtapeten. Eines der Muster gefiel ihm so gut, dass er kurz erwog, ein Foto davon zu machen. Aber schnell riss er sich wieder zusammen und ging weiter. Es war offenbar wirklich so: Je nervenaufreibender eine Situation war, desto mehr fixierte sich sein Gehirn auf unbedeutende Details.

In der Mitte des Gebäudetorsos fand er die Treppe, die in den Keller hinabführte. Auf der Schwelle zu den Stufen nach unten stieg eine so massive Angst in ihm auf, dass er zu ersticken glaubte. Er blieb ein paar Minuten stehen, bis sich sein Atem wieder beruhigt hatte. Wie gern hätte er jetzt Alain anrufen wollen! Aber was hätte er ihm denn gesagt? »Huhu, ich klettere gleich in den Keller eines Abbruchhauses hinunter. Küsschen.« Alain könnte nichts, aber auch gar nichts für ihn tun. Genauso wenig im Übrigen wie die Mitarbeiter von Fragrancia, die dafür abgestellt waren, all seine Telefongespräche abzuhören. Wenn das noch stehende Gemäuer jetzt einstürzte, würden ihn die Trümmerteile völlig zerquetschen. Oder noch schlimmer: So wie ihm das Glück stets hold war, wäre er dazu verdammt, lebendig unter dem Schutt begraben zu werden. Er stellte sich vor, wie er schrie, wie er trotz seiner ausgekugelten Schulter gegen den Beton schlug und seine Beine unter einer verkanteten Metallstrebe feststeckten. Natürlich würde man ihn zu spät entdecken. Irgendwann würde ihm ein Deutscher Schäferhund mit Gurtzeug über die Stirn lecken, aber dann dürfte die Leichenstarre schon längst eingesetzt haben. Als ihm schließlich bewusst wurde, dass seine Fantasie ihn mit sich fortzureißen drohte, verscheuchte er diese aufdringlichen Gedanken und nahm den Abstieg in Angriff.

Als er den Keller erreicht hatte, stellte er fest, dass lediglich die steinernen Trennwände den Abrissarbeiten standgehalten hatten. Er nahm den Ärmel kurz von seiner Nase und holte Luft. Erleichtert registrierte er, dass sich hinter dem Geruch des Bauschutts die feuchte und charakteristische Ausdünstung eines Kellers hatte halten können. Es würde zwar schwierig werden, die beiden Duftströmungen auseinanderzuhalten, aber es war zu schaffen. Er blockierte seine Nasenlöcher erneut, diesmal allerdings aus einem anderen Grund als zuvor. Er wollte seinen Geruchssinn keinesfalls an die äußeren Gegebenheiten gewöhnen, denn dazu reichten dem Gehirn sieben Minuten. Er ging noch ein paar Meter weiter und stellt sich mitten im Raum hin. Dort senkte er seinen Unterarm, damit seine Nase frei und ungehindert die Gerüche in sich aufnehmen konnte.

»Mach es wie am Strand!«, murmelte er vor sich hin, um sich Mut zuzusprechen. »Wie am Strand.«

Er schloss die Augen, um sich besser konzentrieren zu können, und begann, die Düfte dieser Tiefen zu dekodieren. Als Erstes gelang es ihm, die moosigen Noten von denen der Zeder abzugrenzen. Er erfasste auch eine Nuance Zistrose, ein balsamischer und harziger Stoff. Zur Duftsignatur zählte außerdem eine ausgeprägte lehmige Note. Und plötzlich verstand er auch, warum der Patient diese Atmosphäre an keinem anderen Ort finden konnte: Der kalkhaltige Geruch des Feuersteins im Zusammenspiel mit üppigen, modrigen Facetten setzte Anklänge an Pelze und Pilze frei, die durchaus an Evernyl und das dominante Eichenmoos erinnerten. Hélias hielt all seine Beobachtungen fieberhaft auf seinem Handy fest. Der Entwurf nahm Form an. Er würde noch metallische und chemische Noten hinzufügen müssen, um den einstigen Werkraum abzubilden. Er hatte auf den von dem Patienten zur Verfügung gestellten Fotos eine Sprühflasche mit Werkzeugöl erkannt. Der ausgeprägte, scharf-süßliche Geruch nach einem Lösungsmittel, der von diesem Produkt ausging, musste unbedingt in die Mischung aufgenommen werden. Den von der Nase entworfenen Duftatmosphären wohnte immer auch eine gewisse Interpretation inne, vor allem, wenn man so nah wie möglich an die Wahrheit heranreichen wollte. Hélias war irgendwann einmal zufällig auf ein Zitat von André Breton gestoßen: »Das Imaginäre ist das, was danach strebt, real zu werden.« Gab es passendere Worte, um seinen Beruf zu beschreiben?

Es hatte mit einem gleichförmigen Brummen begonnen. Tief unter der Erde, wo sich Hélias immer noch befand, war es kaum wahrnehmbar. Vermutlich hätte er es gar nicht bemerkt, wenn ihn nicht die Anspannung in einem Zustand der permanenten Alarmbereitschaft gehalten hätte. Er hielt lauernd inne und versuchte, das Geräusch einzuordnen. Das tiefe Murmeln eines Motors. Als würde in der Ferne ein Konvoi von Autos vorbeifahren. Hélias rührte sich nicht und regulierte seine Atmung so, dass lediglich ein schwacher Luftstrom seinen Lungen entwich. Das Geräusch schien langsam zu verschwinden. Er entspannte sich wieder, überflog noch einmal die Notizen, die er auf seinem Handy gemacht hatte, und kam zu dem Schluss, dass er über ausreichend Informationen verfügte. Aber gerade, als er den Keller wieder verlassen wollte, wurde sein Körper plötzlich von einer heftigen Vibration erfasst. Hélias blickte nach oben.

»Beruhige dich, verflixt! Du bildest dir alles …«, beschwor er sich selbst mit rauer Stimme.

Schlagartig brach ein Heidenlärm los und hielt ihn davon ab, seinen Satz zu beenden. Nur einen Augenblick später ergoss sich ein Regen aus Bauschutt über seinen Schädel. Ein Jaulen entfuhr ihm. Um ihn herum begannen die Mauern zu beben. Im Lichtkegel seiner Taschenlampe stiegen Wolken von winzigen Partikeln auf, die sich alsbald als dicke weiße Staubschicht auf seine Kleider legten. Hélias atmete diese Reststoffe ein und begann zu husten. Er musste nach Luft ringen. Da er beim Husten schützend seinen Arm vors Gesicht hielt, kam der Stoff seines Hemdes ganz nah an seine Nase, und er nahm den Geschmack von Verputzmaterial wahr. Überdies drang der Staub in seine Augen und machte sie so trocken, dass er spürte, wie seine Lider jedes Mal über seine Augäpfel rieben, wenn er sie schloss. Er versuchte verzweifelt, seinen Atemrhythmus zu normalisieren und holte tief Luft. Einmal, zweimal. Aber die Angst gewann an Boden. Er begann zu hyperventilieren, und sein Herz schlug jetzt, als wollte es zerspringen. Bis zu einem Schlaganfall fehlte nicht mehr viel, so viel stand für ihn fest. *Verschwinde hier, um jeden Preis!* Aber das war ihm nicht möglich. Wie bei einer Schlafparalyse weigerte sich sein Körper, sich in Bewegung zu setzen.

Reflexartig ließ Hélias sich zu Boden fallen. Er musste sich möglichst viele Haltepunkte verschaffen, um sich fest am Boden zu verankern. Seine Knie schlugen auf die harte, kalte Betonoberfläche. Ein spitzer Kieselstein bohrte sich in seine Kniescheibe. Der Schmerz strahlte ins ganze Bein aus. Er verkrampfte sich noch mehr, und hinter seinen Schläfen pochte es. Der Staub in seinem Mund brachte ihn zum Würgen. Er hatte Angst, ohnmächtig zu werden. Das durfte auf gar keinen Fall passieren. Dann wäre es vorbei mit ihm. Tastend kroch er in die Richtung, in der er den Ausgang zu finden hoffte. Seine Hände stießen immer wieder an Hindernisse. Er hatte den Eindruck, dass alles um ihn herum einstürzte, dass die Mauern unmittelbar hinter ihm in sich zusammenfielen. Einen Augenblick rührte er sich nicht, das Übermaß an Informationen lähmte ihn. Finsterste Gedanken rasten durch seinen Kopf. Das Bild des Rettungshundes – natürlich erneut ein Deutscher Schäferhund – kehrte dabei am häufigsten wieder. Die Angst hatte ihn jetzt fest im Griff, und sein Geist begann zu halluzinieren. In der dunklen Höhle dieses Kellers nahm er Blitzlichter wahr, die rundum tanzten wie die Blaulichter eines Krankenwagens. Sein Herz schlug so stark, dass seine Lunge schmerzte. Er war dabei, den Kampf gegen die Panik zu verlieren. Er steckte regungslos fest, war auf allen vieren, mit tief zwischen die Schultern gezogenem Nacken, bis ein Bild vor seinem inneren Auge auftauchte. Es stammte aus der Zeit, als er versuchte, seine Ängste durch Meditationsübungen unter Kontrolle zu bringen. Vor allem aber aus der Zeit, in der er realisiert hatte, dass diese nur funktionierten, wenn er sich auf Gerüche konzentrierte. Die Vorstellung, dass ihm das jetzt, in diesem entscheidenden Augenblick, nicht gelingen könnte, löste einen weiteren Angstschub aus. Nein, er musste noch einmal von vorn beginnen, die alarmistischen Gedanken zurückdrängen und den Teufelskreis durchbrechen. Er musste seine ganze Aufmerksamkeit auf einen Geruch richten. Aber sein Atem ging ruckartig, die Atmosphäre blieb ihm unzugänglich und war außerdem fürchterlich kalkhaltig. Er würde es nicht schaffen. Er schrie, hustete, ließ das Gesicht auf den Kellerboden sinken. Er war kurz davor, aufzugeben, als sich eine andere vage Erinnerung den Weg durch seinen Gedankennebel bahnte: der Jeton, den er immer bei sich trug. Der metallische Hauch, den er an seinen Fingern ausmachen konnte, nachdem er den Jeton zwischen ihnen gedreht und gewendet hatte. Dieser ganz spezielle Geruch, den man mit rostigen Nägeln verbindet. Als Alain ihn irgendwann einmal mit dem Jeton hatte spielen sehen, hatte er ihm erklärt, dass Metalle keinen Geruch haben. Der Geruch an seinen Fingern stammte von nichts anderem als den Fettsäuren der Haut, die in einer chemischen Reaktion mit dem Metall diese besondere Ausdünstung hervorriefen. »Wenn du ihn nicht anfasst, gibt es auch keinen Geruch.«

In Analogie dazu ermahnte er sich jetzt: *Wenn du nicht daran denkst, gibt es auch keine Panikattacke.* Hélias saugte die Luft ein.

Es gelang ihm, sich aufzurappeln und vorwärtszulaufen. Da brach oben wieder Getöse los. Er stolperte. Diesmal fiel das Handy zu Boden, und das Licht erlosch. Um ihn herum war völlige Dunkelheit. Er keuchte, der Staub war überall, und er bekam erneut einen Hustenanfall. Jetzt aber gewann der Überlebensinstinkt Oberhand. Ein Ruck ging durch seinen Körper, und mit einem Satz richtete er sich auf, um in die weniger dichte Atmosphäre unter der Decke zu gelangen. Seine Lungen wurden etwas freier, und er konnte tief einatmen, bevor er sich erneut auf den Fußboden kniete und frenetisch zu tasten begann. Wenn er sein Handy nicht wiederfand … Daran durfte er gar nicht erst denken. Ja, er musste sich diesen Gedanken verbieten. Denn hinter dieser Überlegung lauerte die Panik. Zuerst musste er dieses verflixte Licht wieder einschalten. Die Aufzeichnungen kamen später an die Reihe, wenn er es hier hinausgeschafft hatte. Er schimpfte, fluchte, spuckte Kalk und Speichel. Seine Schleimhäute brannten. Er hasste sich dafür, dass ihm das Gerät entglitten war. Noch einmal donnerte es über ihm, diesmal gefolgt von einem merkwürdigen Knacken. Der finale Todesstoß. Gleich würde die Decke einstürzen. Hunde. Jeton. Blaulichter. Meditation. All das schien jetzt ganz weit weg zu sein. Das konnte doch nicht sein Ende sein. Nicht so. Er konnte doch nicht wie ein Idiot im Keller eines Gebäudes enden, das man abriss wegen einer städtebaulichen Planung, die mit der Zeit gehen wollte. Das war einfach zu dumm.

Da, plötzlich … Unter seiner Hand spürte er etwas Kaltes, Glattes, das ihm vertraut vorkam. Tief in seinem Innern keimte Hoffnung auf. Hélias ergriff das Smartphone, schaltete es ein. Das Glas des Displays war gesprungen und das Licht der Taschenlampe kaputt. Aber es gelang ihm, die Helligkeit des Bildschirms auf »maximal« einzustellen. Der Lichtschein war schwach, aber besser als nichts. Am Ende dieser Hölle konnte er die Treppenstufen erkennen, die ins Erdgeschoss hochführten.

Nach einer der beiden in ihrem Vertrag festgelegten Pausen hatten die Bauarbeiter von *Chartres Démolition* den Weg zur Baustelle zurückgefunden. Während einer von ihnen mit dem Bagger die nördlichen Fundamente aushob, suchte sich ein anderer eine ruhige Ecke, um Wasser zu lassen. Seine empfindliche Blase kannte kein Erbarmen. Als sein Blick auf einen schwarzen, neben einem Spalt in der Umzäunung zurückgelassenen Koffer fiel, schoss ihm das Blut in den Kopf. Und die Überprüfung des Inhalts bestätigte seine Hypothese: Er verstand zwar nicht das Geringste von dem elektronischen Firlefanz, den er in dem Koffer vorfand, aber es sah ganz so aus, als handelte es sich um eine Videoausstattung. Er griff nach seinem Walkie-Talkie, um die anderen aufzufordern, die Abrissarbeiten zu unterbrechen. Da waren wieder einmal kleine Idioten dabei, Stadterkundung in Abbruchhäusern zu betreiben: Urban Exploration, wie es so schön hieß. Er kannte diese Modeerscheinung gut, denn er sah sich gern Dokumentationen zu dem entsprechenden Themenbereich an, die auf YouTube reichlich zu finden waren.

Er war noch auf dem Weg zu den Baucontainern, um den Koffer dem Vorarbeiter zu übergeben, als er am Nordeingang eine zerzauste staubige Gestalt auftauchen sah und beobachtete, wie sie in einer angrenzenden Straße verschwand. Er hob seinen Schutzhelm kurz ab und kratzte sich am Kopf. So etwas hatte er noch nie in seinem Leben gesehen. Nicht einmal in den Urban-Exploration-Videos.

17

Es wurde bereits dunkel, als die Zwillinge Steve um seine Aufmerksamkeit baten. Er hatte ihnen auf Noras Bitte hin eine komplizierte Aufgabe gegeben: Sie sollten herausfinden, warum Émilie solche Angst vor Simon hatte.

In nur einer knappen Stunde hatten sie sich auf breiter Front in die digitalen Aktivitäten der jungen Frau eingeschleust. Telefon, Computer, Tablet. Überall hatten sie Backdoors versteckt. Das war leichter als gedacht. Das Hacking beruhte, anders als von Hollywood klischeehaft vorgegaukelt, hauptsächlich auf menschlichen Schwächen. Im echten Leben brauchte es keine ellenlangen Codes, die frenetisch in eine überhitzte Tastatur gehauen wurden, um Firewalls und andere Schutzsysteme zu umgehen. Es reichte aus, der Zielperson eine infizierte Mail zu schicken, von der man annahm, dass sie für den Empfänger von Interesse war. Dann brauchte man nur noch abzuwarten, bis die Anhänge geöffnet wurden. Im Gegensatz zu Simon hatte Émilie im Internet keinerlei Misstrauen an den Tag gelegt. Die Zwillinge hatten sich als die Verwaltung der Pflegeschule ausgegeben und ihr eine unechte Stundenplanänderung geschickt. Nachdem diese Datei heruntergeladen worden war, hatten sie ihren Rechner mit einem Trojaner infiziert. Und da ihr PC, 2025 sei Dank, mit ihren anderen Geräten verbunden war, hatten sich die beiden Schwestern auch Zugang zu Émilies Handy, all ihren Chats, SMS, Fotos, Sprachnachrichten und ihren sozialen Netzwerken verschafft. Sogar die Menge Wasser, die Émilie täglich trank, kannten sie jetzt, da ihre Trinkflasche ebenfalls mit dem Internet verbunden war.

»Wenn man sich vorstellt, dass das dieselben Personen sind, die nicht nackt bei sich zu Hause herumlaufen, weil sie Angst haben, die Nachbarn könnten sie sehen«, seufzte Steve. »Und was ist nun mit diesem Simon?«

»Nichts. Er hat einen guten Virenschutz. Jetzt mal ehrlich: Interessierst du dich für das, was wir haben, oder willst du ausschließlich das, was wir nicht haben?«

»Pardon, die Damen. Legt los«, antwortete Steve mit einem Lächeln und wippte auf seinem Stuhl hin und her.

Émilie hatte Simon bei einem seiner auf Instagram gesponserten Spots entdeckt. Aufgrund ihrer genetischen Veranlagung besaß sie einen athletischen Körperbau, ohne sich in Sportzentren begeben zu müssen. Ihr Anklicken von Fitness-Inhalten in den sozialen Netzwerken zeugte daher im Grunde auch hier von einer Suche nach Trost. Die übergewichtigen Frauen, die auf einem Laufband Blut und Wasser schwitzten, waren ein Trost für sie. Der Vergleich des eigenen Körpers mit denjenigen der anderen konnte sich zu seiner höchst beruhigenden Übung auswachsen.

»Na, da zieht ihr aber voreilige Schlüsse!«

»Sie hat es schwarz auf weiß in die Kommentarspalte des Videos geschrieben. Hier. Lies die Nachricht selbst. Am Schluss heißt es: ›Diese Videos sind mein *safe place.*‹ Alles klar? Können wir weitermachen?«

Jetzt hielt Steve den Mund. Auf jeden Fall konsumierte Émilie genügend solcher Posts, um den Algorithmus dazu zu bringen, sie mit Werbung aus dem Fitnessbereich zu überhäufen. Und so war es ganz natürlich gewesen, dass Instagram ihr irgendwann Inhalte von Simon Vilmet übermittelt hatte. In einem seiner gesponserten Auftritte pries er mit nacktem Oberkörper in seinem Zimmer die Vorzüge eines Proteingetränks an. Die Zwillinge zeigten Steve das besagte Foto. Übrigens hatten sie herausgefunden, dass der Hersteller dieses Nahrungsergänzungsmittels wenige Monate später aufgrund zahlreicher Fälle von Hautausschlägen und Magengeschwüren hatte schließen müssen.

Émilie, die für die Vorzüge und Inhalte des jungen Mannes empfänglich war, hatte zunächst viele seiner Auftritte gelikt und schließlich seine Seite abonniert. Es hatte nicht lange gedauert, bis Simon diese auffällige Aktivität bemerkte und sich in die Kommentare von Émilie einklinkte.

»Wie habt ihr herausgefunden, dass der erste Schritt von Simon ausging?«

»Jetzt reicht's aber.« Diejenige, die bis jetzt geschwiegen hatte, warf einen Antistressball in seine Richtung, den sie seit Beginn ihrer Präsentation zwischen ihren Fingern geknetet hatte. »Das war das letzte Mal, dass du uns als ›Faktenchecker‹ unterbrichst, verstanden? Weiter geht's.«

Da es ihn amüsierte, sie auf die Palme zu bringen, schwang eine leichte Enttäuschung mit, als Steve jetzt versprach, sie nicht mehr zu unterbrechen.

Sie zeigten ihm die erste Nachricht der Korrespondenz, die zwischen Simon und Émilie stattgefunden hatte. Er hatte geschrieben: »Hallo, wenn du persönliche Ratschläge wünschst, dann trau dich ruhig.«

Die Antwort von Émilie hatte nicht lange auf sich warten lassen, und danach war es täglich zu ausgiebigen Konversationen zwischen den beiden Internetnutzern gekommen. Eine Woche später verbrachten sie ihren ersten gemeinsamen Abend. Auf dem Programm stand: ein asiatisches Restaurant am Rand von Paris und ein Dolby-Atmos-Kino. Émilie hatte ihn vorgewarnt: Sie hasste Horrorfilme. Also hatte Simon einen Ballerfilm gewählt. Action, Knarren und Bräute. Und auch wenn Émilie zunächst zögerlich gewesen war, hatte sie sich letztlich doch überreden lassen, mit ihm zu schlafen. Die vor und nach dem Abend getauschten Nachrichten legten das nahe. Man konnte sogar den Ort erschließen, wo es geschehen war: Auf der Rückbank des weißen Audi A3 von Simon.

Das war vor drei Monaten gewesen. Seitdem hatten sie nie wieder miteinander geschlafen.

»Ganz schön enttäuschend.«

Mit einem kleinen Grinsen wartete Steve auf die Fortsetzung.

Die Zwillinge gingen nicht auf den Kommentar ihres Chefs ein, sondern scrollten die Konversation auf ihrem Bildschirm weiter nach unten durch. Ein paar Tage nach dem gemeinsamen Abend erklärte Émilie, sie habe gehört, dass eine Aufnahme von ihrem Sex existierte, und sie flehte Simon an, das Video zu löschen.

»Ein Sexvideo?«

Steve hatte mit dem Wippen aufgehört.

»Sie schreibt: ›Es ist mir wahnsinnig peinlich. Ich will nicht, dass du solche Bilder von mir hast.‹ Es wird nie explizit so benannt, aber die SMS lassen kaum einen Zweifel zu.«

Simon gab seinerseits vor, keine derartigen Bilder zu haben, und behauptete, genauso wie Émilie das Opfer dieser Gerüchte zu sein.

»Warum ist Simon dann an dem Abend bei Émilie und ihren Freunden aufgetaucht, wenn sie ihn doch beschuldigt hat, ohne ihr Wissen ein Video aufgenommen zu haben? Ich hätte mich an seiner Stelle dort nicht blicken lassen«, sagte Steve nachdenklich und kratzte sich am Kopf.

»Bestimmt, um sich persönlich zu erklären und zu beteuern, dass es kein solches Sexvideo gibt.«

Die Zwillinge hatten sich keinen Zugriff auf das fragliche Video verschaffen können – ohne Zugang zum Computer von Simon sei da nichts zu machen. Aber das spielte fürs Erste auch keine Rolle, denn Émilie war fest davon überzeugt, dass kompromittierende Bilder existierten, und das reichte auch schon, um sie zu terrorisieren.

»Noch eine letzte Sache«, sagten diejenige der beiden, die den Antistressball nach Steve geworfen hatte. »Es ist vielleicht nicht wichtig, aber gegen vier Uhr morgens in jener Nacht hat Émilie eine SMS an Audrey geschickt und gefragt: ›Alles in Ordnung?‹ Darauf hat Audrey nie geantwortet.«

Sichtlich aufgewühlt, dankte der Chef der Abteilung für IT-Sicherheit den beiden Frauen. Er rollte seinen Stuhl an seinen Schreibtisch, schenkte sich Coca Cola in einen Pappbecher ein und starrte ein paar Minuten auf den ausgeschalteten Bildschirm seines Rechners.

Laut Protokoll war Audrey an jenem Abend recht früh schlafen gegangen. Warum zum Teufel hatte Émilie dann versucht, sie mitten in der Nacht zu erreichen? Sie hätte doch nur hochgehen und nachsehen müssen. Schließlich war es ihr Zuhause. Oder hatte sie vielleicht irgendetwas gesehen oder gehört? Etwas, das sie davon abgehalten hatte, das Schlafzimmer zu betreten? Er runzelte die Stirn und biss sich auf die Unterlippe. Wenn Nora zurückkam, würde er ihr diese neuen Erkenntnisse unterbreiten. Bis dahin musste er sich auf seinen eigentlichen Job konzentrieren, nämlich die Zentrale zu schützen. Seine Finger hämmerten ein wenig stärker als sonst auf die Tastatur seines Rechners ein. In all den Jahren, die er bereits für Fragrancia arbeitete, hatte er noch nie eine solche Lust verspürt, einen Cyberangriff gegen eine ganz bestimmte Person zu starten. Nachdem er seine Cola ausgetrunken hatte, zerknüllte er den Pappbecher und warf ihn in den Mülleimer.

18

Am Mittwoch ging der Olfakteur Cholet gegen Mittag in seinem Arbeitszimmer auf und ab. Sein Patient würde gleich eintreffen, und er konnte ihm nichts, aber auch gar nichts präsentieren. Es kam selten vor, dass man ihn so sorgenvoll sah, und Nora, die auf dem Sofa saß, berauschte sich geradezu an diesem Anblick. Je verzweifelter Edmond Cholet wirkte, desto größer war ihre Schadenfreude. Als sie sich daran sattgesehen hatte – denn anders als die ultraliberalen Ökonomen es annahmen, hatten alle guten Dinge irgendwann ein Ende –, drehte sie sich zu Hélias um. Dieser wartete bereits seit zehn Minuten. Seine Füße schmerzten in den neuen Schnürschuhen, und das lange Stehen war eine Qual für ihn.

»Fassen wir den gestrigen Tag zusammen. Du …« – sie begann, anhand ihrer Finger die Liste seiner Verfehlungen aufzuzählen – »… hast deine Befugnisse übertreten, bist ohne Genehmigung vorgegangen, hast dich sogar der für deine Sicherheit zuständigen Person entzogen, hast dich selbst in Gefahr gebracht, hast ein Headspace-Gerät im Wert von zehntausend Euro unbeobachtet stehen lassen …«

»Nicht nur stehen lassen. Dieser unfähige Mensch hat es sich stehlen lassen«, empörte sich Edmond.

Er machte einen Schritt zu einem Barschrank, in dem so alte Whiskys aufbewahrt wurden, dass sie vermutlich bereits die erste Generation von Pokémons erlebt hatten.

»Das ist richtig, Herr Olfakteur, aber Sie müssen sich deswegen keine Sorgen machen. Jedes Gerät ist mit einem Peilsender versehen. Das Team, das wir zu den Bauarbeitern geschickt haben, hat mir bereits bestätigt, dass sie das Gerät wieder in ihrem Besitz haben.«

»Das ändert nichts.«

Er umfasste das Kristallglas in seiner Hand mit einer solchen Kraft, dass es wahrscheinlich zerbrochen wäre, wenn er nicht gleichmäßigen Druck auf die gesamte Fläche ausgeübt hätte.

»Und du hast das Smartphone ruiniert, das wir dir kurz vorher gegeben haben. Habe ich noch etwas vergessen?«, fragte Nora spöttisch.

»Allerdings! Das Wichtigste haben Sie absichtlich nicht genannt. Er ist ohne Duftatmosphäre zurückgekommen!«

Sie beherrschte sich, um ihm nicht an den Kopf zu werfen, dass es ihr ziemlich egal war, ob der Auftrag erfolgreich ausgeführt worden war oder nicht. Der Olfakteur hatte seinem Ruf alle Ehre gemacht: *Einen Neuling in eine solche Falle zu schicken, da muss man wirklich nicht ganz bei Trost sein*, dachte Nora.

»Aber ich habe die Atmosphäre doch.«

Auf einmal herrschte nichts als Schweigen im Zimmer. Dann forderte Edmond Cholet Hélias auf, seine Worte zu wiederholen. Mit dem unguten Gefühl, seinen Schwanengesang anzustimmen, kam er der Aufforderung nach.

An diesem Morgen hatte er die Mischung im Labor gewogen, und obwohl eigentlich noch ein weiterer Rohstoff hinzugefügt werden musste, der sich jedoch nicht so schnell auffinden ließ, hatte sich das Ergebnis als funktionsfähig erwiesen. Hélias fügte hinzu, dass die olfaktorische Signatur derjenigen entsprach, die er in Chartres gerochen hatte. Die

Atmosphäre werde sicherlich für den Patienten geeignet sein. Er habe sich außerdem die Freiheit genommen, die VMS bereits mit der Probe zu vermengen, um dem Olfakteur Zeit zu ersparen. Nach diesen Ausführungen griff er in seine Jackentasche und brachte ein Fläschchen hervor, dessen Inhalt man nur noch in den Vernebler gießen musste.

Edmond schnaufte und stellte sein Glas an den Rand des Schreibtisches. In drei Sätzen war er bei dem jungen Mann und baute sich so vor ihm auf, dass dieser reflexartig sein Gesicht schützte. Eine Rakete wäre nicht schneller unterwegs gewesen. Hélias glaubte schon, dass der ausgestreckte Arm des Angreifers zu einem meisterhaften Schlag ausholen würde. Erst als die erwartete Prügel ausblieb, begriff er, was ihm wirklich drohte. Der Olfakteur Cholet wies mit dem Finger zur Tür.

»Raus hier! Ich werde eine von dir ausgetüftelte Panscherei doch meinem Patienten nicht unter die Nase halten. Du träumst wohl!«

Als Nora sah, dass Hélias nicht reagierte, fasste sie ihn bei den Schultern und schob ihn Richtung Flur. Die Beschimpfungen von Edmond Cholet verhallten erst, nachdem die Tür zugefallen war.

Hélias war blass, er taumelte, und ohne die Geistesgegenwart von Nora wäre er womöglich der Länge nach auf dem Teppich zusammengebrochen. Sie schlug ihm vor, sich für einen Moment hinzusetzen. Er winkte mit der Hand ab und suchte in seiner Tasche nach dem Jeton. Nichts war so gelaufen wie geplant. Hélias fühlte sich hilflos, um seinen Ruhm betrogen. Ein tiefes Gefühl der Ungerechtigkeit ergriff ihn. Sein heroischer Akt war durch die Reaktion Cholets geradezu besudelt und völlig entwertet worden. Sein gefährlicher Abstieg war kein unglaublicher großer Erfolg mehr, sondern das riskante Unterfangen eines leichtsinnigen, kleinen Idioten.

»Und dafür der ganze Aufwand«, sagte er mit zusammengebissenen Zähnen.

Als Nora ihn so am Boden zerstört sah, konnte sie nur schwer glauben, dass sich dieser Bursche tollkühn in ein halb eingestürztes Gebäude gewagt hatte. Ein solcher Wagemut passte ganz und gar nicht zu ihrem ersten Eindruck von ihm. Eher hätte sie sich vorstellen können, dass Hélias bereits nervös wurde, wenn sein gewohnter Himbeer-Joghurt in seinem angestammten Supermarkt ausverkauft war.

Eine Bewegung am anderen Ende des Flurs riss Nora aus ihren Gedanken. Ein Mann mit dem forschen Schritt eines Menschen, der es gewohnt war, anderen Leuten Anweisungen zu erteilen, kam geradewegs auf sie zu.

Es war der Patient von Cholet.

Nora trat beiseite und lehnte sich an die Wand, um ihn vorbeizulassen. Der von Cholet erwartete Mann war schon fast an ihr vorbeigegangen, als sie bemerkte, dass sich mit Hélias eine Wandlung vollzogen hatte. Zunächst glaubte sie entsetzt, er werde vor dem Kunden umkippen, erst dann begriff sie, dass er etwas im Schilde führte. Mit einer zitternden, vibrierenden Intensität, die Hélias ganz und gar durchdrang, richtete er sich kerzengerade auf und reckte herausfordernd das Kinn. Unmittelbar bevor er zur Tat schritt, warf er ihr – das hätte sie schwören können – ein verzerrtes Lächeln zu. Ein Lächeln, in dem Verzweiflung ebenso wie Gewitztheit liegen mochte.

Er öffnete seine Hand und ließ das Fläschchen fallen. Mit seinem Absatz zertrat er es auf dem Teppich. Den Bruchteil einer Sekunde zuvor hatte Nora seinen Plan durchschaut und hielt sich reflexartig die Nase zu.

Der Mann blieb schlagartig stehen.

»Dieser … dieser Geruch …«

»Entschuldigen Sie bitte die Ungeschicklichkeit unseres Assistenten. Ich rate Ihnen, die Dämpfe nicht einzuatmen.«

Nora versuchte, trotz der zugehaltenen Nase möglichst wenig zu näseln.

Zu spät. In diesem schmalen Flur, im künstlichen Licht und in Gegenwart von zwei Unbekannten tauchte der Patient in seine Vergangenheit ein.

Als zehnjähriger Junge reichte er seinem Vater das richtige Werkzeug. Die raue väterliche Hand strich ihm über das Haar, und er empfing diese Ehre mit dem Stolz eines Soldaten. Seine Mutter kam herunter, um nach den beiden Männern ihres Lebens zu schauen, und schloss ihn fest in ihre Arme. Er wuchs in einem Umfeld auf, das von Liebe und Zärtlichkeit geprägt war. Geschützt vor den Schwierigkeiten des Lebens, seinen großen Trennungen, seinen kleinen Treulosigkeiten und seinen Bußgeldern für falsches Parken.

Das Kribbeln, das in seinem Bauch angefangen hatte, bewegte sich in einer mächtigen Welle bis zu seinem Gehirn hoch. Nora sah, wie er in sich zusammensank: Genau aus diesem Grund führten die Therapeuten von Fragrancia die Behandlungen der olfaktorischen Erinnerung stets im Sitzen oder Liegen durch.

Der Mann lag jetzt ausgestreckt auf dem Boden, blickte zur Decke hinauf und weinte hemmungslos. Stöhnen, Husten, erneutes Stöhnen – in gleichbleibendem Wechsel wiederholten sich diese beiden schlichten Äußerungsformen. Als sich sein Sekret durch das Schluchzen verflüssigt hatte und ihm aus der Nase zu laufen begann, schniefte der Patient laut. Er hatte sich offenbar so sehr in die Vergangenheit vertieft, dass er beinahe wieder zu dem einstigen von Liebe und

Fürsorge umhegten Rotzbengel zu werden schien. Unter der Wirkung der VMS wandelte sich gerade ein im normalen Leben besonders ausgeprägter Stolz oft in eine besondere Ergriffenheit.

Nora versuchte, ihn von der Duftquelle fortzuziehen, aber der Körper des Mannes war schlaff wie der eines Toten. Wie ein Jammerlappen schwelgte er in seiner überbordenden Verzückung und hatte nicht im Geringsten die Absicht, sich fortzubewegen. Stolz betrachtete Hélias die Szene. Der unverschämte Drang, seinen Wert vor den Augen anderer unter Beweis zu stellen, hatte sich seiner bemächtigt. Niemand sollte seine Arbeit herabsetzen. Niemand sollte seine Anstrengungen zunichte machen. Je gründlicher der Zusammenbruch dieses Geschäftsführers ausfiel, desto mehr richtete Hélias sich auf.

Von dem Lärm vor seiner Tür alarmiert, stürzte Edmond Cholet mit der festen Absicht in den Flur, seine Hand diesmal nicht nur zu benutzen, um in eine Richtung zu weisen. Doch hier bot sich ihm ein unerwartetes Schauspiel: In der Duftatmosphäre eines alten, feuchten und kalkhaltigen Kellers, in dem es nach Metall, Werkzeugöl und Lösungsmitteln aller Art roch, lag sein Patient der Länge nach auf dem Rücken, während Nora versuchte, ihn mit aller Kraft an einem Bein fortzuziehen. Und hinter ihnen stand Hélias mit einem herausfordernden Gesichtsausdruck.

Bevor der Olfakteur auch nur den Mund öffnen konnte, verkündete ihm der junge Mann, dass er den Mitarbeitern im Labor bereits eine Mail mit der Formel geschickt hatte. Sie würden in den nächsten Minuten ein weiteres, frisch gewogenes und abgefülltes Probefläschchen hierher zu ihm schicken.

Edmond musste sich an der Wand des Flurs abstützen. In

seiner Verblüffung hatte er vergessen, sich die Nase zuzuhalten. Es lag noch reichlich VMS in der Luft – die ersten Anzeichen eines unfreiwilligen Trancezustands kündigten sich an.

Nora gelang es schließlich, dem Mann wieder auf die Beine zu helfen. Im Vorbeigehen fasste sie auch Edmond am Arm und brachte beide in dessen Arbeitszimmer. Bevor sie die Tür hinter sich schloss, drehte sie sich noch einmal zu Hélias um. So viel stand fest: Sie musste ihren ersten Eindruck von diesem jungen Mann gründlich revidieren.

19

Die Sonne ging unter, und mit ihr traten auch die Blumen ihre Nachtruhe an. In der Ferne waren noch die letzten Patienten zu sehen, die nun die Zentrale wieder verließen, reich beladen mit intensiven Emotionen und wachgerufenen Erinnerungen. Manche schnieften, andere lächelten. Alle waren aufgewühlt von der Verzückung, die sie erfasst hatte. Nur selten begegnete man einem Patienten, der wegen der zweihundert Euro beunruhigt war, die er für die halbstündige Sitzung ausgab. Frustration geht oft auf einen Mangel an Qualität zurück, und Fragrancia konnte sich damit rühmen, eine hervorragende Dienstleistung zu erbringen.

Hélias saß auf einer etwas abgelegenen Bank hinter einem der zahlreichen blühenden Sträucher und haderte mit sich. Zunächst hatte der hitzige Schlagabtausch auf dem Flur eine befreiende Wirkung gehabt, aber nachdem er sich wieder beruhigt hatte, blieben vor allem Niedergeschlagenheit und Gewissensbisse übrig.

Als Nora mit zwei Bierflaschen in der Hand zu ihm kam, hatte ein qualvoller Nachmittag den jungen Mann in einen apathischen Zustand versetzt. Sie stellte eine kühle Flasche in seine Reichweite, und sofort zeichnete sich ein Feuchtigkeitsring auf dem Holz ab. Dann setzte sie sich neben ihn.

Sie brachte beruhigende Nachrichten mit. Hélias würde keine Abmahnung erhalten. Ganz im Gegenteil, Cholet hatte sogar zu verstehen gegeben, dass er für den Rest der Woche die Dienste des jungen Mannes in Anspruch nehmen wollte. Es gab einige Duftatmosphären, die erstellt werden mussten.

»Nicht leicht, aber machbar«, so hatte seine Einschätzung gelautet.

Da Nora wusste, dass der Olfakteur den Auftrag von Chartres etwa so schwierig einstufte wie das Schlucken des eigenen Speichels, hatte sie sein Ansinnen jedoch freundlich abgelehnt. Hélias würde nicht mehr für diesen unbeherrschten Irren arbeiten. Der Vorfall war damit abgeschlossen, Hélias brauchte sich keine Sorgen mehr zu machen.

Klar, sie musste diesen Assistenten irgendwie wieder loswerden, aber nicht in einer Holzkiste, die sie an seine Eltern überstellen müsste.

Er legte den Kopf in den Nacken und atmete erleichtert aus. Sein Körper entspannte sich, und erst jetzt spürte er, wie sich ein leichter Kopfschmerz ausbreitete. Der kräftige Schluck Bier, den er sich genehmigte, war dennoch angebracht. Eine solche Neuigkeit musste schließlich angemessen begossen werden.

»Du kannst also wirklich eine Duftatmosphäre mit der Nase retranskribieren?« Auch sie führte ihre Flasche jetzt an den Mund. »Ich dachte, dass es dieses Verfahren gar nicht mehr gibt, seit die Headspace-Technologien Atmosphären genau analysieren können. Ganz schön beeindruckend.«

Hélias gestand ihr, dass es nicht wirklich eine Wahl zwischen diesen beiden Verfahren gab, wenn man bei einem Mann beschäftigt war, der durchaus in der Lage war, sein Haus in die Luft zu sprengen, sobald er auch nur eine Mikrowelle zu bedienen versuchte. Woraufhin sie lächelte.

Ihre Meinung über ihn veränderte sich. Zumindest so weit, dass sie in ihm nicht mehr nur ein reines Ärgernis sah.

Im Laufe ihrer Unterhaltung bekam sie sogar Lust, mehr über ihn zu erfahren. Hélias, der es nicht gewohnt war, dass man sich so für ihn interessierte, befürchtete sogleich, seine Gesprächspartnerin zu langweilen.

»Wie bist du zu Fragrancia gekommen?«

Nora beugte sich zu ihm vor, um ihm zu bedeuten, dass sie das wirklich wissen wollte. Hélias war unbehaglich zumute, aber er kam ihrer Aufforderung nach.

Ab 2017 kam es auf Anregung eines schwerkranken Olfakteurs zwischen Fragrancia und einem öffentlichen Krankenhaus zu einer Partnerschaft namens *Odor Medicina*. Dieser Olfakteur hatte einigen sorgfältig ausgewählten Ärzten gestattet, ihren Patienten Behandlungen anzubieten, in denen VMS zum Einsatz kam, ohne dass das mühsame Aufnahmeverfahren durchlaufen werden musste. Im weiteren Verlauf hatten die Behandlungen ermutigende Ergebnisse gezeigt. Es ließen sich Erfolge nachweisen bei der Behandlung von Erinnerungsstörungen, von posttraumatischen Belastungen, aber auch in Fällen, wo es um das Wohlbefinden von Personen mit psychischen Problemen ging. Die Initiative erwies sich jedoch als unvereinbar mit der Geheimhaltungsmaxime, die Cornélia über alles stellte und immer weiter verschärfte, und war daher nach relativ kurzer Zeit zum Scheitern verurteilt. Hélias aber zählte zu den wenigen Glücklichen, die davon profitiert hatten. Sein Psychiater war einer jener Klinikärzte, die mit Fragrancia zusammengearbeitet hatten. So hatte er ihn und einen weiteren Patienten zu den memoriellen olfaktorischen Sitzungen geschickt. Hélias wusste inzwischen, wie viel sie dazu beigetragen hatten, seine Hyperemotionalität abzubauen. Er gestand Nora jedoch nicht, wie sehr ihn die Einstellung des Projekts verbittert hatte. *Odor Medicina* hatte den Menschen wirklich geholfen, und er war der Meinung, dass keine, aber auch gar keine Geheimhaltungspolitik verhindern durfte, besonders hilfsbedürftige Menschen zu unterstützen.

»Und wie ist Alain darauf gekommen, dir eine Anstellung anzubieten?«

»Das ist eine lange Geschichte.«

»Umso besser.«

Hélias nahm einen weiteren Schluck Bier und ließ sich ein wenig Zeit, um seine Gedanken zu ordnen.

»Ich war immer als Zweiter an der Reihe, wenn ich Alain aufsuchte, und er redete stets endlos lange mit dem Patienten vor mir. Selbst der Psychiater hielt diesen Fall für hoffnungslos. Der Patient war ein junger Mann, der nach einem Motorradunfall nicht mehr sprach. Und zwar überhaupt nicht mehr. War vollständig stumm. Sein Vater, der das Motorrad gefahren war, hatte höllisch viel getrunken. Er hatte zwar überlebt, aber beide Beine hatten nach dem Unfall amputiert werden müssen. Und sein Sohn kam über diese traumatischen Erlebnisse nicht hinweg. Ich konnte nur schwer mitansehen, wie schlecht es ihnen ging, und zwar allen beiden. Es bekümmert mich immer noch. Und ich brauche dir ja nicht zu erklären, dass eine Sitzung nicht erfolgreich sein kann, wenn der Patient sich nicht äußert. Die Olfakteure benötigen präzise Angaben zu den mit den Erinnerungen verknüpften Gerüchen. Also hat Alain ihm ganz allgemeine Gerüche präsentiert: typische Duftatmosphären, wie man sie im Wald oder Einkaufszentrum und auf dem Parkplatz oder Rummelplatz vorfindet. Ich glaube, er hat es sogar mit den Ausdünstungen eines öffentlichen Schwimmbads versucht. Auf diese Weise wollte er durch Zufall mit glücklichen Assoziationen verbundene Erinnerung wachrufen. Aber der Erfolg blieb aus, und der Patient wehrte sich gegen jede seiner mentalen Reisen unter dem Einfluss von VMS. An einem Abend, als ich mich schon wieder auf den Heimweg machen wollte, nahm ich all meinen Mut zusammen und erklärte Alain, dass ich eine Idee hatte. Man kann es sich vielleicht nicht so recht vorstellen, weil ich heute mehr Selbstbewusstsein habe, aber damals hat mich dieser Schritt große Überwindung gekostet.«

Nora lächelte, da sie an den ersten Eindruck dachte, den der Assistent auf sie gemacht hatte. Und Hélias war stolz auf seinen Witz.

»Der Vater begleitete seinen Sohn zu jedem Termin und blieb geduldig im Wartezimmer sitzen. Das war sicher seine Art, etwas wiedergutmachen zu wollen, da er sie beide schließlich in diese furchtbare Lebenssituation gebracht hatte. Es tat wirklich weh, einen Motorradfahrer mit seiner Lederjacke im Rollstuhl hocken zu sehen. Er wirkte so schuldbewusst, so elend, dass mich sein Anblick im Wartezimmer jedes Mal zutiefst berührte. Ich sehe noch heute sein Gesicht mit der Sonnenbrille und dem von den vielen Zigaretten hellbraun verfärbten Schnurrbart vor mir. Ein Vater, der so deutlich zeigt, dass er weiß, welchen Mist er gebaut hat, ist ein Anblick, den man nur schwer vergisst. Im Lauf der Begegnungen hatte ich bemerkt, dass sein Sohn und er sich jedes Mal mit strahlenden Blicken anschauten, wenn der junge Mann aus dem Behandlungszimmer kam. Auch wenn dabei kein Wort gesprochen wurde. Es war augenfällig, wie sehr sie aneinanderhingen. Also habe ich Alain Folgendes vorgeschlagen: Es musste ein Geruch gefunden werden, der bei dem jungen Mann die gesamte Gestalt des Vaters wachruft. Da mir damals sowohl das Fachvokabular als auch die Fachkenntnisse fehlten und ich selbst nicht im Entferntesten in der Lage gewesen wäre, diese Duftatmosphäre zu kreieren, hat er mir vorgeschlagen, mit ihm zusammen daran zu arbeiten. Das war nicht allzu schwierig. Ich hatte so viel Zeit mit dem Vater im Wartezimmer verbracht, dass sein Geruch mir noch heute gegenwärtig ist, wenn ich an ihn denke. Seine Lederjacke war speckig, roch nach Essignoten, beinahe säuerlich. Er selbst roch von Kopf bis Fuß nach seinen Zigaretten und dem speziellen Papier, mit dem er sie drehte. Haare, Bart und Fingernägel waren durch die Kapillarwirkung zu richtigen Duftspendern geworden. Er hatte starken Mundgeruch, und sein Schweiß ließ an Kreuzkümmel denken. In seinen Klamotten hingen die Ausdünstungen von Diesel, Reifen und Motoröl. Das war so dominant, dass ich manchmal beinahe den Eindruck hatte, mir säße eine als Mensch verkleidete Harley-Davidson gegenüber. Das alles habe ich auch Alain ungefähr so beschrieben, und er konnte die Duftatmosphäre erstellen und sie dem Sohn unterbreiten. Und tatsächlich: In der folgenden Woche, nach unzähligen völlig wirkungslosen Behandlungen, sprach der junge Mann endlich ein paar Worte. Und noch am selben Abend erhielt ich meine erste Anstellung.«

Weitaus mehr als an dieser Vater-und-Sohn-Geschichte war Nora daran interessiert gewesen zu erfahren, wie Hélias es geschafft hatte, bei Fragrancia zu landen. Es gab keine Standard-Richtlinien bei der Auswahl neuer Mitarbeiter. Man musste erfinderisch sein, um einen Platz zu ergattern, denn Cornélia selbst umgab sich nur mit den aufgewecktesten, kreativsten und fantasievollsten Köpfen. Man musste alles wagen. Nora hatte gehört, dass es in diesem Zusammenhang Leute gab, die nicht einmal vor geradezu kriminellen Machenschaften zurückschreckten. Es hatte offenbar Fälle von Spionage, Erpressung und sogar Kidnapping gegeben. Die Geschichte von Hélias klang dagegen beinahe wie ein offizielles Arbeitsangebot. Sie setzten ihre Unterhaltung noch eine Weile fort, und schließlich entschuldigte Nora sich.

Sie musste noch etwas erledigen. Denn das Zeitfenster, in dem eine Begegnung mit Audrey in dieser Woche möglich war, würde sich bald schließen.

20

»Vielen Dank für Ihre Aussage«, war aus dem Raum zu vernehmen, in dem das Gruppengespräch mit den Betroffenen stattfand.

Nora schloss die Flügeltür hinter sich und ging zu ihrem Platz zurück. Sie saß mit Angehörigen der Opfer im Nebenraum und wartete. Gierig schielte sie zur Kaffeemaschine und dem bereitstehenden Kaffeepulver auf dem Klapptisch hinüber, aber ihre Vernunft behielt Oberhand, und sie nahm Abstand von einer weiteren Tasse. Das hätte ihre Blase nicht verkraftet. Mit ein paar raschen Blicken taxierte sie ihre Mitwartenden. Verschlossene Gesichter, abgenagte Fingernägel und ein blasser Teint – Trostlosigkeit und Erschöpfung, wo sie nur hinsah. Ein sexueller Übergriff beschädigte selten nur ein einziges Leben. Der Verein zur Unterstützung der Opfer sexueller Gewalt gestattete es Angehörigen, vor Ort zu warten, wenn sie es wünschten. Den Beraterinnen war verschiedentlich aufgefallen, dass einige der Betroffenen sich leichter öffneten, wenn sie einen familiären Rückhalt in der Nähe wussten.

Nora erhielt eine SMS von Abbad. Er würde sich verspäten. Die Nachricht verstimmte sie sehr. Schließlich konnte sie eine Befragung nicht ohne ihn durchführen.

»Verdammt!«, zischte sie etwas zu laut.

Aber niemand reagierte auf ihren Fluch. Alle waren mit

ihren eigenen Sorgen beschäftigt. Aufgrund der schlechten Schalldämmung der Flügeltüren hörte Nora mit, dass Audrey die Nächste war, die zum Gespräch gebeten wurde. Sie spitzte die Ohren.

Die junge Frau räumte zunächst ein, dass diese Woche für sie besser verlaufen war als die vorherigen. Sie hatte lediglich eine einzige Panikattacke erlitten, die obendrein etwas weniger heftig ausgefallen war als sonst. Allerdings quälte sie weiterhin die Angst, dass alle in ihr nur noch das Opfer sahen. Sie hatte ständig den Eindruck, dass man sie mitleidig betrachtete – als wäre sie nur noch eine geschwächte, klein gemachte, verschreckte Version derjenigen Frau, die sie vorher gewesen war. Sie hasste diese Anteilnahme, sie hasste sie beinahe so sehr wie den Mann, der dafür verantwortlich war.

Eine der Beraterinnen versuchte, sie zu beschwichtigen.

»Im Gegenteil. Alle finden, dass du sehr stark bist, und niemand bemitleidet dich.«

Alle in der Gruppe stimmten dieser Einschätzung zu. Aber die Worte der Gesprächsleiterin prallten an Audrey ab, die beharrlich an ihrer Annahme festhielt. Ein Unbekannter hatte sie beschmutzt, und die anderen erinnerten sie durch die Art und Weise, wie sie ihr begegneten, ständig daran. So sah die Wirklichkeit aus, mit der sie Tag für Tag umgehen musste. Genauer: Ein Mann hatte sie beschmutzt. Und dieser Mann war nur der Letzte in einer langen Reihe.

Sie ging heute davon aus, dass jeder Typ, der in ihr Leben getreten war, sie auf die eine oder andere Weise misshandelt hatte. Nichts als kaputte Typen waren ihr in ihrem Leben begegnet. Angefangen mit ihrem Vater. Ein Loser, wie er im Buche stand, der sein ganzes Umfeld mit in seine Mittelmäßigkeit herabgezogen hatte. Ein Säufer, der keine Anstellung länger als einen Monat behielt und dessen bevorzugte

Zerstreuung darin bestand, Audreys Mutter zu erniedrigen. Und zwar so sehr, dass Freunde und Verwandte sie vor allem mit Leidensmiene in Erinnerung hatten. Intelligenz, Körpergewicht, Kleidung: die Inspirationen für seine Beleidigungen schienen lange Zeit unerschöpflich zu sein. Als ihm die Gemeinheiten endlich ausgegangen waren, hatte er sich vor fünf Jahren mit einer anderen aus dem Staub gemacht. Was Liebesbeziehungen anging, war Audrey verlassen, betrogen und benutzt worden. Es waren im Prinzip nur Abenteuer und Affären gewesen, die ihr Schaden zugefügt hatten. Der Einzige, in den sie sich ernsthaft verliebt hatte, war von einem auf den anderen Tag verschwunden, ohne jemals wieder etwas von sich hören zu lassen. Da sie dachte, es sei ihm etwas zugestoßen, hatte sie seine Freunde kontaktiert. Einer von ihnen, der etwas mutiger als die anderen war, hatte ihr enthüllt, dass dieses »Etwas« die Schwangerschaft seiner offiziellen Partnerin war. Im Alter von sechzehn Jahren stieß sie am Bahnhof von Cesson auf folgenden Schriftzug: »Der Mann ist der Frau ein Wolf.« Sie hatte lange überlegt, ob sie sich dieses abgeänderte Hobbes-Zitat tätowieren lassen sollte.

Eine Ausnahme hatte es allerdings gegeben. Als ihr Vater wieder einmal für eine Weile verschwunden war, hatte es auf einmal einen Typen gegeben, der ihr ganz anders vorgekommen war als alle anderen und in dessen Gegenwart ihre Mutter wie ausgewechselt erschien. Audrey war damals erst vier Jahre alt gewesen, und sie hatte von ihm nichts mehr in Erinnerung außer der Überzeugung, dass auch sie in seiner Gegenwart glücklich gewesen war. Manchmal klammerte sie sich jetzt an diese Erinnerung, um sich davon zu überzeugen, dass dieses Gefühl vielleicht eines Tages wiederkehren würde.

Wurden im Gruppenraum Stühle gerückt, verriet dieses Geräusch den Begleitpersonen das baldige Ende der Gesprächsrunde. Kurz darauf konnten sie ihre Lieben im Hauptraum wieder in Empfang nehmen. Während die Organisatorinnen alles an Ort und Stelle räumten, unterhielten sich die Teilnehmerinnen aber auch manchmal noch untereinander.

Etwas missmutig, weil Abbad immer noch nicht aufgetaucht war, schloss sich Nora den anderen an. Sie begab sich nun ebenfalls in den Raum mit seinem Linoleumboden und den über die Jahre vergilbten Wänden, seinen nüchternen Deckenplatten und den LED-Panels, die ihr kaltes Licht verbreiteten. Tagsüber diente der Raum als Veranstaltungsort für Kolloquien und andere Aktivitäten des Kulturzentrums von Melun. Deshalb hingen an den Wänden alte Poster mit Ankündigungen aller Art. Die fröhlichen und lachenden Kinder aus den neunziger Jahren verliehen der düsteren Atmosphäre etwas Nostalgisches. Nora machte ein paar Schritte auf Audrey hinüber. Die Studentin war hochgewachsen und schmal, hatte hohle Wangen und ein vorspringendes Kinn. Von ihrer Erscheinung ging ein zurückhaltender Stolz aus. Sie war allein. Nora warf einen Blick zu dem Sichtfenster in der Tür und bedauerte, dass sie dort nicht den Kopf von Abbad auftauchen sah.

Was mache ich jetzt nur?, überlegte sie fieberhaft. Sie zog in Betracht, sich Audrey als eine von der Polizei beauftragte Spezialistin vorzustellen, um die laufenden Ermittlungen voranzubringen. Anschließend würde sie versuchen, die Fragen selbst zu stellen. Aber wie? Sie konnte ja wohl kaum mit der Tür ins Haus fallen, indem sie Audrey direkt auf ihr Parfum ansprach. Und in irgendeiner Form auf Fragrancia zu sprechen zu kommen, das war erst recht unmöglich. Audrey würde sie für verrückt halten und zum Teufel jagen. Egal, wie sie es anstellte, sie würde keine Antwort erhalten.

Während Nora weiterhin krampfhaft nach einer möglichen Herangehensweise suchte, schlug Audrey, nachdem sie ihre über die Stuhllehne gehängte Tasche an sich genommen hatte, den Weg zum Ausgang ein. Wenn Nora etwas erreichen wollte, dann musste ihr unverzüglich etwas einfallen. Sie musste Audrey möglichst feinfühlig ansprechen. Doch wie nur? *Hallo, hallo. Weißt du zufällig noch, ob du ein Parfüm getragen hast an dem Abend, an dem du vergewaltigt wurdest?*

Nein, keine Chance. Sie fühlte sich außerstande, diese Sache allein durchzuführen. Audrey war bereits dabei, das Gebäude zu verlassen. Es blieben Abbad nur noch wenige Sekunden, um aufzutauchen, sie abzufangen – und dann zu retten, was zu retten war. Aber das Wunder geschah nicht. Die junge Frau öffnete die Tür und verschwand nach draußen. Nora versuchte, den Ermittler anzurufen, aber es meldete sich nur seine Mailbox. *Schöne Scheiße.* Dann musste er eben allein klarkommen.

Es war ein milder Abend, und eine leichte Jacke hätte ausgereicht, um auch jetzt in der Dunkelheit nicht zu frösteln. Nora begab sich zum Parkplatz, wo ihr Fahrer auf sie wartete. Nach dem erfolglosen Anrufversuch schrieb sie nun eine SMS an Abbad, wobei sie ihre Frustration im Zaume zu halten versuchte. Sie verfasste bissige Sätze, löschte sie wieder, um dann doch erneut in den gleichen boshaften Ton zu verfallen. Aber was nutzte es, wenn sie das Verhältnis zu ihm weiter vergiftete? Es würde letztlich nur noch mehr Schaden anrichten.

Als sie die Limousine erreicht hatte, wies ihr Fahrer auf etwas hinter ihr. Sie drehte sich um und sah, wie Abbad zielstrebig auf Audrey zueilte. Nora löschte ihre Nachricht und stieg in den Wagen.

»Wollen Sie nicht warten?«

»Das habe ich schon den ganzen Abend getan. Er weiß schon, was er zu tun hat.«

Nora bedeutete François loszufahren. Sie war verstimmt. Selbst wenn Abbad seinen Teil dazu beigetragen hatte – erschüttert hatte sie vor allem der von ihr mitgehörte Bericht von Audrey.

Auf der Fahrt zurück in die Zentrale von Fragrancia erhielt sie eine SMS von Steve. Das gefakte Profil, mit dem sie an den mutmaßlichen Vergewaltiger herankommen wollten, war einsatzbereit.

21

Auf den riesigen Bildschirmen im Kontrollraum beobachtete Nora die kleine Menschengruppe in makellos weißen Kitteln, die Schutzhüllen an den Füßen und Haarnetze auf dem Kopf trugen. Umgeben von den typischen Geräuschen einer industriellen Fertigungsanlage, bewegten sie sich aufmerksam und interessiert zwischen weit ausholenden, automatisierten Armen, die ein Produktionsband bedienten. Das gesamte, rundum weiß geflieste Labor war eigens für den Besuch präpariert worden. Die Wissenschaftler hatten beispielsweise manche Produktbezeichnungen auf den Edelstahltanks und anderen Gefäßen mit schwarzem Klebeband verdeckt. Die Kontrolleure durften sich zwar umschauen, bekamen aber nur das zu sehen, was Fragrancia ihnen tatsächlich zeigen wollte. Die Produktionsstätte der VMS lag in einem der Nebengebäude. Dort herrschten die strengsten Sicherheitsmaßnahmen und die allergrößte Geheimhaltung. Noras Handy vibrierte.

»Rufen Sie mich an, wenn es etwas Neues gibt. Ich bleibe hier im Gebäude«, rief sie ihrem Kollegen zu, nachdem sie einen Blick auf die eingegangene SMS geworfen hatte.

Der Mann, der vor einer Konsole mit blinkenden Kontrollleuchten stand, nickte ihr schweigend zu. Cornélias rechte Hand kannte das Team, das damit betraut war, die Besucher umherzuführen und im Blick zu behalten. Deshalb hegte Nora keinerlei Zweifel, dass auch diese Inspektion gut verlaufen würde. Sie hielt ihre schwarze Karte gegen das Lesegerät und verließ den Raum. Steve, ebenfalls mit einem Haarnetz auf dem Kopf, wartete in der Eingangshalle auf sie. Seine Aufmachung entlockte Nora ein Lächeln.

»Mal ehrlich, du spinnst wohl! Konntest du nicht zu uns rüberkommen?«, schäumte Steve, als er Noras spöttische Miene wahrnahm.

»Erstens habe ich mir gesagt, dass es dir nicht schaden könnte, aus deiner Höhle herauszukommen. Und zweitens bleibe ich lieber im Dunstkreis der Labore. Ich habe eine Delegation von Staatsbeamten hier, die durch unsere Räumlichkeiten turnen.«

Um in einer juristischen Grauzone bleiben und gesetzliche Auflagen vage halten zu können, hatte Cornélia einige Verpflichtungen eingehen müssen. Die jährliche Inspektion der VMS-Produktionsanlagen durch Mitarbeiter des Gesundheitsamtes war eine davon. Eine absurde und überflüssige Tarnung. Alle in der Fragrancia-Zentrale wussten, dass diese »Mitarbeiter des Gesundheitsamtes« in Wirklichkeit Beamte der Generaldirektion der Behörde für innere Sicherheit waren. Und da der Handel mit geschmuggelter VMS zunahm, hatten sich die zeitlichen Abstände zwischen diesen Inspektionen verringert. Es war bereits das vierte Mal seit Anfang des Jahres, dass die Inspektoren hier auftauchten.

Nora und Steve begaben sich zu einem Besprechungsraum, der nach und nach zu einer Art Kantine der Labormitarbeiter geworden war. Es roch nach Pastabox und aufgewärmten Linsengerichten. In dem Regal, das früher einmal für einen Projektor vorgesehen war, stand schon lange eine Mikrowelle. Steve stellte seinen Laptop vor Nora und setzte sich neben sie. Als wollte er sich gleich den neuesten Film von Christopher Nolan ansehen, öffnete er eine Tüte Haribo Dragibus und begann, die Fruchtgummis genüsslich zu kauen. Die Gelben kamen zuerst dran.

Es war verrückt, mit welch rasender Geschwindigkeit sich die Technologie entwickelte, und verrückt war auch, dass eine kurze Phase der Unaufmerksamkeit reichte, um den Anschluss zu verlieren. Solche Gedanken gingen Nora durch den Kopf, als sie jetzt Bekanntschaft mit ihrem digitalen Alias machte. Nachdem die Zwillinge es nicht geschafft hatten, sich in den Rechner von Simon hineinzuhacken, hatte Steve übernommen. Bei seinen Nachforschungen hatte er herausgefunden, dass der Influencer in gewisse Schwierigkeiten geraten war. Der Verdacht eines betrügerischen Vorgehens stand im Raum und beschädigte seinen Ruf. In der Folge machten sich die bis dahin zuverlässigen Inserenten rar. Der Streit hatte begonnen, als eine Person namens *RedHair63* sich in den sozialen Netzwerken beklagt hatte, eine ordnungsgemäß gewonnene Play Station 5 nicht erhalten zu haben. Und das aus gutem Grund, denn diesen Gewinn gab es gar nicht. Wahrscheinlich hatte Simon dieses gefakte Gewinnspiel einzig und allein organisiert, um seine Statistiken zu verbessern und die Anzahl seiner Follower zu steigern. Diese im Influencer-Milieu übliche Praxis blieb normalerweise folgenlos. Nur schien Simon so häufig mit der gleichen Betrugsmasche gearbeitet zu haben, dass diese erneute Beschwerde alle Personen aufgerüttelt hatte, die bis dato ebenfalls hereingelegt worden waren. Jetzt wehrten sie sich. Mit Sicherheit auf Anraten seines Agenten hatte Simon dann ein scheinheiliges Entschuldigungs-Video gepostet. »Meine Güte, so läuft es eben im Internet … Irgendwann habt ihr einfach keinen Bock mehr«, lautete sein abschließendes Statement. Steve attestierte ihm bei all seiner Unverfrorenheit doch einen, wenn auch mit Arroganz gepaarten, gewissen Stil.

Während er darauf wartete, dass die Internetnutzer »einfach keinen Bock mehr« haben würden, beschränkte sich der Influencer darauf, zweifelhafte Produkte zu platzieren, deren Vertreiber ihm schlechte Konditionen boten. Er war gezwungen, für Pullover mit paillettenbesetzten Totenköpfen zu werben, für weiße Daunenjacken mit schwarzen Fellbesätzen und für Nahrungsergänzungsmittel, die trotz anderslautender Beteuerungen ganz offensichtlich wirkungslos gegen Haarausfall waren.

Die Ratschläge zu Finanzgeschäften waren hingegen ein großer Erfolg. Der Handel mit Kryptowährungen hatte in letzter Zeit ordentlich Fahrt aufgenommen. Immer mehr Neueinsteiger glaubten, in diesem digitalen Eldorado ein Vermögen machen zu können. Obwohl ihre Chance, auch nur einen einzigen Cent bei den risikoreichen Platzierungen einzusacken, geringer war als die, vom SpaceX-Konzern für die ersten bemannte Expedition zum Mars berücksichtigt zu werden, gaukelte Simon ihnen das Gegenteil vor. Während des Goldrauschs waren es insbesondere die Verkäufer von Schaufeln, die reich wurden.

»Er braucht keinen Kies.« Wieder stopfte Steve sich drei Fruchtgummis in den Mund, wodurch seine Aussprache etwas undeutlich wurde. »Er muss sein Image aufpolieren.«

»Man muss ihn also mit einer Zusammenarbeit ködern, die ihm viel Wertschätzung einbringt.«

»Genau.«

Steve beugte sich vor und gab »Florence Henau« in die Suchmaschine ein. Eine große Anzahl von Internetseiten wurde angezeigt. Auf Wikipedia erfuhr Nora, dass diese Florence die Marketingabteilung der Gruppe Gametech leitete.

Gametech war der wichtigste unabhängige Verlag für Videospiele auf dem französischen Markt. Florence Henau war eine extravagante und willensstarke Autodidaktin, die den Spitznamen »Päpstin der Geeks« trug.

»Wer ist das genau?«

»Das bist du.«

Nora klickte unverzüglich auf eines der Fotos, die Florence Henau wiedergeben sollten, und sah, dass tatsächlich ihr eigenes Gesicht auf dem Bildschirm erschien. Sie lachte nervös auf. Steve sagte ihr, am schwierigsten sei es gewesen, den echten Marketingchef von Gametech unsichtbar zu machen. Der hatte in die hintersten Winkel der Suchmaschinen verbannt werden müssen, und erst danach war der Weg frei gewesen, um dieses Alias zu erfinden. Florence Henau tauchte nun dank hochintelligenter Bildbearbeitungsprogramme auf verschiedenen Empfängen und bei wichtigen Ereignissen auf. Sie schien die gesamte Prominenz 2.0 zu kennen: Youtuber mit Millionen von Followern ebenso wie hochdekorierte E-Sport-Mannschaften. Eine so große Zahl an illustren Personen, denen die echte Nora natürlich noch nie begegnet war. All ihre Accounts in den sozialen Netzwerken waren mit einem blauen Badge versehen, das die Authentizität bestätigte. Zählte man ihre Follower auf Instagram, Facebook und X zusammen, beliefen sie sich auf etwa 30 000. Für ein paar Euro war über skrupellose Vermittler alles zu haben. Und der Gipfel des Realismus war, dass in einer ganzen Reihe von Zeitungsartikeln ihr Name erwähnt wurde, wie etwa in *Le Monde*, *Le Nouvel Obs* und sogar in *Les Échos*: alles geklonte Seiten, die in den nächsten Tagen wieder verschwinden würden.

»Unglaublich.«

»Danke! Aber – jetzt ist Eile geboten. Ein solcher Web-

Auftritt ist teuer, und Google wird schon bald all diese falschen Seiten im Netz löschen. Am besten, wir schicken Simon sofort eine Einladung. Weißt du schon, welcher Olfakteur dich bei diesem Auftrag begleiten wird? Ich könnte ihn schon mal als deinen Assistenten ausgeben.«

»Nein, leider noch nicht. Sie machen sich seit Anfang der Woche ziemlich rar. Aber ich werde schon einen finden.«

Ein paar Minuten später wurde der Agent von Simon Vilmet kontaktiert und ein Treffen für den nächsten Abend vereinbart. Nora kannte den idealen Ort, um diesen Kerl in die Falle zu locken.

22

Während der letzten Tage hatte Hélias so viel Zeit wie möglich im olfaktorischen Labor verbracht. Der Raum war in mehrere separate Zellen mit jeweils einem Labortisch unterteilt. Jedem Assistenten wurde ein solcher Bereich zugeteilt. Sein Platz war ganz hinten, direkt neben einem großen Fenster, das einen schönen Ausblick in den Park bot. Einen besseren Ort konnte er sich nicht wünschen. Die blauen, mit VMS gefüllten Kanister waren frei verfügbar und standen nur eine Armlänge von ihm entfernt. Dieser Überfluss war ein krasser Gegensatz zu dem mickrigen Geheimvorrat, den er über der Zwischendecke der Toilette in Le Mans versteckt hatte.

Ein anderer wesentlicher Unterschied bestand in der Strenge, mit der hier Sicherheitsbestimmungen eingehalten wurden. Jeder Arbeitsplatz war in der Mitte mit einer Augendusche ausgestattet. Diese Becken erinnerten Hélias zwar stets an die Trinkbrunnen in amerikanischen Fernsehserien, aber sie dienten natürlich dazu, die Augen im Falle von Spritzern sofort ausspülen zu können. Eine sehr nützliche Vorrichtung für Labormitarbeiter, die nicht wie Daredevil enden wollten – von seinen Superkräften einmal abgesehen.

Das Labor war mit vier Dunstabzügen ausgestattet, die wie riesige belüftete Aquarien aussahen, sodass auch mit stark riechenden Stoffen gearbeitet werden konnte. Eine solche Ausrüstung gab es natürlich im Offizin von Alain Fisson nicht. Als ihnen einmal eine Phiole reines Buchu-Mercaptan umgefallen war, hatten Alain und er die Evakuierung des gesamten Gebäudes veranlassen müssen. Dieser Rohstoff hatte einen so strengen Geruch nach schwarzer Johannisbeere, dass Hélias noch Jahre später glaubte, ihn im Mauerwerk riechen zu können. Im wissenschaftlichen Vokabular nannte man so etwas eine Phantosmie. Eine Art olfaktorische Halluzination. Für eine Patientin von Alain, die unter dieser Störung litt, stank das Wartezimmer in ihrer Niederlassung beispielsweise nach nassem Hund.

Die Kontaktschwierigkeiten von Hélias hatten die Umsetzung seines Vorsatzes, sich in das Team hier vor Ort zu integrieren, schon im Keim erstickt. Er erfand Ausreden, um das Mittagessen allein einnehmen zu können, mied die Stoßzeiten an der Kaffeemaschine und versuchte einzuschätzen, wann die Laborbenutzer den Ort wechseln mussten, um ihnen besser aus dem Weg zu gehen. Aber die Anstrengungen, die er dafür auf sich nehmen musste, ließen ihn sein Verhaltensmuster schließlich bereuen. Er bedauerte es umso mehr, als ihm eine Anleitung zur Benutzung der Bibliothek der olfaktorischen Rohstoffe höchst willkommen gewesen wäre. In Le Mans ähnelte der Katalog einem Sortiment von ätherischen Ölen aus dem Reformhaus. Er hatte geglaubt, die geläufigen organischen Verbindungen in der Duftherstellung zu beherrschen, aber hier sah er sich plötzlich vollkommen fremden Ketonen, Estern, Aldehyden und Alkoholen gegenüber. Diese Erfahrung war für ihn eine wahre Lektion in Demut. Er fühlte sich wie ein Pianist, der beim Spielen auf dem Instrument eines anderen feststellen musste, dass auf seinem eigenen Instrument Tasten fehlten. Manche Verbindungen hatten den Geruch einer frisch aufgeblühten Rose, andere den einer schwarzen Abdeckplane, die zu lange in der Sonne gelegen hatte. Jedes neuartige Molekül war eine Welt von Möglichkeiten, die sich vor ihm öffnete. Ein Aldehyd mit fruchtigen Noten, und schon erweiterte sich seine Vision einer Obstschale um eine neue Facette. Ein Keton, das an säuerliche Veilchen erinnerte, und schon lag Hélias der Geschmack eines Bonbons aus seiner Kindheit auf der Zunge. Da er wusste, dass jede Essenz mehrere Riechproben erforderte, um erfasst zu werden, lag ein gigantisches Arbeitspensum vor ihm. Er würde, so schwante ihm, ein ganzes Jahr benötigen, um seinen Rückstand aufzuholen. Einschließlich der Wochenenden.

Bei jeder neuen chemischen Verbindung ärgerte er sich ein wenig mehr über Alain. Hélias hatte während seiner Ausbildung alle möglichen Arten von Sammlungen ertragen – von Melonenetiketten über leere Klopapierrollen bis zu zerbrochenen Muscheln –, aber nicht ein einziges Mal hatte sein Mentor daran gedacht, ihm die wirklich wichtige Sammlung nahezubringen: die Sammlung der Duftrohstoffe. Telefonisch konnte er sich schwerlich darüber beklagen, da sein Handy abgehört wurde. Aber er wollte es Alain an den Kopf werfen, was ihm da vorenthalten worden war, wenn sein Mentor, wie angekündigt, in ein paar Tagen hier in der Zentrale eintreffen würde.

Am Freitagnachmittag, nachdem Hélias die kampferartigen Aromaten durchgesehen hatte, gestand er sich eine Pause zu. Außer den Reinigungskräften war er der Einzige, der noch im Labor unterwegs war. Ein kleiner Trupp reinigte den Fliesenboden und die gekachelten Wände, und ein Kollege sammelte mithilfe eines Metallwagens die schmutzigen, noch vom Vortag herumstehenden Glasgefäße ein. Eine weitere

Person war mit dem Abstauben der Regale beschäftigt. Sie hob jede etikettierte Phiole an, wischte mit einem Lappen darunter her und stellte sie sorgsam wieder an dieselbe Stelle zurück. Eine penible und langweilige Arbeit. Bei einer der seltenen Unterhaltungen hatte Hélias erfahren, dass niemand von den Reinigungskräften diese Aufgabe mochte und sie sich wochenweise dabei abwechselten. Nur die Teamleiterin, Maria, war davon befreit, was ihrem Alter und wohl auch ihrer nicht mehr ganz so ruhigen Hand geschuldet war.

Hélias zog sich an einem der Automaten im Aufenthaltsraum einen Brownie und kehrte ins Labor zurück, um es vor seiner Fensterfront zu verspeisen. Es war allerdings verboten, in den Laborräumen zu essen, aber er zählte auf die Verschwiegenheit des Reinigungspersonals.

Von seinem Aussichtspunkt aus überblickte er den Park in seiner gesamten Ausdehnung. Der bedeckte Himmel und die dräuenden Wolken hatten die betagten Spaziergänger aus den Gartenanlagen vertrieben. Die Kundschaft von Fragrancia bestand zu mehr als achtzig Prozent aus alten Menschen. Alain hatte ihm erklärt, dass sie der beste Patientenstamm waren. »Mit einem schlichten Erdbeergeruch kann man ihnen tausend Erinnerungen entlocken«, pflegte er zu sagen. Nur Cahetel, die Zibetkatze, tollte draußen herum, um Meisen im Flug zu fangen, und belebte diese erstarrte Landschaft.

Hélias wurde durch das Rollen der Servicewagen aus seinen Gedanken gerissen. Die Reinigungskräfte verließen jetzt zügig die Etage. Anscheinend hatten sie keine Lust, dem Olfakteur Cholet über den Weg zu laufen, der auf die Parzelle von Hélias zusteuerte. Seine Fähigkeit, sich völlig lautlos fortzubewegen, war unglaublich. Noch dazu bei einer Statur wie der seinen. Je näher er kam, desto entsetzter wurde Hélias' Miene. Er trat von einem Fuß auf den anderen, stopfte seinen

Brownie in die Tasche seines Kittels und schluckte mit zum Fenster gewandten Blick hastig den letzten Bissen herunter.

»Seien Sie so freundlich, und essen Sie hier nicht!«, schleuderte ihm Cholet da bereits entgegen und baute sich neben ihm auf.

Etliche Minuten verstrichen, aber der Olfakteur blickte immer noch schweigend nach draußen, als sei er gebannt von dem, was sich dort unten abspielte. Schließlich drehte er sich um.

»Mein Laborant hat gekündigt. Der Platz ist frei.«

»Das ist sehr freundlich von Ihnen, aber ich werde Olfakteur. Nicht Laborant oder Assistent.«

Das spöttische Lachen von Cholet überraschte Hélias trotz allem. Cholet drehte sich erneut zur Fensterfront und wies mit dem Finger auf Cahetel.

»Wussten Sie, dass die Zibetkatzen bei einem Gefühl der Bedrohung aus den an ihrem Anus liegenden Drüsen eine gelbliche, ekelhaft riechende Flüssigkeit ausscheiden? Diese klebrige, aufdringliche und fäkale Substanz soll selbst die hartnäckigsten Verfolger abschrecken und in die Flucht schlagen. Aber die Zibetkatzen haben nicht mit ihrem schlimmsten Verfolger gerechnet: dem Menschen. Sehen Sie, der Mensch fand diesen Geruch so animalisch, so verführerisch und berauschend, dass er beschloss, diese dickflüssige Substanz in seine Parfums zu integrieren. Seit Jahrhunderten ist dieses Tier einzig wegen dieses Sekrets gejagt und in Gefangenschaft gehalten worden.«

»Ja, mir ist die Herkunft des natürlichen Zibets bekannt, aber ich verstehe nicht, warum Sie mir das erzählen.«

Cholet fuhr fort, als hätte er Hélias' Äußerung nicht gehört.

»Um an die kostbare Essenz zu gelangen, sperrte man

diese Tiere in Käfige, die kaum größer als sie selbst waren, und man schlug mit aller Kraft gegen die Gitterstäbe. Der Lärm dieser Schläge erschreckte die Tiere, die dann sofort ihre Drüsenflüssigkeit absonderten. Unter den Gittern hatte man Schalen aufgestellt, in die das kostbare Sekret direkt hineinfloss. Immer und immer wieder setzte man ihnen tagelang auf diese Weise zu, bis sie vor Erschöpfung zusammenbrachen.«

Cholet gestattete sich ein paar Sekunden der Stille, als wolle er Hélias Zeit geben, zu verdauen, was er gerade gehört hatte. Dann sprach er weiter.

»Nun, und an diesem Punkt kann ich es mir nicht versagen, einen gewissen Bezug herzustellen. Genau wie die Zibetkatzen besitzen Sie etwas, das wir haben wollen. Und genau wie diese Katzen zeigen Sie sich wenig kooperativ. Aber machen Sie sich keine Sorgen. Wir werden Sie weder einsperren noch in Ihrer Gegenwart auf Gitterstäbe einschlagen.«

Cholet beugte sich mit einem genüsslichen Lächeln zu Hélias hinüber und murmelte: »Aber Sie werden es noch bedauern, sich nicht freiwillig in den Käfig begeben zu haben.«

Damit trat er einen Schritt zurück, drehte sich um und verließ den Raum wieder.

Die Brutalität seiner Worte hatte Hélias die Sprache verschlagen. Er, der dem Unternehmen Fragrancia seit so vielen Jahren huldigte, entdeckte allmählich dessen erbarmungslose Seite. Zitternd holte er sein Handy hervor und wählte die Nummer von Alain, bevor er sich eines Besseren besann. »Atmen, atmen …« War er in der Lage, einem solchen Druck und einer solchen Härte standzuhalten? Es war ohne Frage sein Traum, Olfakteur zu werden – aber um welchen Preis? Es war ganz einfach: Jede Interaktion mit Cholet brachte ihn dazu, seinem früheren Leben nachzutrauern. Vielleicht hatte er am Ende einen ganz anderen Wunsch. Vielleicht wollte er das ruhige Leben in einer Provinzstadt führen und klare, einfache Beziehungen pflegen. Die Machenschaften hier in Fontainebleau überstiegen seine Kräfte.

Nach und nach beruhigte er sich wieder. Vermutlich hatte er nur eine Pechsträhne. *Los, streng dich an!* Noch ein wenig Geduld, und man würde ihm ein Offizin anvertrauen. Einen Ort, an dem Freundlichkeit herrschen würde. Keine Ränkespiele oder Einschüchterungen – nur glückliche Menschen inmitten von Rohstoffen und Erinnerungen.

Als er sich gerade wieder seiner Arbeit widmen wollte, kam ein Mann auf ihn zu geeilt, der ihn offenbar gesucht hatte.

»Nora schickt mich«, teilte er Hélias keuchend mit. »Sie sollen zu ihr kommen. Sofort.«

23

In ihre Gedanken vertieft, fiel Audrey nicht auf, dass die Schüler und Schülerinnen ihrer Freude über die beendete letzte Unterrichtsstunde lautstark Ausdruck verliehen. Steif und teilnahmslos blieb sie auf ihrem Stuhl sitzen, lediglich ihr trübsinniger Augenausdruck verriet, wie deprimiert sie sich fühlte. Ein paar Sekunden später kam sie wieder zu sich. Sie bückte sich und kramte in ihrem Rucksack, holte eine kleine Pillendose hervor, öffnete diese und schluckte eine Tablette. Außer ihr war nur noch der Lehrer im Klassenraum geblieben. Er war so damit beschäftigt, seine Notizen durchzugehen, dass er ihre Gegenwart nicht wirklich bemerkte. Geräuschlos stand sie auf und verließ nun ebenfalls den Raum.

Heute war sie zum ersten Mal seit der Vergewaltigung wieder in die Schule gegangen. Ein schwieriger, aber notwendiger Schritt. Der Tag war besser gelaufen als erwartet. Viele ihrer Mitschülerinnen waren zu ihr gekommen, um ihr Beistand zu leisten. Bei manchen war natürlich auch Neugier im Spiel gewesen. Man wollte Details darüber erfahren, was sich an jenem Abend bei Émilie nun wirklich abgespielt hatte. Aber diese Neugierigen waren rasch enttäuscht wieder abgezogen, da Audrey sich an nichts erinnerte. Die mühsame Rekonstruktion ist oft weniger von Interesse als die Brutalität der Vergewaltigung.

Kaum hatte sie den Flur erreicht, da begann sich ihr Gedankenkarussell erneut zu drehen, und wieder stellte sie Spekulationen über den Fortschritt der Ermittlungen an. Sie hatte mit Ali Abbad, dem mit ihrem Fall betrauten Inspektor, die Telefonnummern ausgetauscht, als sie auf dem Kommissariat Anzeige erstattet hatte. »Wenn dir irgendetwas wieder einfällt, auch wenn es dir noch so unbedeutend erscheint, oder wenn du einfach nur reden willst, kannst du mich jederzeit anrufen.« Sie hatte sein Verhalten ihr gegenüber als zuvorkommend empfunden. Es entsprach nicht dem Bild, das sie sich von der Polizei machte. Seine Nachrichten vom Fortgang der Ermittlungen waren hingegen nicht gerade zufriedenstellend. Er erwähnte Verzögerungen durch zähe Verwaltungsschritte, einzuhaltende Verfahrensfristen und falsche Fährten. Er blieb vorsichtig bei der Zusammenfassung seiner jüngsten Ermittlungsarbeiten und damit nur mäßig aufschlussreich.

An diesem Nachmittag kurz vor dem Wochenende war auf den Gängen niemand mehr unterwegs. Draußen hatte es kräftig zu regnen begonnen. Das Geräusch der gegen die Fenster prasselnden Tropfen erinnerte an einen tosenden Applaus. Sie griff erneut in ihre Tasche und förderte einen faltbaren Regenschirm zutage. Erst draußen vor dem Gebäude, als sie den Unbilden des Wetters schutzlos ausgeliefert war, stellte sie fest, dass dem Schirm einige Metallstreben fehlten und er deshalb nutzlos war. Sie rannte so schnell sie konnte zur Bushaltestelle, um sich dort unterzustellen. Plötzlich bemerkte sie auf der anderen Straßenseite die athletische und vertraute Gestalt von Émilie. Sie hatte ihr den Rücken zugewandt und ging Richtung Innenstadt. Seit ihrer Vergewaltigung hatte sich Émilie nicht ein einziges Mal bei ihr nach ihrem Befinden erkundigt. Auch wenn dieses Verhalten recht gut zum Verlauf ihrer Beziehung passte, in der es Höhen und Tiefen gab, und die man mit Fug und Recht als unbeständig bezeichnen konnte, nahm Audrey ihr das unter den gegebenen Umständen übel. Wie musste eine Person drauf sein, wenn sie eine Freundin einfach hängen ließ, die eine so schwere Zeit durchmachte? In ihrer Verletztheit beschloss Audrey, das jetzt auf der Stelle zu klären. Sie versuchte, sie zu sich zu rufen, aber ihre Stimme kam gegen den peitschenden Regen nicht an. Sollte sie ihr mit ihrem ramponierten Regenschirm hinterherlaufen, oder sollte sie ihr schnell eine Nachricht schicken, um auf sich aufmerksam zu machen? Da Émilie sich rasch von ihr entfernte, entschied sie sich für die zweite Möglichkeit. Sie öffnete den Chat mit Émilie und scrollte nach unten. *Alles in Ordnung?*: Diese Nachricht von Émilie sah sie zum ersten Mal. Sie musste sie irgendwie versehentlich angeklickt haben, sodass sie ihr nicht mehr als neu angezeigt wurde. Aber wann? Sie kontrollierte das Datum und die Uhrzeit. Ihr Herz machte einen Satz. Mit einem Kloß im Hals drückte sie die Anruftaste. Trotz des strömenden Regens sah sie, wie die Gestalt, nun schon ein ganzes Stück entfernt, stehen blieb, in der Tasche ihres Parkas wühlte, ihr Handy hervorholte, ein paar Sekunden auf das Display starrte und dann das Gespräch annahm.

»Was sollte diese Nachricht?«

»Welche?«

Émilies Stimme schien sich aus großen Tiefen heraufzuarbeiten.

»Die, die du mir um vier Uhr morgens geschickt hast, nachdem ich am Abend zuvor vergewaltigt wurde.«

Am anderen Ende blieb es still. Der Regen hingegen ließ sich keinen Einhalt gebieten und prasselte unverdrossen weiter.

»Antworte mir!«

»Lass mich in Ruhe, Audrey.«

»Wenn du etwas gesehen hast, dann sag es mir. Was treibst du für ein Spiel?«

Wieder wurde geschwiegen. Ein bedrückendes Schweigen. Audrey war inzwischen bis auf die Haut durchnässt. Ihre Haare klebten an den Schläfen.

Mit tränenerstickter Stimme flehte sie ihre Freundin an: »Ich bitte dich, sag mir, was du weißt …« Ihre Stimme brach.

Émilie stammelte eine Entschuldigung und beendete das Gespräch.

Audrey rang nach Luft, während sie tatenlos zusehen musste, wie diejenige, die sie noch vor Kurzem ihre Freundin genannt hatte, das Weite suchte. Sie hatte nicht die Kraft, ihr nachzulaufen. Es war ihr geradezu unmöglich, sich in Bewegung zu setzen. Ihre Beine drohten unter ihr nachzugeben, und ihr kamen die Tränen und mischten sich auf ihren Wangen mit den Regentropfen. Plötzlich fühlte sie sich völlig allein. Schrecklich verlassen und verraten. Ein tiefer Groll stieg in ihr auf. Eine bittere Wut. Furchtbar getroffen tippte sie frenetisch eine SMS und schickte sie auf der Stelle ab.

Abbad saß zusammengesunken auf seinem Sofa und musste eine leere Pizza-Schachtel, das Überbleibsel seines Mittagessens, beiseiteschieben, um nach dem Handy zu greifen und die empfangene Nachricht zu lesen: *Émilie verheimlicht mir etwas aus der Nacht, in der ich vergewaltigt wurde.*

Audreys Worte bedrückten ihn noch mehr. Er stand auf und ging in seinem Wohnzimmer auf und ab. Abbad konnte ihr die schwierige Wahrheit nicht sagen. Nora hatte ihm zwei Tage zuvor von der Nachricht *Alles in Ordnung?* erzählt, und seither hatte er mehrere Versuche unternommen, Émilie davon zu überzeugen, mit ihm zu reden. Von Anfang an hatte ihm sein Bauchgefühl gesagt, dass der jungen Frau gegenüber Misstrauen angebracht war, und er beglückwünschte sich, dass er dieser Art von innerer Stimme zugehört hatte. Émilie verheimlichte etwas, und jetzt hatte sogar Audrey das erkannt.

»Dafür braucht man freilich kein einzigartiger Inspektor zu sein«, sagte er sich.

Jedes Mal, wenn er Simon erwähnt hatte, war Émilie sichtlich in Deckung gegangen. Umso mehr wurde ihm klar, dass ihre Zeugenaussage wesentlich dazu beitragen würde, den Influencer in die Enge zu treiben. Aber trotz des Versprechens, sie zu schützen und das anstößige Video zu löschen – falls es tatsächlich existierte –, hatte er nichts erreicht. Die junge Frau blieb bei ihrer Behauptung, sie hätte jene Nachricht am frühen Abend geschrieben. Vermutlich durch eine Störung im Netz wäre sie erst in den frühen Morgenstunden zugestellt worden. Eine von Noras Fachleuten mittlerweile widerlegte Hypothese. Aber Émilie beharrte auf ihrer Version. Offensichtlich fürchtete sie so schlimme Vergeltungsmaßnahmen, dass sie lieber Audrey opferte.

Ich gehe der Sache nach. Eine gleichermaßen besonnene wie vertröstende SMS seinerseits.

Innerlich setzte ihm das Ganze sehr zu. Er stand auf, ging in die Küche und drückte seine Zigarette im Spülbecken aus. Seine Wohnung roch förmlich nach Einsamkeit – von der vertrockneten halben Zitrone in der Kühlschranktür bis zu den überall in der Wohnung herumliegenden Socken. Seit Langem bemühte er die billige Ausrede, dass ein Leben als Paar mit seinem zeitraubenden Job nicht vereinbar war, und inzwischen glaubte er selber daran. Ein paar unbedeutende Affären hier und da hatte es gegeben, aber nichts Dauerhaftes. Sein schweigsames Wesen hatte die meisten seiner Beziehungen zum Scheitern gebracht. Sobald Gefühle ins Spiel kamen und der Augenblick nahte, in dem man ihnen Ausdruck verleihen musste, verdrückte Ali sich in den Bauch des Schiffes, um es selbst zu versenken. Tatsächlich hatte er diese tiefen Gefühle noch nie empfunden, die einen dazu brachten, den Meeren zu trotzen, Berge zu erklimmen und dem anderen den letzten Ferrero Rocher zu überlassen. Oder doch, zugegeben – einmal war es vorgekommen. Ein einziges Mal. Vor zwanzig Jahren hatte eine Frau seine Welt auf den Kopf gestellt. Zwei kurze Jahre erfüllter Liebe hatten tiefe Wunden bei ihm hinterlassen. Er dachte immer noch oft an sie. Mehr, als er sich selbst eingestand. Und ein Satz von ihr war ihm ganz besonders in Erinnerung geblieben. Er war gerade in den Polizeidienst getreten, ohne den Ehrgeiz zu haben, dort Karriere zu machen, und hatte sich darüber beklagt, dass die Arbeitstage am Schreibtisch so lang und eintönig waren. Sie war der Meinung gewesen, man sollte lächeln, wenn alles gut lief, und sich erst recht freuen, wenn die Dinge einfach nur reibungslos vonstatten gingen: »Die Routine ist doch ein stilles Glück«, hatte sie ihm anvertraut. Diese Worte hatte er nie vergessen. Heute hätte er alles gegeben, um ein solches Glück genießen zu können. Aber diese Frau war gegangen und mit ihr das Glück eines gemeinsamen Lebens. Sie war aus Pflichtgefühl oder aus Angst zu ihrem Ex zurückgekehrt, dem Vater ihres Kindes. Einem Vollidioten obendrein. Seither verging keine Woche, in der er nicht damit haderte, sie nicht von ihrer Wahl abgebracht zu haben.

Da die Fährte über Émilie hoffnungslos blockiert war, blieb Abbad nur noch die Option Fragrancia. Er fragte sich, was sie mit ihren schnüffelnden Geräten wohl erreichen könnten. Und mit ihren hochtrabenden Begriffen, um den

Geruch eines Fliegenschisses zu beschreiben. Abbad ertrug dieses Warten nicht länger. Er musste etwas tun, musste vorankommen, kämpfen. Etwas versuchen, irgendetwas. Etwas in Bewegung setzen. Das war das einzig Wahre. Selbst wenn man dabei wenig mehr als heiße Luft aufwirbelte. Es bringt immer etwas. Zum Beispiel, um im Herbst die Blätter wegzublasen.

Er würde den Druck auf Nora erhöhen – diese andere Süchtige. Wenn sie ihm nicht bald Ergebnisse lieferte, blieb ihm kaum etwas anderes übrig, als ihren Dealer an Cornélia zu verraten. Ihre Schicksale waren jetzt miteinander verknüpft.

24

Erst ein paar Minuten vor dem Aufbruch hatte Nora erfahren, dass keiner der hier tätigen acht Olfakteure sie unterstützen würde. Sie führten sich auf wie faule, verwöhnte Kinder. Nora ertrug diese Diven immer weniger, und die Vorstellung, dass Cornélia schon bald einige von ihnen freistellen würde, freute sie ungemein. Die Ermahnung war klar und deutlich: *Ihr seid nicht unantastbar, ihr selbstherrlichen Großsprecher.* Aber im Augenblick brauchte sie unbedingt einen Olfakteur, um ihren Auftrag vernünftig ausführen zu können. Oder zumindest jemanden, der sich aufs Riechen verstand. Da drängte sich die Option Hélias geradezu auf. Obwohl es ihr zunächst etwas peinlich war, jemanden auf diese Weise zu benutzen, der eigentlich ein paar Tage später vor die Tür gesetzt werden sollte, hatte die Dringlichkeit der Situation am Ende die Oberhand behalten.

»Sind alle bereit?«

Das Teammitglied, das sie damit beauftragt hatte, Hélias zu informieren, gesellte sich wieder zu der Gruppe, die auf dem Parkplatz der Zentrale wartete. Sie sah zum Haus hinüber. Mit zerzaustem Haar und seiner auffälligen Nase war der Grund für ihr schlechtes Gewissen im Anmarsch.

Nicht viel später waren Nora, Hélias, die Zwillinge und zwei Sicherheitsbeauftragte in einem Kleinbus Richtung Paris unterwegs. Nora nutzte die Fahrzeit, um dem angehenden

Olfakteur die Situation zu erläutern – wer Audrey war, was sie durchgemacht hatte und die mögliche Schuld von Simon. Während ihrer Erklärungen konnte sie sehen, wie das Bein des jungen Mannes in einem fort auf und ab wippte. Da war es ihr doch lieber, wenn er wie neulich seinen Jeton zwischen den Fingern zwirbelte. Kurz vor der Ankunft rekapitulierte sie noch einmal die Rolle jedes Einzelnen und wandte sich schließlich direkt an Hélias.

»Das Hauptziel dieses Abends besteht darin, den Geruch von diesem Simon zu bestimmen.« Sie zeigte ihm ein Foto des Influencers. »Alles, was von dir verlangt wird, ist, dass du schweigst und riechst. Wenn er ein Parfum trägt, musst du lediglich herausfinden, welches.«

»Wie ein echter Spürhund.«

»Jetzt lass die Kirche aber mal im Dorf.« Sie strich über ihren Nasenansatz. »Ich habe es in der Zentrale bereits mit acht aufgeblasenen Egos zu tun.«

»Pardon.«

Paris wimmelte geradezu von privaten Clubs. Es waren geheime Orte, an denen Geschäftsführer, Politiker und Lobbyisten sich mit Mannequins, Stars und Eskortdamen trafen – eine kleine Welt der Exklusivität und vor allem der höchsten Diskretion. Das *Domestique* zählte zu dieser Kategorie der für das breite Publikum unzugänglichen Etablissements, aber Cornélia war dort ein gern gesehener Gast. So reichte es aus, dass Nora dem Concierge-Service den Vornamen ihrer Vorgesetzten nannte, um in den Genuss all dessen zu kommen, was dieser Club an Außergewöhnlichem zu bieten hatte.

Von außen war das *Domestique* ein elegantes Gebäude im Stil der Haussmann-Architektur. Wenn man dann die Eingangshalle durchquert hatte, gelangte man zu einem ganzen Universum von Veranstaltungsräumen, Restaurants und Privatsalons. In der obersten Etage gab es sogar eine Terrasse mit Panoramablick. Die Szenerie war ideal – ab jetzt lag alles in den Händen der Akteure.

Neben Hélias hatte Nora auch die Zwillinge gebeten, sie zu begleiten. Sie waren in der Geek-Kultur zu Hause, und das würde ihrem Vorhaben zugutekommen. In dieser Welt reichte es oft aus, den angesagten Jargon zu beherrschen, um als Spezialist für ein bestimmtes Thema zu gelten.

Die Mitarbeiter von Fragrancia waren in ein munteres Gespräch vertieft, als ein Kellner Simon und seinen Agenten an ihren Tisch führte. Das Duo wirkte ungefähr so entspannt wie Drogenkuriere beim Passieren einer Zollstation. Nora hatte sie mit einer Einladung hierher beeindrucken wollen, und das war ihr gelungen. Mit einer Handbewegung bat sie die beiden, Platz zu nehmen. Während die anderen mit Belanglosigkeiten das Gespräch in Gang brachten, vertiefte Hélias sich in eine Art Speisekarte. Er war bei der Auswahl seiner Speisen nicht besonders wählerisch. Eine Ausnahme gab es allerdings: egal, ob aus heimischen oder fernen Gewässern – Meeresgetier kam für ihn nicht auf den Teller. Er war der Meinung, dass alles, was im Meer lebte, am besten auch dort bleiben sollte. Allerdings hätte er sich denken können, dass es an diesem außergewöhnlichen Ort keine gewöhnliche Speisekarte gab. Er musste sich also seinem Schicksal überlassen.

Simon Vilmet tat viel für seine Physis und achtete sehr darauf, Kleidungsstücke zu tragen, die das auch betonten. Es hätte Nora nicht gewundert, wenn am Kleiderschrank von Simon immer noch ein Poster von Brad Pitt aus dem Film *Troja* hing. War er zu Beginn des Essens noch etwas zögerlich, so brauchte er nicht lange, um seine Contenance wiederzufinden. Seine Blicke wurden fester, seine Gesten ausladender. Selbst mit seinem Husten fiel er den anderen ins Wort.

Die Kellner brachten die Vorspeise des einzigen Menüs in diesem Etablissement: »Fantasie aus Oktopus und Zucciniblüten.« Es ging also schlecht los für Hélias.

Unterdessen gewann Simon weiter an Selbstsicherheit. Zu jedem Thema wartete er sogleich mit einer Meinung und einer Position auf. Er redete mit fester, aber angemessener Stimme, wagte sich aber nie über das politisch Korrekte hinaus. Man konnte ihn sogar für einen glühenden Verfechter der sozialen Gerechtigkeit halten. Sein Kompass war die Fortschrittlichkeit und der Schutz der Minderheiten. Ein Humanist 2.0, ein weißer Ritter der modernen Zeiten – ihm zu widersprechen hieße, sich der Solidarität, den Unterdrückten, der Moral und dem Miteinander entgegenzustellen.

Als Hélias das Hauptgericht präsentiert wurde – »blauer Hummer, Hommage an meinen Vater« –, ereilte ihn beinahe ein Ohnmachtsanfall. *Perlen vor die Säue*, dachte er bei jedem Bissen.

Angewidert von so viel Heuchelei in Simons Ausführungen, sah Nora sich außerstande, diese Komödie auch nur eine Minute länger zu ertragen. In ihrem figurbetonten Hosenanzug gab sie die gleichermaßen hochnäsige wie leutselige Florence Henau, die jetzt Simon taktvoll das Wort abschnitt. Und die es ihm bis zum Ende des Menüs nicht mehr zurückgeben würde.

Die Kellner, jeweils einer für zwei Gäste, nahmen den Teller von Hélias mit, der diesen mit einem gerade noch unterdrückten Würgereiz schließlich doch geleert hatte, und stellten einen makellos aussehenden »*Flan caramel* mit Eis aus Grünalgen« vor ihm ab. Der Gnadenstoß. Inzwischen folgte er dem Gespräch nur mit einem Ohr und wäre nicht in der Lage gewesen, auch nur ein einziges Wort zu wiederholen. Ihn trieb vor allem eine Sorge um: Würde er den Duft von

Simon isolieren und noch von dem Fischgeruch abstrahieren können, der schon jetzt aus allen Poren des Influencers triefen musste?

Als nun die Unterhaltung in technische Details der neuen Medienformate und des aktuellen Medienverhaltens driftete, überließ Nora den Zwillingen das Terrain. Mit Leidenschaft und Fachwissen fassten sie das Prinzip des neuesten, noch in der Entwicklung befindlichen Spiels zusammen, das in Wirklichkeit nur in ihren einfallsreichen Gehirnen bestand. Ein Profi auf diesem Gebiet wäre mit Sicherheit bei einigen Einzelheiten stutzig geworden, aber um Simon und seinen Agenten einzuwickeln, reichte es allemal. Zumal die Autorität dieses Ortes dafür sorgte, dass man sich nicht bei kleinen Ungereimtheiten aufhielt. Die gedämpfte Atmosphäre des Restaurants schluckte kleine Störungen wie von selbst. Von den Kristallleuchtern bis zu den modernen Säulen schien alles zu flüstern: Hier fielen Entscheidungen, die Einfluss auf das Leben von Millionen von Menschen hatten.

Nora nahm wenig später wieder das Heft in die Hand. Um das Spiel auf dem Markt zu platzieren, arbeiteten die Teams von Gametech an einer ehrgeizigen Kommunikationsstrategie unter Einbeziehung zahlreicher mehr oder weniger einflussreicher Berühmtheiten. Es ging darum, ihre Gesichter zu modellieren, um sie als NPCs, also als Nicht-Spieler-Charaktere, in das Universum des Spiels zu integrieren. Dahinter stand die Idee, den Spieler zu unterhalten und zu überraschen, indem er während einer *Quest* auf seinen Lieblings-Influencer stoßen konnte. Das Profil von Simon Vilmet hatte das Interesse der Marketingabteilung geweckt, da seine »Krypto«-Community ein potenzielles Käufersegment darstellte. Die Idee verzückte Simon geradezu. Bei seinem Agenten ließ die Begeisterung noch auf sich warten, denn er interessierte sich zunächst vor allem für die finanzielle Seite. Nora schob ihm einen Zettel hin.

Als er die darauf geschriebene Summe las, zeigte sich sogleich ein zufriedener Ausdruck in den Gesichtszügen des Agenten. Es war ein Haufen Geld, den sie ihnen da für eine sehr einfache Zusammenarbeit anbot. War ihr Angebot zu großzügig? *Macht nichts*, dachte Nora. Das Geld würde ja ohnehin nicht fließen.

»Wenn Sie einverstanden sind, könnten wir demnächst ein Treffen vereinbaren, um das Gesicht von Simon zu modellieren und dabei gleich die Verträge unterzeichnen.«

»Wie sieht denn eine solche Modellierung aus?«, fragte der Agent.

»Wir setzen Simon eine Haube auf, und dann scannen die Sensoren seinen Kopf. Der Vorgang ist vollkommen harmlos und vor allem nicht invasiv. In nicht einmal fünfzehn Minuten ist alles erledigt.«

»Wenn mein Gesicht Ihnen dabei helfen kann, mehr Spiele zu verkaufen, dann bin ich für meinen Teil dabei.«

Alle rangen sich ein Lachen ab, und Simon unterdrückte einen aufkommenden Husten. Nora und der Agent schüttelten sich die Hand, um die Abmachung förmlich zu bekräftigen. Es war ungefähr 23 Uhr, als Florence Henau erklärte, dass sie genug gearbeitet hatten. Nun begab man sich ins Untergeschoss. Die zweite Phase des Abends konnte beginnen.

25

Ohrenbetäubende Musik, stickige Luft und ein überfüllter Raum – es waren alle Zutaten vorhanden, um Menschen mit klaustrophobischen oder agoraphobischen Anwandlungen eine albtraumgleiche Nacht zu bescheren.

Die Kellerräume des Nachtclubs *Domestique* waren das genaue Gegenstück zu den oberen Etagen. Hier unten herrschten enthemmter Sex und Ketamin, und jegliche Lärmschutzbestimmungen waren außer Kraft gesetzt. Eine Einladung, die Nacht an diesem Ort ausklingen zu lassen, war zwar überraschend, aber nicht ungewöhnlich, wenn man den Ruf von Florence Henau kannte. Steve und sein Team hatten in einigen gefälschten Artikeln im Internet die Vorliebe von Florence für Underground-Partys hervorgehoben. Simon hatte zunächst eine leichte Zurückhaltung an den Tag gelegt bei der Vorstellung, das eigentlich berufliche Treffen in diesem Club fortzusetzen, aber die Hartnäckigkeit seines Agenten hatte ihn schließlich zum Nachgeben bewogen. Womöglich rührten Simons Bedenken daher, befürchten zu müssen, in dem Umfeld hier unten sein anderes Ich zu offenbaren. Genau den Teil seiner Persönlichkeit, den Nora so verzweifelt zu enttarnen versuchte.

Ein Kellner mit eng anliegendem, tief ausgeschnittenem Hemd und deutlich zu weißen Zähnen hatte die Gruppe an einen hervorragend platzierten Tisch geführt: Aus einem beinahe privaten Alkoven überschauten sie den Dancefloor. Die Party war in vollem Gange. Dicht gedrängt kamen die Körper miteinander in Berührung, wippten im Takt der ausgeprägten *bassline*, umschlangen einander beim *build-up* und strebten beim *drop* wieder auseinander. Die Musik in einer Diskothek konnte die Geschichte eines Paares in all ihren Phasen choreografieren.

Simon hatte viel getrunken, sehr viel sogar. Wie die ganze Gruppe. Für ein Treffen aus geschäftlichem Anlass war die Stimmung inzwischen mehr als ausgelassen. Bei keiner der um den Tisch versammelten Personen war das Glas lange leer geblieben. Ein Blick aus den Augenwinkeln verriet Hélias, dass es dem Influencer jetzt nicht mehr besonders gut ging. Sein Husten war einem immer heftiger werdenden Aufstoßen gewichen. Hélias glaubte zu sehen, dass er mit heftigen Refluxsymptomen zu kämpfen hatte.

»Ich habe den Eindruck, dass unserem Mann der Hummer nicht gut bekommen ist«, flüsterte Hélias Nora ins Ohr.

Sie lächelte und gab eine weitere Runde aus. Zweifelsohne war es das Glas zu viel für Simon, denn er erhob sich nach dem ersten Schluck von der Bank, zog seine Jacke aus und bewegte sich Richtung Tanzfläche.

Sein Agent packte ihn am Arm. »Wenn du nicht auf zehntausend Mäuse verzichten willst, dann rate ich dir, dich möglichst unauffällig zu verhalten.«

Statt einer Antwort hob Simon nur die Hände in die Höhe, grölte wie ein Burschenschaftler und mischte sich unter die wogende Menge. Da sich bisher noch keine Gelegenheit geboten hatte, dem Influencer hinreichend nahe zu kommen, um sein Parfum zu identifizieren, wollte Nora jetzt die Gunst der Stunde ergreifen und forderte Hélias auf, ihm zu folgen und ihn nicht mehr aus den Augen zu lassen.

Kurz darauf, während Simon sich auf der Tanzfläche verausgabte, näherte sich ihm eine junge blonde Frau mit üppigen Formen. Sie war groß, überragte den Influencer um einen halben Kopf.

Einen Augenblick ließ Hélias ihre Erscheinung auf sich wirken, die seiner Meinung nach sehr genau einer adoleszenten Fantasievorstellung entsprach. Sogar einen Schönheitsfleck hatte sie neben ihrem Mund platziert, um noch anziehender zu wirken. Ihre mandelförmigen Augen schienen sich über den hohen Wangenknochen geradezu nach oben zu biegen, und ihre Brüste waren ein Affront für die Keuschheit.

Die Blondhaarige streifte mehrmals Simon, bevor sie sich in ihrem engen Kleid direkt vor ihm aufbaute. Dieser drehte sie mit einer heftigen Bewegung herum und drängte sein Becken gegen die Hinterbacken der jungen Frau. Simon zählte offensichtlich nicht zu denjenigen, die vor einer umwerfenden Schönheit in stiller Bewunderung niederknieten. Nach einem kurzen Moment der Überraschung ließ die Unbekannte ihn gewähren. Die Luft im Club war übervoll mit Ausdünstungen von Körpern und Alkohol. Es war düster, Lichtkegel schwenkten über die Tanzfläche. Simon schob sein Becken rhythmisch hin und her. Allerdings ganz offensichtlich mehr aus Erregung als im Takt der Musik.

»Du siehst mega aus!«, schrie er.

Sie reagierte nicht. Möglicherweise hatte sie es nicht gehört, oder sie sprach kein Französisch. Das war an einem Ort wie diesem durchaus in Betracht zu ziehen. Die Clubbesitzer ließen Mädchen aus osteuropäischen Ländern kommen, um bestimmte wohlhabende Kunden zufriedenzustellen. Mit ihrem Rücken an den zunehmend ekstatischen Simon gepresst, drängte sie sich mit wiegenden Hüften gegen sein Becken.

Hélias konnte seinen Blick nicht von dem Schauspiel losreißen. Dieses ausgiebige Balzverhalten schien auf einem anderen Stern stattzufinden, der ihm fremd war. Er war noch nie zuvor in einem Club gewesen, aber trotz völliger Unkenntnis der hiesigen Gepflogenheiten war er überzeugt davon, dass Simon besser eine weniger enge Jeans angezogen hätte. Bereits aus dieser Entfernung konnte Hélias die deutliche Schwellung zwischen Simons Beinen erkennen. Die junge Frau schien das nicht zu kümmern, denn sie hielt weiterhin Körperkontakt zu Simon. Er legte seine Hände auf ihre Hüften. Sie ließ es geschehen. Dann ließ er seine Hände in Richtung ihres Unterbauchs gleiten, während sie ihre Hände über den Kopf hob und den Kopf von rechts nach links warf. Ihre Haare peitschten ihm ins Gesicht. Hélias verschluckte sich beinahe an seinem Glas Wodka-Orange. Simon fuhr jetzt mit einer Hand von hinten unter das Kleid der jungen Frau und hob es an. Ihr Slip war bereits für alle sichtbar, als sie sich herumdrehte und versuchte, ihn zurückzustoßen. Als Reaktion darauf packte der Influencer ihren Unterarm und verdrehte ihn sogar, um die Blondhaarige an sich zu ziehen. Sie schrie auf, war aber wohl von den vielen *drops* so erschöpft, dass ihr Widerstand nur recht schwach ausfiel. Mit seinen fest aufeinandergepressten Kiefern und zusammengezogenen Augenbrauen traten seine gewalttätigen Züge jetzt in aller Deutlichkeit zutage. Sie wollte sich von ihm losreißen, aber er packte nur noch fester zu. Es war zwecklos, sich zu sträuben, er umklammerte sie mit aller Kraft.

Ohne nachzudenken, stürzte Hélias auf die beiden zu. Mit vier Riesenschritten hatte er Simon erreicht. Statt rechtzeitig abzubremsen, beschleunigte er sogar noch und rempelte mit seiner Schulter gegen die von Simon. Dieser ließ, von dem Stoß überrascht, seine Beute fahren, die wiederum den günstigen Augenblick nutzte, um im dichten Gedränge der Tanzfläche unterzutauchen.

Ohne sich noch einmal umzuwenden, verschwand auch Hélias in der Menge. Auf seinem Weg stieß er verschiedentlich gegen andere Leiber, was ihn jedoch nicht davon abhielt, sich weiter einen Weg durch das Gedränge zu bahnen. Er beschleunigte seinen Schritt, so gut es ging, und sein Herz schlug ihm bis zum Hals. Auch ohne sich umzudrehen, war ihm klar, dass Simon ihm auf den Fersen war. Sollte er kehrtmachen und sich zurück zu Nora und den anderen begeben? Allerdings befand er sich mittlerweile auf der gegenüberliegenden Seite des Saals, die Entfernung zwischen ihnen war bereits zu groß.

Doch da – weiter vorn waren die Toiletten! Vielleicht würde er auf dem Weg dorthin den Abstand zu Simon vergrößern können, und wenn er dann im letzten Augenblick rasch in die Toiletten abböge, könnte es ihm womöglich gelingen, seinen Verfolger abzuschütteln.

Als er dann die Toiletten betrat, schlug ihm eine Geruchsmischung aus Urin, Erbrochenem, Eau de Javel und Alkohol entgegen. Selbst die exklusivsten Clubs kamen gegen diesen ekelhaften Geruchscocktail nicht an, schon gar nicht zu so später Stunde. An der Seite schnupften zwei Typen in Anzügen Kokain vom Metalldeckel eines Dyson-Handtrockengeräts. Ihre Anwesenheit beruhigte Hélias. Zeugen, wenn auch zugedröhnte, würden Simon – sollte der Kerl ihn tatsächlich bis hierhin verfolgen – mit Sicherheit davon abhalten, handgreiflich zu werden. Das hoffte er zumindest. Er ging zu einem Urinal und hatte gerade seine Hose geöffnet, als Simon hereinkam. Ein Schauer lief Hélias über den Rücken. Obwohl eine ganze Reihe von Urinalen frei war, stellte sich der Influencer direkt neben ihn, öffnete seinen Hosenschlitz – und urinierte einfach auf den Boden. Spritzer landeten auf den Schuhen von Hélias.

»Du scheinst es ja ziemlich eilig gehabt zu haben. Du hast nicht einmal gemerkt, dass du mich mit der Schulter angerempelt hast.«

»Sorry.«

Hélias drückte den Knopf für die Spülung. In einem großen Schwall schoss das Wasser über die Keramik.

»Spar dir's. Entschuldigungen sind etwas für Schwächlinge.«

Simon schloss den Reißverschluss seiner Hose wieder und ließ seinen fiebrigen Blick auf Hélias ruhen, bevor er zu einem großen Monolog über die Notwendigkeit ansetzte, sich ein beeindruckendes Profil zuzulegen, um Erfolg in dieser Welt zu haben. So als ob alle menschlichen Beziehungen darauf hinausliefen, zu fressen oder gefressen zu werden. Er sprach von der Hierarchie in Wolfsrudeln, von der Evolutionstheorie, vom Nutzen der Kampfsportarten für das Selbstvertrauen und nannte noch zwei oder drei weitere maskulinistische Konzepte, die mit all dem gar nichts zu tun hatten. Es war das genaue Gegenteil der gepflegten Unterhaltung, die der Influencer vorhin am Tisch geführt hatte. Ganz offensichtlich hatte der reichlich konsumierte Alkohol inzwischen die Person weggespült, die zu sein er hatte vorgeben wollen. Als Simon zum Schluss auch noch mit einem Zitat von Nietzsche ankam, hob Hélias den Blick zum Himmel.

»Und dein schwachsinniges Gefasel über Machtbeziehungen rechtfertigt, dass du Frauen vergewaltigst, oder wie?«

Inzwischen war er richtig wütend geworden.

Simon fuchtelte mit seiner Faust vor Hélias' Gesicht herum, senkte sie dann aber wieder, und Hélias trat einen Schritt zurück. Simon lachte albern und zückte sein Handy, packte Hélias am Hals, zog ihn zu sich und machte ein Foto von ihnen beiden. Hélias gelang es nicht, sein Gesicht rechtzeitig zu verbergen.

»Weißt du, man spricht viel zu wenig über das, was für uns Influencer wirklich zählt. Klar, es gibt Geld, Mädchen, Gratisgeschenke und Ruhm. Aber unsere wahre Stärke liegt woanders. Und weißt du, wo?«

»Hör auf damit.«

»Schnauze, jetzt rede ich.« Simon schüttelte ihn. »Die Stimme. Hörst du, unsere Stimme hat Gewicht. Sie trägt, und zwar viel weiter als die eines durchschnittlichen Losers. Wenn zum Beispiel eine Marke oder ein Produkt nicht gut läuft, dann reicht es, sie auf unseren sozialen Netzwerken zu platzieren, und schon ist alles geritzt. Normalos wie du können froh sein, wenn sie überhaupt geduldet werden. Und wenn du einmal eine Antwort erhältst, dann kriegst du nur zu hören, dass du dich verpissen sollst. Aber uns hört man zu. Und ich habe noch ein Beispiel für dich. Wenn ich morgen beschließen würde, jemanden zu posten, weil ich davon überzeugt bin, dass er ein Pädophiler ist, dann möchte ich mir den Abstieg dieses Typen in die Hölle gar nicht erst vorstellen. Auch wenn das gar nicht stimmt – die Zeit, die er braucht, um zu beweisen, dass er Kindern nie etwas angetan hat, ist lang genug, um sechsmal gehängt zu werden. Da würde ich echt nicht gern mit ihm tauschen.«

Simon lockerte seinen Griff und stieß Hélias von sich weg. Bevor er abzog, schlug er ihm noch mit großer Kraft auf die Schulter – es war so ziemlich das Gegenteil von einem freundschaftlichen Klaps.

Als Hélias endlich wieder allein war, rang er erst einmal nach Luft. Aber die Panikattacke hielt sich in Grenzen. Seine Genugtuung, auf der Tanzfläche dazwischengegangen zu sein und diesem Vergewaltiger einigermaßen die Stirn geboten zu haben, ließ die damit verbundene Aufregung rasch in den Hintergrund treten. Außerdem gab es da noch ein anderes Detail, das seine Angstanwandlung zum Verschwinden brachte. Während Simon Hélias im Klammergriff hielt, hatte er ihm reichlich Gelegenheit geboten, von den Gerüchen nach Urin, Erbrochenem und ihrer fast ausschließlich aus Fisch bestehenden Mahlzeit abstrahieren zu können. Von sich aus hatte er ihm während seines ausschweifenden Monologs seinen ureigenen Duft dargeboten. Und zwar so gründlich, dass der angehende Olfakteur nun sicher war: Simon trug kein Parfum.

Der Influencer kehrte in den Alkoven zurück, nahm dort Platz und schenkte sich etwas zu trinken ein, um erneut mit den anderen Gruppenmitgliedern anzustoßen. Hélias gesellte sich kurz darauf ebenfalls zu ihnen. Mehrmals ertappte er Simon dabei, wie er mit einem sichtlich angewiderten Blick nach der Unbekannten von der Tanzfläche Ausschau hielt. Hélias war zufrieden.

26

In seinen Ohren dröhnte es immer noch, als Hélias sich ziemlich abgehalftert und mit zerzaustem Haar in das Zimmer schleppte, das man in dem Hotel unweit des *Domestique* für ihn reserviert hatte. Dort hatte man auch die anderen Mitglieder ihres kleinen Teams untergebracht.

Gerade einmal fünf Stunden später erhielt er eine Nachricht von Nora, die ihm mitteilte, er habe sich unverzüglich auf ihrer Etage einzufinden. Wenn Hélias nicht seine acht Stunden Schlaf bekam, war jeder Augenblick des Tages eine Qual für ihn. Schlimmer noch: Die Müdigkeit steigerte seine Ängste ganz beträchtlich.

Er erinnerte sich an eine Nacht, die er mit Alain unter freiem Himmel verbracht hatte, um den Geruch des schlafenden Walds für einen Patienten einzufangen. Es war einer der herausforderndsten Abende in seiner jungen Karriere gewesen. Der Schlafmangel und die Dunkelheit hatten bewirkt, dass er sich beinahe in einem abgründigen, fiebrigen Traum wähnte, in dem es vor kreischenden Monstern und überall lauernden Gefahren nur so wimmelte. Sein Mentor hingegen hatte sich während der nächtlichen Stunden seelenruhig über die Eicheln auf dem Waldboden gebeugt und die eine oder andere aufgelesen. Ein paar Tage später war sein Assistent in der Zweigniederlassung dann im Übrigen auf Alains Ausbeute gestoßen – in einer Schrankschublade.

Hélias musste seine ganze Kraft zusammennehmen, um sich aufzurichten. Er blieb zunächst ein paar Minuten auf dem Bettrand sitzen und ärgerte sich, dass Nora ihn so früh einbestellte. Noch dazu an einem Sonntag. Sicherlich könnte er problemlos einen Paragrafen im Arbeitsgesetzbuch finden, der eine Mindestruhezeit zwischen zwei Schichten erwähnte. Die Vorstellung, die Gesetzestexte des Wälzers aus dem Dalloz-Verlag nach dem entsprechenden Artikel durchzublättern, amüsierte ihn.

Er öffnete das Fenster und ließ die frische Luft herein. Aber schon bald wurde ihm übel. Er hatte sich zu sehr an den für seine Nase dominanten, abgestandenen Zigarrenrauch gewöhnt, der in diesem Raum herrschte. Man konnte sich beinahe fragen, ob das Zimmer in früheren Zeiten nicht einmal die Junggesellenbude von Churchill, Schwarzenegger und einem Vertreter der Firma Habanos war. Trotz erheblicher Bemühungen war es dem Hotel, das durchaus zur gehobenen Klasse zählte, nicht gelungen, die von irgendwelchen früheren Nutzern hinterlassene olfaktorische Schmach zu beseitigen. Der penetrante abgestandene Tabakgeruch hatte sich in der gesamten Einrichtung eingenistet. Vom Teppichboden bis zu den Bettlaken und den Vorhängen – der Gestank des Purins war hier zu Hause, wohingegen die Hotelgäste nur ganz gewöhnliche Kunden waren, die alsbald wieder von dannen zogen.

Hélias zog seine hoffentlich noch annehmbaren Boxershorts an, stieg in die Hose vom Vortag und ging mit nacktem Oberkörper ins Badezimmer. Zu faul für eine ausgiebige Morgentoilette, wusch er seine Haare und sein Gesicht am Waschbecken. Mit dem Deoroller übertünchte er eilig die Geruchsspur des Abends, dann putzte er sich noch die Zähne und griff nach einem schwarzen T-Shirt. All seine Klamotten stanken nach einer Raucherlounge am Flughafen. Egal. Er rechnete sich aus, dass er sich noch für sieben Minuten aufs Bett legen könnte, ohne dass er damit aus dem Rahmen fallen würde. Nora ein paar kostbare Sekunden abzuringen – das hatte etwas von einer Revanche, die vielleicht nicht zufriedenstellend, aber keinesfalls zu verachten war. Kaum hatte er den Wecker auf seinem Handy eingestellt, erhielt er eine Textnachricht vom weiblichen Leitwolf: *Zimmer 401.*

Es war das erste Mal, dass er den Fuß in eine Suite setzte, und sofort fühlte er sich dort wie ein Fremdkörper. Das Wohnzimmer war zu einer Kommandozentrale umfunktioniert worden. An einem Tisch aus Nussbaumholz saßen die Zwillinge einander gegenüber, hackten auf den Tastaturen ihrer Laptops herum und überhäuften eine wild gestikulierende Nora mit Informationen.

Die Zeit drängte. Die rechte Hand von Cornélia wusste, dass sie nicht endlos Ressourcen beanspruchen konnte, ohne dafür Rechenschaft ablegen zu müssen. Weder ihre Funktion noch ihre Kompetenz gewährten unbegrenzten Schutz. Irgendwann würde sie Cornélia Bericht erstatten müssen. Im hinteren Bereich des Raumes herrschte eine ganz andere Stimmung. Neiderfüllt entdeckte Hélias den Fahrer des Kleinbusses, der in einem weich geschwungenen Sessel zusammengesunken vor sich hindämmerte.

»Endlich. Abbad hat uns den Hinweis auf Audreys Parfum übermittelt«, tönte es von einer der Zwillingsschwestern.

Nora wandte sich zu dem Fahrer um. Dieser hatte sich bereits hochgerappelt, da er ahnte, im nächsten Moment eine Anweisung zu erhalten.

»Die Zwillinge werden dir gleich ein Foto des Flakons zumailen. Besorge mir bitte ein solches Exemplar in einer Parfümerie. Alles klar?«

Sie hatte ihre Frage kaum ausgesprochen, da war er auch schon unterwegs. Hélias schielte zu dem leer gewordenen Sessel, aber Nora baute sich zwischen ihm und dem Objekt seiner Begierde auf und wies ihm einen für das anstehende Gespräch passenderen Sitzplatz auf einem Stuhl zu. Der Kaffeebecher vom Zimmerservice, den sie ihm anschließend reichte, war da auch kein wirklicher Trost.

»Was hast du zu berichten?«, fragte Nora in einem fordernden Tonfall, während sie ihre Haare zu einem Knoten hochdrehte.

»Nichts Wesentliches. Vielleicht eine Ausdünstung von Kokosnuss oder Palo Santo. Ein Parfum benutzt Simon nicht. Ich bin ihm so nahe gekommen, dass ich das mit Sicherheit sagen kann.«

»Ärgerlich.«

»Ist das schlimm?«

Er rutschte auf dem unbequemen Sitzmöbel hin und her.

»Ja und nein. Ja, weil ein bestimmtes Parfum uns weitergeholfen hätte, und nein, weil ich das im Grunde vorausgesehen habe.«

Die Duftspur einer Person setzte sich aus zwei Ausdünstungen zusammen: der natürlichen und der künstlichen. Während Hélias die künstlichen Duftnoten hätte bestimmen sollen, hatte Nora, wie sie ihm jetzt anvertraute, parallel dazu einen weiteren Akteur beauftragt, die natürliche Ausdünstung einzufangen. Stolz auf ihre vorausschauende Einschätzung der Lage konnte sie eine gewisse Zufriedenheit nicht verbergen. Hélias wurde gar ein erstes komplizenhaftes Zuzwinkern zuteil. Er lief rot an und vergaß die Fragen, die er zu dem »natürlichen Geruch von Simon« stellen wollte.

Bei der Erwähnung dieses Vornamens stand ihm der Vorfall vom gestrigen Abend wieder vor Augen. Die Müdigkeit und das Vergessen sind wie Mutter und Tochter. Er musste Nora davon erzählen. Ihr sagen, was er gesehen hatte. Dieser Typ war der reinste Triebtäter, und Hélias hegte – was bemerkenswert selten vorkam – zutiefst feindselige Gefühle ihm gegenüber. Als er sich gerade aufraffen wollte, Nora offenzulegen, was er mitbekommen hatte, kam ein weiterer Mitarbeiter der Sicherheitsabteilung herein, der eine kleine transparente Schachtel in den Händen hielt. Mit gesenktem Haupt und eingezogenen Schultern ging er ein paar Schritte auf Nora zu.

»Es tut mir leid, Nora.«

»Sag mir, dass das ein Scherz ist.«

»Sie hat Angst bekommen. Es war zu heftig.«

»Mist! Na ja, scheiß drauf. Dann bezahl sie, bezahl sie gut. Und schick ihr eine Entschuldigung.«

Der Mitarbeiter nickte, legte die Schachtel auf dem Tisch ab und verließ die Suite.

Nora schloss die Augen und massierte sich die Schläfen. Sie atmete tief ein. Noch ein paar Sekunden zuvor hatte sie sich zu ihrer wohlüberlegten gelungenen Aktion beglückwünscht. Jetzt war das Schachbrett mitsamt den klug arrangierten Figuren umgekippt, und man musste die auf dem Boden verstreuten Teile wieder aufsammeln. Sie bemerkte nicht, wie die Mitglieder ihres Teams besorgte Blicke wechselten. Alle hatten bereits den Eindruck gehabt, dass Nora Olsson bei diesem Auftrag von Anfang an nicht ganz sie selbst zu sein schien. Aber sie hatte Besseres zu tun, als sich um die Meinung ihrer Mitarbeiter zu kümmern.

Hélias war verwirrt, griff nach der Schachtel und ging auf Nora zu.

»Was ist das?«

»Scheiße. Dir ist hoffentlich klar, dass jetzt nicht der geeignete Zeitpunkt für eine Unterrichtsstunde ist.«

Nora schnappte sich ihr Handy, das auf einem kleinen Tisch lag, und stürmte aus dem Raum.

In dieser Weise abgefertigt und immer noch von Müdigkeit heimgesucht, spürte Hélias, wie eine Panikattacke in ihm hochstieg. Sein Jeton? Wo war er? Hatte er ihn vielleicht in seinem Zimmer vergessen? Er musste hinuntergehen und ihn suchen. Da legte sich eine Hand auf seine Schulter. Eine von den Zwillingsschwestern – er konnte nicht ausmachen, welche von beiden – nahm ihm die Schachtel aus der Hand. Freundlich erklärte ihm die junge Frau, dass dieser Gegenstand ein Set zur Bestimmung von Körpergeruch war. Es kam zum Einsatz, um die intime Signatur von Personen festzuhalten. Die Schachtel war in Parzellen unterteilt, die jeweils eine mit einem speziellen Balsam getränkte Kompresse enthielten. Die einzelnen Gazestreifen mussten nur für wenige Minuten auf bestimmte Stellen gelegt werden: Achselhöhle, Geschlecht, Hals, Haare, Füße. Wenn sie von den Körpergerüchen durchdrungen waren, wurden die Gazestreifen in versiegelten Beuteln ins Labor geschickt, um dort mithilfe von überkritischem Kohlenstoffdioxid die Rekonstruktion vorzunehmen. Und das war dann der persönliche Geruch einer bestimmten Person.

»Ich nehme an, dass das Kästchen für Simon bestimmt war. Aber wer sollte diese Aufgabe denn übernehmen?«

Die andere Zwillingsschwester drehte ihren Laptop zu ihnen herum, sodass er auf den Bildschirm blicken konnte. Jetzt begriff Hélias. Dort war ein Foto von der jungen Frau aus dem Nachtclub zu sehen. Als Eskortdame hatte sie den besonderen Auftrag gehabt, mit Simon wegzugehen und das Set bei ihm einzusetzen. Bei der Menge Alkohol, die Nora ihm eingeflößt hatte, wäre der Simon vom Abend zuvor viel zu betrunken gewesen, um noch irgendetwas zu bemerken.

Hélias begann zu ahnen, wie weit der Arm von Fragrancia reichte. Mit seinem methodischen Vorgehen, seiner Entschlossenheit und Zielstrebigkeit und seinem Netzwerk erschien ihm das Unternehmen jetzt in einem völlig neuen Licht. Die gewöhnlichen Gesetze galten hier ganz offenbar nicht. Aber Hélias war weit davon entfernt, sich darüber zu empören, dass man in der Gewissheit einer weitgehenden Straffreiheit operieren konnte. Vielmehr war er zunehmend von dem Unternehmen fasziniert. Seine moralischen Bedenken verblassten. Er war wie gelähmt, ein wenig so, wie ein Beutetier angesichts der unheilvoll auf es zuschlängelnden Kobra erstarrt. Wie weit konnte Fragrancia dabei gehen, ethische Grundvorstellungen mit Füßen zu treten und Regeln zu missachten? Eine Antwort erhielt er früher als gedacht, denn Nora kehrte ins Zimmer zurück.

»Ich habe gerade die Dekrypteurin per Telefon informiert«, teilte sie den anderen mit. »Wir haben keine andere Wahl. Bereitet den Einbruch vor.«

»Den Einbruch?«

Kaum hatte er die beiden Worte ausgesprochen, bedauerte Hélias, schon wieder eine Frage gestellt zu haben, aber diesmal nahm sich Nora die Zeit, ihm zu antworten.

»Wir müssen bei Simon Vilmet einbrechen.«

27

Im Jahr 2012 verkündete das CERN die Entdeckung des Higgs-Teilchens, die Costa Concordia kenterte vor der Toskana-Küste, Oben-ohne-Fotos von Kate Middleton erschienen in einem Klatschmagazin, und das Team von Fragrancia erfand eine bahnbrechende Technik der olfaktorischen Elektroenzephalographie. Drei Jahre zuvor hatte Cornélia ausgewählten Wissenschaftlern einen vertraulichen Auftrag erteilt: Sie sollten die exakte Funktionsweise der volatilen memoriellen Substanz nachvollziehen. Jahrelang hatten Radiologen, Mediziner, Neurowissenschaftler und Forscher bei zahlreichen Patienten untersucht, welche Abläufe durch die psychotrope Substanz im Gehirn in Gang gesetzt wurden. Cornélia hatte ihnen, abgesehen von einem quasi unbegrenzten Budget, ein Labor zur Verfügung gestellt, das mit einer TEP-Kamera, Röntgenscannern, MRT-Geräten und anderen bildgebenden Systemen ausgerüstet war, deren Namen genauso kompliziert waren wie ihre Bedienungsanleitungen. Zeit und Geld waren für Wissenschaftler das, was Sonne und Wasser für Pflanzen waren. Und da beides ihnen von Cornélia im Überfluss gewährt wurde, hatten sich ihre Forschungen weit über die zunächst gehegten Hoffnungen hinaus entwickelt.

Abseits der Nobelpreise und der damit verbundenen Anerkennung für die Ewigkeit hatten sie das bisherige Verständnis von Geruchswahrnehmungen grundlegend erweitert. Ihr erster großer Erfolg hatte darin bestanden, die Gehirnregionen genau zu lokalisieren, die für die mentale Geruchswahrnehmung, die olfaktorische Erinnerung und die damit verknüpften Emotionen verantwortlich sind. Allein diese Fortschritte hätten das Potenzial gehabt, die gegenwärtigen Neurowissenschaften zu erschüttern. Doch leider würde die Welt der Wissenschaft womöglich niemals Zugang zu ihren Arbeiten erhalten. Strengste Verschwiegenheit war das oberste Gebot. In nur wenigen Monaten war es ihnen durch die Beobachtung der räumlichen Verteilung der Aktivität im limbischen System gelungen, die individuellen olfaktorischen Erfahrungen zu kartografieren. Dieser Durchbruch hatte den Forschungsgruppen erlaubt, eine Sammlung von Bildern der Großhirnrinde zusammenzustellen, in der jede Fotografie einer bestimmten Empfindung zugeordnet wurde. Auf diese Weise hatten sie gezeigt, dass die emotionale Antwort des Gehirns unter VMS trotz der jeweils einzigartigen Erfahrung des Einzelnen universell war. Die psychotrope Substanz überstieg all ihre Erwartungen. Die unter einem MRT aufgezeichnete Geruchsverarbeitung ohne volatile memorielle Substanz lieferte den Wissenschaftlern lediglich unscharfe und schwer zu interpretierende Aufnahmen. Aber mithilfe dieses außergewöhnlichen Katalysators besaß jede Aufnahme einer Geruchsverarbeitung durch das Gehirn eine verblüffende Lesbarkeit.

Die Perfektionierung dieser Methode versetzte die Forscher in die Lage, durch die Beobachtung der mentalen Aktivität eines Individuums während einer Geruchserinnerung exakt zu bestimmen, was es empfand. Freude, Traurigkeit, Wehmut, Wut, Ärger, Scham, Sehnsucht, Aufregung, Unverständnis. Sie konnten alles erkennen, interpretieren, ableiten.

Cornélia und ihre Wissenschaftler hatten es geschafft, die Emotionen in den Bewusstseinsvorgängen der Menschen zu dekodieren.

Es hatte nicht lange gedauert, bis sich die Tragweite einer solchen Entdeckung abzeichnete. Noch im gleichen Jahr hatte Fragrancia eine Abteilung geschaffen, die sich mit der kognitiven Analyse von Emotionen beschäftigte. In nur zehn Jahren hatte dieser Zweig das Unternehmen in eine neue Ära geführt: Es entwickelte sich eine Zusammenarbeit mit der Polizei. Im Januar 2014 wurde erstmalig ein Dekrypteur – so wurden die Wissenschaftler genannt, die in der Lage waren, über einen Elektroenzephalographen die Emotionen von Patienten zu analysieren – bei einer Ermittlung hinzugezogen. Als damals der Hauptverdächtige eingehend zu seiner Verwicklung in den Mord an einem Jugendlichen befragt wurde, hatte der Dekrypteur ihn dem Duft des Opfers ausgesetzt, der zuvor mit VMS angereichert worden war. Als nachgewiesen werden konnte, dass der Befragte beim Kontakt mit diesem Geruchsgemisch ein ausgeprägtes Wohlgefallen empfunden hatte, war es für die Ermittler ein Leichtes, auf die Schuld des Verdächtigen zu schließen. In der Folge war der Begriff des »olfaktorischen Verhörs« entstanden.

»Gib mehr Isopentylacetat dazu.«

»Aber sicher doch.«

Im Lagerraum des Labors, das sich in der zweiten Etage eines Nebengebäudes der Zentrale befand, waren zwei Assistenz-Dekrypteure mit einer Testperson beschäftigt. Auf den Regalbrettern standen bis oben hin komplizierte Geräte, die dem Ort eine etwas klaustrophobische Atmosphäre verliehen. Eine Art technologische Gefängniszelle, in der die Backsteinwände jedoch durch Oszillatoren, Präzisionswaagen und andere Messinstrumente weitgehend verdeckt wurden. Die leitende Dekrypteurin hatte ihre beiden Assistenten gebeten, am Sonntag zu kommen, um die Geräte zu überprüfen. Das störte sie nicht weiter, solange sie die Aufgabe zusammen übernehmen konnten. Sie hatten als Kollegen hier begonnen, waren dann zusammen in eine Wohnung gezogen und schließlich Freunde geworden, unzertrennliche Freunde. Im Lauf ihrer gemeinsamen Geschichte hatten sie sich eine Zeit lang sogar die Freundin geteilt. Was zum Zerwürfnis und zum ewigen Bruch hätte führen können, hatte das genaue Gegenteil bewirkt. Nach dieser erstaunlichen, vielleicht auch befremdlichen Dreierkonstellation hatte einer von ihnen schließlich gestanden, dass er sich eigentlich eher für Männer interessierte. Nicht wegen der Ex-Freundin natürlich. So etwas geschah im Übrigen wohl nie wegen oder dank einer bestimmten Person.

Einer der beiden Assistenten reichte den mit dem Isopentylacetat gefüllten Vernebler der Person, die eingewilligt hatte, sich dem Test zu unterziehen, um die Geräte zu überprüfen. Die Versuchsperson setzte also den Vernebler in Gang und atmete die Dämpfe ein, die dem Gerät entwichen.

Überall im Raum ertönten kleine elektronische »Piepser«. Man hätte sich in einer schlechten Parodie der Serie *StarTrek* wähnen können. Mit dem Unterschied, dass Hauptprotagonist Spock bei einem solchen Anbranden von Gefühlskonzentrat vermutlich einen Kollaps erlitten hätte – er, der stets bemüht war, seine eigenen Emotionen mit allen Mitteln zu beherrschen. Auf einem der Monitore erschien in Echtzeit ein Transversalschnitt des Gehirns des Probanden. Dutzende schillernder Farben variierten in Abhängigkeit von der jeweiligen Gehirnaktivität. Eine spezielle Software machte im Abstand von zehn Sekunden Screenshots und legte jedes Bild in einer digitalen Bibliothek ab. Zu einem späteren Zeitpunkt würden die Mediziner diese Bilder einsehen.

Der Proband, der sich nun in einem VMS-typischen Trancezustand befand, war an eine Elektrodenanordnung angeschlossen worden. Die Kabel, die von den verschiedenen grauen Plastiksaugnäpfen auf seinem Schädel zu dem Terminal führten, verliehen ihm das Aussehen eines Roboters. Krämpfe erfassten ihn, und er verdrehte die Augen, während er sich an den Lehnen seines Stuhls festklammerte. Die Wahl war auf ihn gefallen, weil er besonders gut auf die psychotrope Substanz reagierte. Und eine erhöhte Sensibilität hatte sich für die Kalibrierungssitzungen als vorteilhaft erwiesen. Die Empfindlichkeit der Geräte verlangte eine monatliche Wartung, und natürlich mussten die Assistenten diese Aufgabe übernehmen.

»Brems lieber mal die Aktivität in seinem limbischen System!«

»Auf gar keinen Fall! Das ist doch amüsant.«

Die beiden Lebensgefährten warteten nun darauf, dass der mithilfe modernster Technologie entlarvte Proband wieder aus seiner Immersion auftauchen würde. Je mehr sie ihr Gekicher unterdrückten, desto mehr schienen sich die Minuten in die Länge zu ziehen. Sie mussten sich so sehr beherrschen, dass einer von ihnen rot anlief und seine Adern an der Stirn verräterisch hervortraten. Jetzt war es um seine Fassung geschehen, und er musste sich abwenden. Der andere übernahm. Schließlich dankte er dem Probanden und reichte ihm einen Gutschein für eine Sitzung der Geruchserinnerung. Diese Belohnung hatte den armen Kerl bewogen, sich auf eine solche Erfahrung einzulassen. Kaum hatte er das Zimmer verlassen, brachen die beiden Dekrypteure, nun in trauter Zweisamkeit, in schallendes Gelächter aus. Der

Proband konnte sie mit Sicherheit auch auf dem Flur noch hören. Aber egal.

Bei einer Überprüfung der Geräte beschränkte sich eine Probesitzung darauf, gewöhnliche Gerüche wahrzunehmen, damit die Versuchspersonen sich an zuvor vereinbarte Anekdoten erinnerten. Vanille, Schokolade, Brioche – einfache und unschuldige Gerüche. Dieses Mal hatten sie die Banane gewählt, ein Klassiker für die Pausenmahlzeit von Kindern in der Schule.

»Mich hat es beinahe verrissen.«

»Aber doch wohl nicht wegen einer Banane.«

Der mit dem Elektroenzephalographen verbundene Bildschirm – der übrigens einwandfrei funktionierte – hatte heute keineswegs das leckere Vergnügen eines Frühstücks oder einer verdienten Zwischenmahlzeit abgebildet, wie man sie normalerweise mit dieser Frucht in Verbindung bringt. Stattdessen hatten die beiden Assistenten eine hochgradige Unruhe, Affektivität, Nervosität, Aufregung, Verlegenheit und sogar Scham aufgedeckt. Auf dem Bildschirm hatten sie die verborgensten Gedanken des Probanden gesehen. Wieder brachen sie in schallendes Gelächter aus. Da betrat ihre Vorgesetzte den Raum.

»Es reicht jetzt, ihr Kindsköpfe.«

»Entschuldigung. Wo waren Sie denn eigentlich?«, fragte einer der beiden und wischte sich die Tränen aus den Augen.

»Ich habe mit Nora telefoniert. Es ist schiefgelaufen. Jetzt gehen sie zu Plan B über.«

»Jetzt geht sie eindeutig zu weit, die Olsson.«

Diese Neuigkeit nahm ihnen jäh die Lust am Lachen. Den Geruch einer Umgebung als persönlichen Geruch zu entschlüsseln, bedeutete nur eines: doppelte Arbeit.

28

»Hier jagt ein Rückschlag den nächsten, und Ihre Einschüchterungen werden daran nichts ändern. Also fassen Sie sich in Geduld, und lassen Sie mich arbeiten!«

Nora legte auf und nutzte die Taschenlampe ihres Handys, um trotz der schlechten Flurbeleuchtung den Schlüssel ohne Fehlversuche ins Schloss ihrer Wohnungstür zu schieben. Seit ihrer Rückkehr aus dem Hotel schlugen ihr die vielfältigen Probleme mit geballter Wucht entgegen: das Verschwinden von VMS, die immer näher rückende Umstrukturierung, die ohnehin schon bestehenden Schwierigkeiten bei diesem Auftrag und jetzt auch noch Abbad, der seine Drohungen wiederholte. Und eine Aussicht, dass sich die Lage beruhigen würde, war auch am fernen Horizont nicht zu erkennen.

Sie ließ sich auf das Sofa fallen. Plötzlich ließ ein heftiger Schmerz ihren Bauch zusammenkrampfen. Als sich die qualvolle Empfindung größtenteils verflüchtigt hatte, richtete sie sich wieder auf. Ihr verwirrtes Gehirn flehte sie an, dem Magen zu geben, wonach er verlangte. Sie stand auf und fand in einem der fast leeren Wandschränke eine angebrochene Flasche Wodka. Der Rest eines Tinder-Abends. Sie schenkte sich einen großzügigen Schluck in ein Senfglas und kippte ihn in einem Zug hinunter. Widerlich. Sie genehmigte sich einen weiteren großen Schluck. Noch schlimmer. Ihr war klar, dass diese Art der Vergiftung, ganz gleich welche Menge Alkohol sie zu sich nahm, keine echte Linderung bringen würde. Es war jetzt einfach zu viel. Zu viel Stress, zu viele Kämpfe an zu vielen Fronten. Noch einmal füllte sie das Glas, trank dann aber nichts mehr. Die Erschöpfung und der Alkohol hatten in ihrem benebelten Geist eine Versuchung aufkeimen lassen. Ein Jahr, vier Monate und dreiundzwanzig Tage waren vergangen, ohne dass sie schwach geworden war. Eine Glanzleistung, die aber jetzt kurz vor ihrem Abbruch stand. Sie ging zum Hauswirtschaftsraum, stieg auf einen Stuhl, schob ein Waschmittelpaket beiseite, griff nach einem kleinen Metallgefäß und schüttelte es. Es war noch genug abgezweigte VMS vorhanden, um sich für ein halbes Dutzend Mal zuzudröhnen.

Nora nahm die VMS mit in die Küche und stellte sie neben die Wodkaflasche.

»Verdammt! Ich werde trotzdem nicht rückfällig«, rief sie sich selbst mit lauter Stimme zur Räson.

Sie griff nach dem Metallgefäß und öffnete es. Und in diesem Augenblick schien ihr jede Entschuldigung recht zu sein, um die Nase hineinzustecken. Schon verbreitete sich ein starker Geruch nach Lösungsmittel im Zimmer. Sie verschloss das Gefäß mit ihrer Handfläche wieder. Eine leichte Euphorie erfasste sie. Es hätte gereicht, sich mit ihrer Nase ein einziges Mal direkt über die Öffnung zu beugen, um den Inhalt zu riechen. Ein tiefer Atemzug, und sie würde abheben. Die Lust, zunächst noch vage, wurde physisch spürbar. Ihr Rücken wurde steif, ihre Finger verkrampften, und ihre Pupillen weiteten sich. Ohne sich dessen bewusst zu werden, presste Nora ihre Kiefer aufeinander und begann, mit den Zähnen zu knirschen. Sie hob das Gefäß an, um es zu ihrem Gesicht zu führen.

Da klingelte es an der Tür. Sie begann zu blinzeln. Es klingelte weiter, und sie kam wieder zu sich. Mit großen Schritten eilte sie zur Tür und fragte sich dabei, wer sie um diese Zeit wohl noch stören könnte.

»Hallo, Nora. Du bist nicht ans Telefon gegangen, da habe ich gedacht …«

Sie schlug die Tür vor ihrem One-Night-Stand wieder zu. Er hatte es tatsächlich gewagt, ohne Einladung bei ihr aufzutauchen! »Was für ein Idiot«, murmelte sie und machte kehrt. Nach ein paar Schritten hielt sie inne. Was tat sie hier gerade? War es das tatsächlich wert? Sie machte einen Schritt rückwärts, dann noch einen. Sie musste auf der Stelle von hier fort. Sich so weit wie möglich von dieser Küche entfernen. Wenn sie jetzt in diesen Raum zurückkehrte, würde sie sich auf die Substanz stürzen und bis zur Ekstase zudröhnen. Dieser Gedanke war lustvoll. Aber nein. Sie musste raus aus dieser Wohnung. Sie ging zur Tür zurück.

»Ich wusste, dass du zurückkommen würdest«, sagte der Mann, der sich, warum auch immer, draußen die Beine in den Bauch stand.

»Ich gehe laufen. Du kannst mitkommen, wenn du willst.«

Zwei Stunden später kamen sie erschöpft und schweißgebadet zurück. Der Typ, der in Jeans gelaufen war, wagte es nicht, sich über die wundgescheuerte Haut an seinen Oberschenkeln zu beklagen. Sobald die Jeans jetzt über die Innenseiten seiner Beine rieb, biss er die Zähne aufeinander. Das amüsierte Nora. Sie rauchten auf der Treppe draußen eine Zigarette zusammen, liebten sich unter der Dusche, trockneten sich ab, liebten sich noch einmal im Schlafzimmer und rauchten eine letzte Zigarette.

Bevor sie schlafen ging, räumte sie das Metallgefäß mit der VMS zurück an seinen Platz. Sie hatte sich beruhigt. Der Cocktail aus Wodka, Joggen, Rauchen und Sex hatte ihren zerstörerischen Neigungen ein Ende gesetzt. Nora beglückwünschte sich dazu. Als sie die Ohren spitzte, hörte sie, dass der Typ bereits leise schnarchte. *Meine Güte, nicht schon wieder*, dachte sie, musste aber lächeln. Nackt in ihrer Küche sah sie jetzt mit einem klareren Blick auf das, was unmittelbar vor ihr lag. Für einen Augenblick schweiften ihre Gedanken zu Hélias. Er war jetzt vermutlich in seinem Zimmer im leer stehenden Trakt mit den Gästezimmern von Fragrancia. Sie war hart zu ihm gewesen. Ein wenig zu hart. Er war kompetent, freundlich und vollkommen unschuldig. Sie ertappte sich dabei, dass sie ihn immer mehr schätzte. Auch wenn sie ihn in ein paar Tagen entlassen musste – bis dahin verdiente er eine bessere Behandlung. Auf der Anrichte in der Küche stand immer noch das letzte Glas Wodka. Sie griff danach und leerte es in einem Zug. Die durchsichtige Flüssigkeit gab ihr den Rest. Nur wenige Minuten später waren ihre Schnarchgeräusche im Einklang mit denen ihres Geliebten zu vernehmen.

29

Seit der ersten Kontaktaufnahme überwachte ein Mitarbeiter von Fragrancia sämtliche Bewegungen des Influencers. Am nächsten Morgen übermittelte er Nora folgende Nachricht: *Heute. 21:00 Uhr.* Ihm war bei der Beschattung aufgefallen, dass in dem ebenso wirren wie unvorhersehbaren Tagesablauf von Simon das Fußballtraining am Montagabend so etwas wie ein unumstößliches Ritual war. Der Zeitpunkt kam ein wenig plötzlich, aber Nora wollte auf keinen Fall länger warten. Sie musste diese Angelegenheit so schnell wie möglich hinter sich bringen, damit ihre Psyche wieder ins Gleichgewicht kam.

Um 20:53 Uhr fand sich das Einsatzteam in den typischen schwarzen Arbeitsoveralls vor Simons Haus ein und alle zeigten mit konzentrierten Mienen an, dass sie startklar waren. Es glich einem Wunder, dass es Nora gelungen war, das Team in so kurzer Zeit zusammenzutrommeln, denn diese spezielle Einsatztruppe wurde immer wieder angefordert. Bei einem Unternehmen, das bemüht war, seine Existenz möglichst geheim zu halten, kam es recht häufig vor, dass Leute dieser Art gebraucht wurden: Spezialkräfte, die sich auf nicht ganz legale Weise Zugang zu bestimmten Orten verschafften, um etwas ausfindig zu machen oder zu vertuschen, manchmal sogar auch, um mit etwas zu drohen. Hélias wirkte inmitten dieser Gemeinschaft so fremd wie eine Pommes frites unter lauter Ofenkartoffeln. Aber Nora war es lieber, dass er sie begleitete. Er war der Einzige, der Simon olfaktorisch beurteilt hatte, und er würde deshalb ihre Hypothesen rasch bestätigen oder entkräften können. Außerdem hatte sein Engagement bei diesem Auftrag Nora sehr gerührt. Sie verspürte beinahe sogar so etwas wie ein schlechtes Gewissen, ihn am Mittwoch entlassen zu müssen. Und Hélias hatte nicht nur einen Fuß in den von ihrem Mitleid aufgeschobenen Türspalt gesetzt, sondern sich ganz hineingeschoben.

Als Simon das Haus verließ, startete er die Stoppuhrfunktion seiner Smartwatch und lief in kleinen Schritten auf der Straße los. Hinter den getönten Scheiben eines Transporters, auf dem das Logo und die Farben eines Lieferdienstes prangten, beobachteten die Mitarbeiter von Fragrancia das Geschehen. Sie behielten den Influencer im Auge, bis er hinter der ersten Kurve verschwunden war.

Nora gab mit einem Kopfnicken das Startkommando, und das Einsatzteam stieg aus. Seine Mitglieder waren perfekt aufeinander eingespielt und beschränkten das Reden auf das absolut Notwendigste. Gesten ersetzten die Worte. Die meisten ihrer Handbewegungen waren nur den Teammitgliedern verständlich. Dabei mochte das eine oder andere Zeichen das Pendant zu einer unschönen Beleidigung sein.

Draußen hatte sich die Sonne verabschiedet. Das Zielobjekt war ein modernes, in einem kubischen Stil errichtetes Haus. Erst vor Kurzem war es am Rand von Verrières-le-Buisson in einem spärlich besiedelten Umfeld erbaut worden. Nur hier und da konnte man ein paar Häuser sehen. Das war zwar insofern günstig, als man eine Gefahr durch mögliche Zeugen nahezu ausschließen konnte, aber dennoch kam dieser Umstand Nora nicht gelegen: ein Lieferwagen von

Chronopost, der mitten im Nirgendwo parkte – das war verdächtig.

Die ersten beiden Teammitglieder öffneten das Tor zum Vorgarten, durchschritten ihn und postierten sich an der Eingangstür. Während einer von ihnen die Umgebung genau beobachtete, ging der andere in die Hocke, steckte einen Spannschieber ins Schloss und drückte einen gebogenen Draht in die Öffnung. Er bewegte seine beiden Einbruchwerkzeuge leicht hin und her, und schon nach wenigen Sekunden gab die Tür nach. Nora hatte über die Zwillinge zuvor abgeklärt, dass es kein Alarmsystem gab. Deshalb konnte man sich in aller Ruhe ins Haus begeben.

Jeder Mensch besaß eine einzigartige olfaktorische Signatur. Unsere Haut im Allgemeinen und insbesondere unsere Kopfhaut, unser Atem, unser Schweiß, unsere Füße – es gab viele Körperbereiche, die Duftstoffe freisetzten und zusammen eine unverwechselbare Komposition ergaben. Der Versuch, diese Signatur zu tilgen, war ein Spiel, das wir seit Jahrtausenden spielten. Aber bestenfalls gelang es uns, sie zu übertünchen. Niemand konnte seinem Geruch entfliehen. Es war unser Schicksal, dass wir rochen. Simon Vilmet griff zwar nicht auf die ultimative Tarnung durch alkoholische Parfums zurück, gestaltete jedoch seine persönliche Ausdünstung durch seine sehr gründliche Körperhygiene und den Gerüchen seines Wohnraums. Sei es der kraftvolle Geruch des Waschmittels oder das zarte Aroma einer Duftkerze, die er anzündete, um gegen den Gestank des angebrannten Fetts eines Hackbratens anzukämpfen – seine ureigenen Duftspuren ließen sich nicht leugnen. Es bereitete Fragrancia nur mehr Arbeit, wenn die Zielperson nicht gerade Parfums wie *Nuée Bleue* von VIOLET trug.

»Ihr habt dreißig Minuten.«

Noras Stimme ertönte über die Knöpfe in ihren Ohren. Ihr Auftrag hörte sich einfach an: Sie sollten alle Geruchsquellen identifizieren und Proben von ihnen entnehmen. Kerzen, Seifen, Potpourris, Deodorants, Shampoos, Waschmittel, Haushaltsprodukte – nichts durfte vergessen werden. Heftig gestikulierend, klärte die Einsatztruppe ab, wer welchen Raum übernahm. Zwei von ihnen gingen in die obere Etage, zwei blieben im Erdgeschoss, und dem Letzten wurde das Badezimmer übertragen. Zwei Headspace-Geräte brachten sie für ihre Arbeit mit ins Haus. Das Einsatzteam würde diese Geräte im Haus von Simon einschalten, um so viele Geruchsquellen wie möglich aus seinem Alltag zu analysieren, aufzunehmen und später im Labor zu kopieren. Da der Influencer kein Parfum trug und die Beschaffung seines persönlichen Geruchs durch die Eskortdame gescheitert war, blieb nur noch diese Lösung: Die Duftatmosphäre seiner Privaträume musste her.

Nora und Hélias warteten nervös im Laderaum des Lieferwagens. Alles schien nach Plan zu laufen, als plötzlich ein Knistern in Noras Ohren eine Mitteilung ankündigte.

»Wir haben ein Problem.«

Sie konnte es nicht mehr ertragen, diesen Satz zu hören. Vor allem dann nicht, wenn er von jemandem ausgesprochen wurde, der die Probleme eigentlich lösen sollte. Das für das Bad abgestellte Teammitglied hatte beim Betreten des Zimmers eine böse Überraschung erlebt: Es war dort ungefähr so voll wie in den Lagerräumen von Sephora an der Champs-Élysées. Im Grunde nicht überraschend bei jemandem, dessen berufliche Tätigkeit es mit sich brachte, jede Woche eine Vielzahl kosmetischer Produkte entgegenzunehmen, um sie auf seiner Plattform anzupreisen. Aber egal – sie hatten es nicht bedacht, und es würde schlicht nicht möglich sein, von allem eine Probe zu nehmen. Welche Produkte sollte man nun berücksichtigen? Nora drehte sich zu Hélias um. Die Vorstellung, erneut die Dienste des jungen Mannes in Anspruch zu nehmen, missfiel ihr, aber eine andere Lösung war nicht in Sicht.

»Du gehst jetzt da rein.«

»Was? Ich?«

»Du musst die Geruchsspur finden, die du vor ein paar Tagen in der Toilette ausgemacht hast. Du hast noch knapp zwanzig Minuten.«

»Und wenn sich sein Geruch zwischen dem Tag der Vergewaltigung und dem Besuch im *Domestique* verändert hat?«

»Macht nichts. Sein momentaner Duft muss reichen. Versuch, ein Produkt zu finden, das die anderen olfaktorisch überlagert. Ihr Unbewusstes wird es mit seiner Person assoziieren. Egal, aus welcher Zeit es stammt.«

Nora brauchte dringend diesen Geruch. Der Erfolg des olfaktorischen Verhörs stand auf dem Spiel. Für dieses riskante Vorgehen waren drei Komponenten unabdingbar: der Geruch des Opfers, der Geruch des Tatorts und der Geruch des Verdächtigen. Die beiden ersten besaß Nora bereits. Jetzt zählte sie auf Hélias, um die dritte noch fehlende Komponente zu beschaffen. Nach einer kurzen Einweisung reichte sie ihm einen Knopf für sein Ohr. Damit würde er ihre Anweisungen hören und im äußersten Notfall auch mit ihr sprechen können. Begeistert von der Perspektive, Fragrancia eine wesentliche Hilfe sein zu können, zog sich Hélias eine Sturmmaske über den Kopf, die nach Toum roch, dem libanesischen Aioli, und schlich sich dann ebenfalls in das Haus. Erstaunlicherweise hatte die Vorstellung, illegal in den Wohnsitz einer anderen Person einzudringen, etwas

Erregendes. Die ständige Gefahr, der er bei Fragrancia ausgesetzt wurde, begann ihn zu elektrisieren.

Simons Zuhause war sehr nüchtern eingerichtet. Lediglich ein paar gerahmte Filmposter schmückten die Wände. *Pulp Fiction*, *Gladiator* und natürlich *Joker*. Kein Foto von Familienangehörigen oder Freunden: ein klassischer Beweis für ein Single-Dasein, was durch die in einem Türrahmen befestigte Klimmzugstange noch untermauert wurde. Die gut ausgestattete Küche sah aus, als wäre sie erst am Tag zuvor aufgebaut worden. Es hätte Hélias nicht gewundert, wenn ein Immobilienkaufmann aus dem Flur aufgetaucht wäre, gefolgt von einem jungen Paar, dem er gerade erklärte, dass noch siebenundzwanzig weitere Häuser dieser Art hier entstehen würden. Es roch nach Linoleum und laminiertem Sperrholz. Der aseptische Geruch der Räume erinnerte Hélias an die Showrooms bei IKEA.

Er ließ das Erdgeschoss mit seinen schwarzen Fliesen hinter sich, um in die obere Etage zu gehen. Als der Mitarbeiter des Einsatzteams, der im Badezimmer am Werk war, ihn auftauchen sah, schlug er ihm aufmunternd auf die Schulter. Offensichtlich war der Mann heilfroh, von seiner aussichtslosen Aufgabe entbunden zu sein. Er suchte das Weite, und Hélias sah sich einem Berg von Kosmetika gegenüber. Überall standen sie herum: ein augenfälliger Kontrast zur aseptischen Leere in den anderen Räumen. Als Hélias aus dem Lieferwagen gestiegen war, hatte Nora ihm geraten, Fotos zu machen, bevor er irgendetwas verrückte, um anschließend alles wieder an denselben Platz zurückzustellen. Das Badezimmer lag im Dunkeln, und er schaltete das Licht ein, um etwas sehen zu können, aber da stürzte auch schon ein Mitarbeiter von Fragrancia herbei, um es wieder auszuschalten und ihn wortlos für sein unvorsichtiges Vorgehen zu rügen. Hélias wollte mit seinen Händen erklären, dass er ohne Licht seine Arbeit nicht würde machen können: Die Taschenlampenfunktion an seinem Handy war seit dem Abenteuer in den Kellergewölben von Chartres schließlich kaputt. Sein Gegenüber zuckte mit den Schultern und reichte ihm eine Taschenlampe. Nachdem Hélias die bodentiefe Dusche ausgeleuchtet hatte, öffnete er den ersten Flakon und schloss die Augen. Er atmete aus, er atmete ein, und schon breitete sich eine Leere in ihm aus. Weit weg waren der Einbruch, der Chronopost-Lieferwagen oder das Einsatzteam. Es gab nur noch die Gerüche. Er machte sich in seinen olfaktorischen Erinnerungen auf die Suche nach Simons Geruch, der sich dort unverfälscht und vollständig eingeschrieben hatte. Hélias wusste, wonach er suchen musste. Er öffnete die Augen. Die Jagd begann.

Nora konnte nur über die zu ihr dringenden Geräusche erahnen, was im Innern des Hauses vor sich ging. Die kurze Vorbereitungszeit hatte sie gezwungen, auf ein Videoüberwachungssystem zu verzichten. Das Warten schien sich endlos in die Länge zu ziehen. Nervös sprang ihr Blick zwischen Haus und Straße hin und her, richtete sich auch immer wieder in die Ferne. Selbst die geringfügigsten Bewegungen beobachtete sie argwöhnisch. Plötzlich bemerkte sie, wie von Weitem eine hinkende Gestalt näher kam. Sie ließ ein paar Sekunden verstreichen. Ihr Atem wurde hektisch.

Als sie leise murmelte: »Er ist im Anmarsch«, wurde diese Warnung in den Ohrhörern aller Personen wiedergegeben, die sich im Haus befanden.

Das Team brauchte nicht länger als eine Minute für den Rückzug. In der Dunkelheit erreichten alle unbemerkt den Lieferwagen. Ein paar Sekunden später bemerkte Nora allerdings, dass Hélias nicht unter ihnen war.

»Hélias. Komm sofort raus! Er ist gleich da.«
»Ich bin fast fertig.«
»Verflucht, Hélias. Sofort raus jetzt!«
»Ich bin fast fertig, habe ich doch gesagt.«

30

Hélias hatte die meisten Duschgels und Shampoos gerochen, die in der Naturstein-Duschwanne standen. Akkorde von Amber, Rose, Baumwolle und Moschus – es gab von allem etwas, aber keiner passte zu der Kokosnote, die er in der Bar *Le Domestique* an Simon entdeckt hatte. Wo versteckte sich dieser Duft, der nach seinem Empfinden alle anderen dominiert hatte? In dem Umfeld von Simon, so hoffte Hélias, würde er etwas finden können, das sich diesem Duft ganz klar zuordnen ließ, und auch sein Unbewusstes wäre in der Lage, ihn wiederzuerkennen. Hélias musste ihn finden, denn davon hing der erfolgreiche Ablauf des olfaktorischen Verhörs ab. Der letzte überprüfte Flakon war ein weiterer typischer Bodycare-Duft mit reichlich weißem Moschus gewesen. Er suchte nach einer cremigen, milchigen Note, aber alles, was ihm unter die Nase kam, erinnerte ihn eher an Umkleideräume beim Sport. Was, wenn er nicht fündig würde? Käme Simon ungeschoren davon? Und er? Was würde dann aus ihm? Nora würde nach einem solchen Versagen seine Ausbildung zum Olfakteur mit Sicherheit nicht länger unterstützen. Er hatte also keine Wahl.

Es blieb ihm keine Zeit mehr, die Flaschen an ihren ursprünglichen Platz zurückzustellen. So ließ er sie jetzt einfach auf den Boden fallen. Seine für die Geruchsproben über die Nase hochgeschobene Sturmmaske nahm ihm den freien

Blick. Abgesehen davon stank das lästige Ding nach Knoblauch und kratzte auch noch.

Er verließ die Dusche und durchsuchte die anderen Bereiche des Badezimmers. Wohin er seinen Blick auch wandte – überall Hygieneartikel. Vor lauter Gerüchen trübte sich sein olfaktorisches Gedächtnis. War es wirklich Kokos gewesen? Oder am Ende doch Palo Santo? Nein, es fehlten die Facetten von Sandelholz. Oder war es Feige? Unmöglich. Nicht fruchtig genug. Alles vermischte sich in seinem Kopf. Der so dringend gesuchte Geruch entglitt ihm. Bald würde er gar nichts mehr riechen. Die olfaktorische Übersättigung nahte im Sauseschritt. Die Geruchsrezeptoren waren höchst empfindliche Proteine, und wenn sie in einer kurzen Zeitspanne einem Übermaß an Reizen ausgesetzt waren, drohte oft ein »Kurzschluss« des Geruchsinns. Auch wenn Hélias darin geübt war, viele Riechproben aneinanderzureihen, und diesem bedrohlichen Reflex weitaus länger und besser standhielt als gewöhnliche Sterbliche, war er nicht vor dieser Gefahr gefeit. Am Ende siegte dieser Reflex doch, daran war schlicht nichts zu ändern. Hektisch riss er den Schrank über dem Waschbecken auf. Auch dort stapelten sich wahllos Produkte wie Körpermilchlotionen, Feuchtigkeitscremes, Peelings, After-Shaves, Gesichtswasser, Fußcremes und so weiter. Die meisten Packungen waren angebrochen.

»Er kann das doch nicht alles gleichzeitig benutzen. Niemand hat so viel Haut«, schnaubte Hélias.

Er griff ganz nach hinten in den Schrank, um eine Flasche Shampoo hervorzuholen. Beim Zurückziehen seines Arms stieß er an eine Tüte aus der Apotheke, die daraufhin zu Boden stürzte und deren Inhalt – eine rot-weiße Tablettenschachtel sowie ein Blatt Papier – dabei herausfiel.

Er trat mit dem Fuß gegen die Verpackung, auf der »Durinovil« stand, und hob das Blatt Papier auf. Eine alte Verordnung? Was sonst? Worauf hoffte er denn? Was wollte er finden? Etwa eine handgeschriebene Mitteilung in der Art: *Ach, übrigens, ich benutze das Tagesserum von Revilife. Es verleiht mir diese so besondere Duftspur. Das ist meine Persönlichkeit. Simon.* Er warf das Blatt Papier wieder weg und zog ohne große Überzeugung eine halb volle Haargeldose heraus. Nachdem er sie aufgeschraubt hatte, führte er sie an seine Nase. Seine Augen weiteten sich. »Inseltraum. Megastarker Halt.« Er hatte es gefunden.

Die Haustür schlug zu. Hélias erstarrte. Er hielt den Atem an, richtete seine ganze Aufmerksamkeit auf den Flur. Ein Adrenalinschub ließ das Blut durch seinen Körper rasen. Warum hatte er nicht früher an das Haargel gedacht? Haare sind ein ausgezeichneter Träger für Duftstoffe. Wie dumm von ihm! Jetzt saß er in diesem Haus fest, zusammen mit Simon. Er zog die Sturmmaske wieder über sein Gesicht und stopfte die Haargeldose in seine Tasche. Simon kam hustend und schimpfend die Treppe hoch. Sein Ächzen und Stöhnen verriet Hélias, dass der Influencer Schmerzen hatte. Schon war der Mann in der oberen Etage angelangt. Jetzt gab es keinen Ausweg mehr. In ein paar Sekunden würde Simon ins Badezimmer kommen und ihn entdecken. Er saß in der Falle. Seine einzige Chance bestand in einem Überraschungsangriff. Diesen Vorteil musste er nutzen.

In seinem Schädel wirbelte alles wild durcheinander. Seine Wangen kribbelten. Er verlagerte sein Gewicht auf seine Fußballen. Wie ein Sprinter, der auf den Startschuss für den Einhundertmeterlauf wartet, stand er vornübergebeugt da und hob den Kopf Richtung Tür. Sein Herz klopfte so stark, dass sein Pochen in den Schläfen widerhallte. Durch die Maske bekam er nicht ausreichend Luft. *Noch dazu dieser üble Knoblauchgeruch.* »Na, wenigstens riecht sie nicht nach Weihrauch«, sagte er kaum hörbar zu sich selbst in dem Versuch, sich zu beruhigen.

Dieser Gedanke erinnerte ihn an die wohl qualvollsten Stunden in seiner Jugend. Er war sechzehn Jahre alt gewesen und seine Großmutter gerade an einem Schlaganfall gestorben. Man hatte ihn gebeten, bei ihrer Beerdigung ein paar Worte zu sagen. Seine Familie hatte trotz seiner Weigerung darauf bestanden. »Ängste sind dazu da, überwunden zu werden«, war ihm entgegnet worden. Was für ein gemeiner Rat für einen hypersensiblen Menschen. Seine Großmutter war katholisch gewesen, und so wurde eine lange und traurige Messe für sie organisiert. Als der Augenblick für die Trauerrede kam, trat Hélias statt des Priesters an das Stehpult. Der Weihrauchkessel spuckte gewaltige Rauchwolken aus, und der ihn schwenkende Ministrant hatte die glorreiche Idee gehabt, neben Hélias zu bleiben. Schon bald hatten die Schwaden begonnen, ihn in der Nase zu jucken, ihn im Hals zu kratzen und seine Nebenhöhlen zu reizen. Hélias waren die Tränen gekommen. Nicht nur wegen seiner Großmutter. Der um ihn herum schwebende Weihrauch hatte sich in seinem schwarzen Anzug eingenistet und stieg bis zu seinem Kragen hinauf, um ihn zu würgen. Der erstickende, harzige und kampferartige Geruch in diesem schwierigen Augenblick hatte ihn sogar taumeln lassen. Dabei hatte er Ausdünstungen aller Art stets als seine Verbündeten, seine Vertrauten betrachtet, und knapp zwei Jahre nach dieser Begebenheit sollte er die Vorzüge der olfaktorischen Meditation entdecken, die seinem Leben eine entscheidende Wende gab. Aber dort in der Kirche, in jenen langen Momenten, war der Weihrauch zu einem Feind geworden, der ihn vergiften wollte. Er hatte es geschafft, Hélias den Boden unter den Füßen wegzuziehen und ihn daran zu hindern, bei der Beerdigung eines geliebten Menschen die passenden Worte zu finden. Am Ende war Hélias tatsächlich umgekippt. Man war ihm beigesprungen und hatte ihm wieder auf die Beine geholfen. Man hatte seinem Gefühlszustand die Schuld dafür gegeben, und niemand machte sich Vorwürfe, ihn dazu gezwungen zu haben, vor der Trauergemeinde und dem Allmächtigen salbungsvolle Worte zu finden. Kaum hatte man den Friedhof hinter sich gelassen, war der Vorfall auch schon wieder vergessen. Zumindest für die anderen. Hélias hingegen machte er noch jahrelang zu schaffen. Es war das einzige Mal in seinem Leben, dass ihm ein Geruch übel mitgespielt hatte. Das eine und einziges Mal … An jenem Tag, an dem er begriff, dass seine Heilung nur über die Beherrschung der Düfte führen konnte, gab er sich selbst das Versprechen, sie alle zu lieben. Das galt sogar für die Gerüche der Sturmmaske, die er jetzt trug und die zunehmend zu stinken schien. Alle Düfte – außer dem des Weihrauchs.

Draußen im Flur waren Schritte zu hören, die sich der Tür näherten. Als sie ganz nah gekommen waren, stürzte Hélias nach vorn. Wie ein Springteufel tauchte er aus dem Badezimmer auf, prallte gegen die Person im Flur und stieß sie nach hinten. Während Simon zu Boden ging, entfuhr ihm ein gellender Schrei. Angst und Schmerz standen ihm ins Gesicht geschrieben.

»Nehmen Sie alles, aber tun Sie mir nichts«, heulte er in Richtung des maskierten Mannes.

Er kauerte sich am Boden zusammen, schützte mit den Händen sein Gesicht und zog seine Knie zum Bauch hin. Aber Hélias hatte den Flur bereits hinter sich gelassen und rannte nun die Treppe hinunter. Schon lag die Hälfte der Stufen hinter ihm, als er eine Stufe verfehlte. Er stürzte, schlug mit dem Rücken gegen sämtliche Kanten, bevor er am Fuß der Treppe mit der Stirn gegen das Geländer prallte. Seine Augenbraue platzte auf, Blut quoll hervor, und die Maske wurde klebrig. Obwohl ihm schwindlig wurde, rappelte er sich hoch und wankte zur Haustür. Simon hatte sie abgeschlossen. Wie ferngesteuert eilte Hélias daraufhin ins Wohnzimmer, öffnete eines der großen Fenster und kletterte hastig nach draußen. Noch benommen von seinem Sturz – Hals über Kopf war er brutal die Treppe hinuntergefallen –, versagten seine Reflexe. Er geriet ins Straucheln und fiel mit dem Oberkörper voran auf den Boden. Da sich das Fenster im Erdgeschoss befand, war der Aufprall aufgrund der geringen Höhe nicht heftig, raubte ihm aber trotzdem den Atem. Er hustete, rang nach Luft. Im nächsten Moment packte ihn eine starke Hand an der Jacke und zog ihn hoch. Sein Kopf wackelte unkontrolliert hin und her, und er ließ alles mit sich geschehen. Was sollte er jetzt auch noch tun? Simon war ihm körperlich überlegen. Gleich würde er ihm die Maske herunterreißen, ihn wiedererkennen – und dann wäre alles aus. Egal. Wenigstens würde er dann medizinisch versorgt werden.

»Verdammt, streng dich mal etwas an!«

Hélias erkannte die Stimme nicht, aber er wusste, dass sie nicht Simon gehörte. Der Unbekannte rückte ihm die Maske zurecht, sodass er wieder durch die Augenöffnungen schauen konnte. Jetzt endlich konnte Hélias sehen, dass der andere einen Arbeitsoverall des Einsatzteams trug. Der Mann zerrte ihn dann grob durch den Garten und weiter bis zu dem vor dem Haus geparkten Lieferwagen. Nora öffnete die Seitentür und fauchte Hélias an, gefälligst einzusteigen. Dann startete der Transporter und raste davon.

»Was ist in dich gefahren? Bist du vollkommen übergeschnappt?«, schrie Nora voller Wut.

Hélias zog die Maske von seinem blutverschmierten Gesicht.

»So verrückt kann man doch gar nicht sein.«

»Ich habe ihn.«

»Und was, wenn er dich erkannt hat? Hast du auch daran gedacht?«

»Ich habe seinen Geruch, Nora.«

31

Schon am nächsten Tag machten sich Labormitarbeiter und Dekrypteure an die Arbeit. Sie kombinierten die Duftstoffe miteinander, die Simon täglich in seinem Zuhause umgaben, um seine olfaktorische Signatur zu rekonstruieren. Es wäre jedoch verfehlt, sich deren Struktur so vorzustellen wie die eines handelsüblichen Parfums aus dem Supermarkt. Bei einem Duft ausgesuchter Parfumhersteller sprach man gewöhnlich von einem pyramidenförmigen Aufbau. Diese Duftpyramide bestand aus drei übereinandergeschichteten Teilen. Oben an der Spitze befand sich die sogenannte Kopfnote, die besonders schnell verflog und sich zumeist aus frischen, sehr flüchtigen Essenzen zusammenbildete. Die Herznote war das Mittelstück der Pyramide und enthielt die Rohstoffe, die dem jeweiligen Duftgemisch seinen persönlichen Charakter verliehen. Und ganz unten befand sich die Basisnote, das Fundament des jeweiligen Dufts mit den sich am längsten haltenden Essenzen.

Da die Experten von Fragrancia im Fall von Simon nicht auf eine solche Struktur zurückgreifen konnten, mussten sie in mehr oder weniger konzentrischen Kreisbewegungen vorgehen, um die Duftspur zu rekonstruieren. Sie würden zunächst einen Duftakkord aus den Seifen und Kosmetika erarbeiten, die Simon verwendete, und sich dann Duft für Duft in weiter entfernte Bereiche vortasten. Die Konzentration jedes einzelnen Duftstoffes musste in einem proportionalen Verhältnis zum Grad seiner Nähe zu Simon sein. Mit anderen Worten: Das Waschmittel in seiner Kleidung war hoch zu veranschlagen, das Potpourri im Eingangsbereich des Hauses nur gering. Es war nicht schlimm, wenn das Endergebnis einen wenig gefälligen oder unausgewogenen Geruch ergab. Im Gegenteil, es ging in diesem Fall darum, den Geruch von Simon möglichst getreu nachzustellen. Denn dieser würde eine wesentliche Rolle in dem olfaktorischen Verhör spielen, das sie über den Influencer durchführen würden.

Damit ihr Vorgehen auch tatsächlich den gewünschten Erfolg haben würde, hatte Nora sogar eine Olfakteurin angeworben, die jeden einzelnen Schritt dieser Arbeit überwachen sollte. Und diesmal hatte sie nicht nur angefragt oder gebeten, sondern sie hatte sich von Vornherein dazu entschieden, die Anfrage mit einer Drohung zu verbinden. Sie musste diese Herrschaften endlich einmal in die Schranken weisen. Die am Ende der Woche stattfindende Hauptversammlung würde ihrem divenhaften Gehabe dann ein für alle Mal einen Riegel vorschieben. Verlief alles wie vorgesehen, müssten die Teams in der Lage sein, Nora die für das geplante olfaktorische Verhör erforderlichen Duftatmosphären am nächsten Tag zur Verfügung zu stellen. Das Warten auf diese Ergebnisse machte sie jedoch nervös. Das kleinste Missgeschick würde ihre Karriere gefährden, denn Abbad wartete nur darauf, dass sie einen Fehler machte. Ihre Zukunft hing vom Ausgang dieser wenig ersprießlichen Angelegenheit ab. Und als wäre die Situation nicht schon nervenaufreibend genug, fürchtete Nora den Abschlussbericht, den sie Cornélia in Kürze vorlegen sollte. Angesichts der Vielzahl an Mitarbeitern, die in dieser Angelegenheit involviert waren, und der erheblichen Kosten, die dem Unternehmen entstanden waren, würde es sich ziemlich schwierig gestalten, diese Aktion zu verheimlichen. Und außerdem wurden unter ihren Kollegen die Fragen zu ihren Handlungen immer lauter. Das machte sie beinahe paranoid. Ihr war durchaus klar, dass ein so großer Einsatz von Ressourcen, wie sie ihn gegenwärtig betrieb, eigentlich nur für solche Fälle vorgesehen war, bei denen die Geheimhaltung des Unternehmens Fragrancia in Gefahr war – und ganz gewiss nicht für zweitrangige polizeilichen Ermittlungen. Selbst ihre Rolle als unangefochtene Krisenmanagerin schien sie nicht mehr vor Anfeindungen zu bewahren. Sie musste ihre Kritiker noch eine Weile in Schach halten, und zwar um jeden Preis. Bald würde alles vorbei sein. Das hoffte sie zumindest mit jeder Faser ihres Körpers.

»Warum konnte er nicht einfach ein Parfum tragen, dieser Scheißkerl?«

Simon schaffte es tatsächlich, sie sogar durch das, was er nicht tat, auf die Palme zu bringen. Nach einem kurzen Austausch über SMS erfuhr sie, dass Hélias seinen Arbeitsplatz im Labor der Assistenten verlassen hatte, um im Park spazieren zu gehen. Sie fand ihn unter der Trauerweide, wo er mit Cahetel spielte, der Zibetkatze von Cornélia. Während er das Tier ausgiebig kraulte, knabberte Cahetel als Zeichen ihrer Zuneigung an seinen Händen herum. Ihr leises, begeistertes Schnurren überraschte Nora.

»Das ist sehr ungewöhnlich. Normalerweise ist sie sehr scheu Fremden gegenüber.«

»Angsthasen verstehen einander.«

Hélias unterbrach seine Streicheleinheiten, und das Tier erstarrte förmlich. Einen Moment lang starrten sie sich intensiv an, und als er wieder loslegte, schrie Cahetel geradezu vor Wohlgefallen auf.

Nora ging um den Baum herum und hockte sich neben die beiden.

»Wie geht es der Augenbraue?«

»Wurde mit nur zwei Stichen genäht.«

Hélias fuhr mit dem Finger über die Fäden.

»Ich wollte dir noch dafür danken, dass du mit einer solchen Hartnäckigkeit nach der Geruchsquelle gesucht hast. Dein Verhalten war unverantwortlich, aber unsere Wissenschaftler werden den Duftakkord um deinen Fund herum erstellen können. Du müsstest sie mal sehen. Sie sind Feuer und Flamme.«

»Schon gut.«

»Trotzdem bin ich auch jetzt noch der Meinung, dass es ein Fehler war, die Dose mitzunehmen. Denn welcher Einbrecher lässt alle Wertobjekte stehen, verschwindet dafür aber mit einem Haargel?«

»Jedenfalls kein Glatzkopf.«

Nora lächelte entwaffnet.

»Seit ich für die Zentrale arbeite, habe ich meine Ängste fast vergessen«, offenbarte er ihr.

Hélias war selbst überrascht von dieser Erkenntnis. Er gewann mehr und mehr an Selbstsicherheit, und zum ersten Mal hatte er die Veränderung, die in ihm vorging, in Worte gefasst.

»Leidest du schon lange unter diesen Ängsten?«

Als sie bemerkte, dass Hélias sich wieder in sich zurückzog, entschuldigte sie sich für ihre indiskrete Frage. Er war nicht verpflichtet, ihr zu antworten.

Man hatte ihm diese Frage in der Vergangenheit schon oft gestellt, und er hatte Angst vor ihr. Er fürchtete sie, weil er den Eindruck hatte, dass keine Erklärung seine Gesprächspartner jemals zufriedenstellen würde. Er hatte keine unüberwindbare traumatische Situation erlebt. Er war nicht in der Schule gemobbt worden. Seine Eltern waren fürsorglich, seine Familie liebevoll gewesen, und seine Kindheit hatte einen ganz normalen Verlauf genommen. Er war eben von Natur aus hypersensibel. Die übersteigerte Empathie seiner frühen Kindheit hatte sich während seiner Jugend zu einer Unfähigkeit ausgewachsen, mit den eigenen Gefühlen und Empfindungen richtig umzugehen. Darin lag nichts Sensationelles, aber es passte letztlich zu seinen Lebensumständen: Es gab keine großen Herausforderungen. Er war in den Warteräumen von Psychiatern vielen Personen begegnet, die seiner Überzeugung nach unter weitaus legitimeren Schmerzen litten als er selbst. Manche hatten als Kind sexuelle Übergriffe erfahren, andere waren nach der Beziehung mit einem gewalttätigen Partner in die Drogenszene abgerutscht, wieder andere hatten sich nie mehr von einer Unachtsamkeit ihrerseits erholt, durch die ein Mensch sein Leben verloren hatte. Manchmal – und er war sich sehr wohl bewusst, dass dieser Gedanke etwas höchst Fragwürdiges an sich hatte – wäre es ihm beinahe lieber gewesen, selbst ebenfalls ein großes Unglück erlitten zu haben. Ein Unglück, das andere, wenn sie davor hörten, dazu gebracht hätte, den Hut abzunehmen, zu Boden zu blicken oder schwer zu schlucken. Dann hätte er endlich einen legitimen Grund für seine Traurigkeit und Angst vorweisen können. Aber nein, stattdessen war er dazu verdammt, sich immer wieder unbeholfen zu rechtfertigen, um am Ende jedes Mal etwas kläglich hinzuzusetzen: »Das lähmt einen, ich schwöre es dir.« Es war ein trauriges Los, schwer an einem Leiden zu tragen, das bei niemandem Mitleid hervorrief.

»Weißt du, ich komme gerade zu dem Schluss, dass diese Überempfindlichkeit vielleicht die Quelle für dein Talent ist.«

Hélias lief hochrot an. Dieses unerwartete Kompliment verwirrte ihn. Rasch versuchte er, das Thema zu wechseln.

»Wie wird denn das olfaktorische Verhör ablaufen?«

Nora dachte einen Moment lang nach, sie wollte sich so kurz wie möglich fassen. Simon würde an einen Elektroenzephalographen angeschlossen und dann einer möglichst genauen olfaktorischen Transkription jenes Abends unterzogen, an dem Audrey vergewaltigt wurde. Diese Transkription, die das Parfum von Audrey, die Duftatmosphäre des Tatorts und den Geruch von Simon enthielt, würde mit VMS gemischt und von Simon inhaliert werden. Dekrypteure würden dann die Ergebnisse des Elektroenzephalogramms lesen und analysieren und könnten damit die von Simon bei der olfaktorischen Erinnerung verspürten Gefühle nachweisen. Jede Emotion, sei es Vergnügen, Schuld, Erregung oder Scham – jede Emotion würde Simon augenblicklich überführen.

»Warum versucht ihr nicht, Audrey direkt mit Simons Geruch zu konfrontieren?«

»Diese Vorgehensweise vermeiden wir, soweit es geht, denn sie kann schlimme Nachwirkungen bei der betroffenen Person haben. Es stimmt aber, dass es die Arbeit erleichtern würde, das Opfer mit dem Duft eines Verdächtigen zu konfrontieren. In unserem Fall besteht jedoch leider ein erheblicher Zweifel an der Zuverlässigkeit von Audreys Erinnerungen. Sie stand unter Drogen, und das beeinträchtigt die Fähigkeit ihres Hippocampus, Erinnerungen zu bilden. Daher kann man sich auf ihre Erinnerungen nicht verlassen, wenn sie überhaupt welche hat.«

Hélias fiel auf, dass Nora leichte Anzeichen von Erschöpfung zeigte, auch wenn ihre Haltung weiterhin zum Ausdruck brachte, dass sie alles unter Kontrolle hatte oder haben wollte.

»Ich weiß nicht, ob das für dich relevant ist, aber wenn ich Olfakteur werde, dann kannst du sicher sein, dass ich dir jederzeit für besondere Aufträge zur Verfügung stehe.«

Dieses Angebot rührte Nora. Aber sofort tauchten auch ihre Gewissensbisse wieder auf, und ihr anfängliches Lächeln erlosch. Sie erhob sich und ging ein paar Schritte zur Seite, holte tief Luft und atmete langsam wieder aus. Sie fand ihre innere Ruhe wieder. Und schon hatte sie zu ihrem unbeirrbaren und strategisch wohlüberlegten Blick auf die Dinge zurückgefunden.

»Komm mit!«

Sie gingen einen Pfad entlang, der hinter das Hauptgebäude führte. Auf halber Strecke blieb Cahetel zurück, angelockt von einer Bewegung im Gebüsch, die ihr offenbar etwas Verheißungsvolles zu versprechen schien. Nora hatte nicht die geringste Vorstellung, wie sie die Sache angehen sollte. Sie kamen zu der Baustelle, die Hélias am Tag seiner Ankunft bemerkt hatte. Bauarbeiter in staubigen Overalls gingen durch die beeindruckend großen, offen stehenden Glastüren ein und aus. Der Rohbau des fünfstöckigen Gebäudes war bereits fertiggestellt.

»Cornélia hat diesen Ausbau vor zwei Jahren in die Wege geleitet. Die Zentrale plant, in einer mehr oder weniger nahen Zukunft den größten Teil ihrer Aktivitäten hier zusammenzuziehen.«

Beeindruckt von den Ausmaßen des Gebäudes, gab Hélias ein leises, anerkennendes Pfeifen von sich. Nora beobachtete ihn und hoffte, dass er selbst die ihrer Meinung nach naheliegenden Schlussfolgerungen ziehen würde. Vergeblich. Sie wusste nicht, wie sie ihn von seiner bevorstehenden Entlassung in Kenntnis setzen sollte, und machte sich Vorwürfe, diese Mitteilung so lange hinausgezögert zu haben. Es war ein

Fehler gewesen, ihn die Ausbildung hier beginnen zu lassen und sogar in einen sehr herausfordernden Auftrag einzubinden. Durch die Ereignisse der letzten Tage hatte sie seinen Charakter schätzen gelernt. Außerdem war er begabt. Vor allem für einen Assistenten, der aus der kleinsten Niederlassung des gesamten Fragrancia-Imperiums kam. Während ihrer mittlerweile fünf Jahre bei Fragrancia war sie nicht einem einzigen Olfakteur begegnet, der in der Lage gewesen wäre, eine Duftatmosphäre allein mithilfe seiner Nase zu transkribieren, also gänzlich ohne jede Hilfe einer Headspace-Ausrüstung. Seine Wahrnehmung von Düften schien kristallklar und frei von jedem Mangel zu sein. Ein Talent, das der Zentrale von großem Nutzen sein könnte. Nach den wenigen Tagen, die sie mit Hélias verbracht hatte, schien es ihr jetzt ein fundamentaler Fehler zu sein, auf ihn zu verzichten. Die Situation, in die sie geraten war, verwirrte sie. Was sollte sie tun?

Ihr Handy vibrierte. Das Klingeln rettete sie. Die App eines Livestream-Dienstleisters teilte ihr mit, dass Simon gerade live auf Sendung war. Steve hatte ihr in der letzten Woche einen Account eingerichtet, und sie hatte den Kanal des Influencers abonniert. Sie klickte die Benachrichtigung an. Hélias sah ihr über die Schulter.

In einem beängstigenden grünblauen Licht stand ein müde aussehender Simon vor der Kamera. Er befand sich zu Hause. Hinter ihm herrschte eine etwas zu arrangiert wirkende Unordnung. Nichts war dem Zufall überlassen. Selbst sein leicht zerknittertes T-Shirt sollte dazu beitragen, einen möglichst lebensnahen Eindruck zu erwecken. Ein Auftritt, als würde ihn eine feindliche Militäreinheit belagern. Innerhalb weniger Sekunden hatten sich Dutzende Zuschauer zugeschaltet. Auf der rechten Seite begannen sich die Kommentare zu häufen. Fünf Minuten später würden bereits sechshundert Personen zuschauen.

Simon setzte eine betroffene Miene auf. »Hallo, Leute. Heute Morgen ist es eine etwas besondere *Live*-Sendung. Gestern Abend habe ich einen Einbrecher bei mir im Haus erwischt.« Dann breitete er den Vorfall dreißig Minuten lang nach allen Regeln der Kunst aus. Es glich einer genau kalkulierten Dramaturgie: Er steigerte die Spannung, hübschte jedes Detail auf und übertrieb maßlos. Seine Worte verbreiteten sich in den sozialen Netzwerken, und schon bald folgten mehrere Tausend Zuschauer seinen Ausführungen. Die Erzählung erreichte ihren Höhepunkt, als er zu seiner Konfrontation mit dem Einbrecher kam. Natürlich hatte er sich tapfer gegen den Angreifer gewehrt und schließlich sogar die Oberhand gewonnen. Am Ende hatte der Eindringling Reißaus genommen, ohne noch Zeit zu finden, irgendetwas zu stehlen. Simon, der große Siegertyp. Hélias konnte in den Kommentaren lesen, dass vor allem große Bestürzung geäußert wurde. Auch beglückwünschte man den Influencer, dass er »seinen Mann gestanden hatte«. Anscheinend strichen seine Moderatoren gnadenlos alle Kommentare heraus, in denen man sich über ihn lustig machte. Die Geschichte mit den gefakten Gewinnspielen hing immer noch in der Luft, und einige Leute waren nach wie vor nicht gut auf ihn zu sprechen. Trotzdem war seine Bitte um Unterstützung ein Erfolg. Am Ende des Videos hatten zwanzig Personen seinen Kanal neu abonniert, und etwa vierzig Personen hatten Zuwendungen in unterschiedlicher Höhe geleistet. Nora machte eine kurze Rechnung auf. Der Livestream würde ihm auf der Stelle ungefähr zweihundertfünfzig Euro einbringen. Der Influencer hatte während seiner Schilderung außerdem gleich mehrmals betont, dass er durchaus offen für eine mögliche Zusammenarbeit mit einem Alarmsystemhersteller wäre. Ganz schön einträglich so ein Einbruch. Sie schaltete ihr Handy aus und bat Hélias, sie zu entschuldigen. Die Zeit drängte, und das Kündigungsgespräch musste auf später verschoben werden.

»Wir lagen genau richtig mit unserer Einschätzung! Simon hat seine Plattform dazu benutzt, um sich bei seinen Abonnenten auszuheulen«, brach es aus Nora heraus, kaum dass sie den Open Space der Abteilung für IT-Sicherheit betreten hatte.

»Ich hab's auch gesehen«, antwortete Steve.

Die junge Frau ließ sich auf einen leeren Stuhl fallen. Morgen sollte das olfaktorische Verhör stattfinden, und wenn sie sich jetzt nicht gut absicherten, würde Simon womöglich im Anschluss daran alles im Internet verbreiten. Und dann? Wie lange würden die Kritiker von Fragrancia benötigen, um einen solchen Bericht mit dem Unternehmen in Verbindung zu bringen? Auch persönliche Probleme rechtfertigten es in keiner Weise, ein solches Risiko für das Unternehmen einzugehen. Das war Nora bewusst. Am liebsten hätte sie alles hingeschmissen. Sollte Abbad doch mit ihrem Geheimnis anfangen, was er wollte.

»Mach dir nichts draus! Wir bleiben bei unserem Plan. Er wird Angst bekommen – bei den schweren Geschützen, die ihr auffahrt. Anwalt, Geheimhaltungsvereinbarung und der ganze Schnickschnack. Und wenn er trotz allem auf die Idee kommt, sich im Netz darüber zu verbreiten, kriegt er es mit den Zwillingen und mir zu tun, und zwar sofort.«

Zum ersten Mal seit sie sich kannten, legte Steve seine Hand auf Noras Schulter. Diese Geste beruhigte sie, und sie lächelte zaghaft.

»Ich muss dir noch etwas anderes sagen, das dir wahrscheinlich nicht besonders gefällt«, fuhr er fort. »Es geht um deinen Ermittler, Ali Abbad. Der ist ziemlich manipulativ unterwegs.«

32

Hélias war sichtlich aufgeregt. Als Dank für seinen Einsatz und das Risiko, das er eingegangen war, hatte Nora ihm gestattet, dem olfaktorischen Verhör beizuwohnen, mit dem Simon Vilmet überführt werden sollte. Er war sogar mit dem Transport des Köfferchens betraut, in dem die olfaktorische Transkription aufbewahrt wurde, der der Influencer ausgesetzt werden sollte. Sie war erst ein paar Stunden zuvor fertiggestellt worden. Alle, die an der Mischung gearbeitet hatten, kamen zu der übereinstimmenden Einschätzung, dass das Ergebnis ein wahres Wunderwerk an Realitätsnähe war. Hélias' Stolz, an einer Operation beteiligt zu sein, die so viele Spezialisten versammelte, mischte sich mit seiner wachsenden Faszination für Fragrancia.

Die Aktion würde in einem Aufnahmestudio am Rand von Étampes stattfinden. Ein großer schalldichter Raum, absolute Dunkelheit und eine isolierte Lage – eine Lokalität, die nur Vorteile bot. An der hohen Decke des Hauptraums verliefen lange Metallstangen. Zwischen Kabeln und Flaschenzügen hingen dort ausgeschaltete Projektoren, die ein wenig aussahen wie erschöpfte Fledermäuse. Die schwarz gestrichenen Wände verliehen dem Ort eine gleichermaßen beklemmende wie entgrenzte Aura. Es war Teil des Plans, möglichst alle konkreten Bezugspunkte auszuschalten, um Simon zu destabilisieren. Der Influencer würde sich schwer damit tun, eine für ihn unklare Situation später an anderer Stelle wiederzugeben. Auf dem Podest in der Mitte des Raums, dem einzigen ausgeleuchteten Bereich, hatte man die für die Dekrypteure notwendigen Geräte aufgestellt. Zwischen den hohen Computertürmen samt ihren zahlreichen Drehknöpfen, den vielen Bildschirmkacheln, dem Kabelgewirr und den Ledersesseln wirkten die Apparaturen, die angeblich zur Gesichtserkennung dienen sollten, eher wie wenig überzeugende Requisiten aus dem Film *Matrix*.

Simon Vilmet erschien ohne seinen Agenten, der ein paar Kilometer vor dem Erreichen des Zielortes, wie es der Zufall wollte, in eine Verkehrskontrolle geraten war, die mit außerordentlicher Gründlichkeit durchgeführt und von Ali Abbad höchstpersönlich überwacht wurde. Dadurch verschaffte der Ermittler den Mitarbeitern von Nora ein Zeitfenster von einer guten halben Stunde. Das müsste reichen. Das Ausbleiben seines Agenten schien Simon nicht zu beunruhigen. Er machte wie üblich schnell auf Kumpel und war im Handumdrehen mit der gesamten Mannschaft per Du.

Nora, die jetzt erneut in ihre Rolle als Marketingchefin von Gametech geschlüpft war, bat Simon an einen Tisch, wo ihm gegenüber bereits ein Anwalt Platz genommen hatte, der recht angriffslustig zu ihm hinüberblickte.

»Unterschreiben Sie hier, hier und hier. Anschließend können Sie die achtzehn Seiten paraphieren.«

Der Mann schob ihm einen Stapel Blätter hinüber.

»Was ist das?«

»Eine Geheimhaltungsvereinbarung. Was wir hier testen, muss geheim bleiben. Wenn nicht, werden Sie große Probleme bekommen.«

»Aber ich darf doch wohl meiner Community von der Zusammenarbeit erzählen?«

»Natürlich. Die Vereinbarung betrifft lediglich die Technologie hier.«

Er wies mit dem Finger auf die mit Elektroden versehene Haube, die auf dem Sessel lag.

»Und dieses Dokument hier? Was ist damit?«

»Das ist ein Haftungsausschluss.«

Die EEG-Aufnahme, der sich Simon unterziehen würde, habe experimentellen Charakter, erklärte ihm der Pseudoanwalt. Während der Sitzung könne er möglicherweise in einen ungewohnten Zustand geraten. Zur Beunruhigung bestehe jedoch keinerlei Anlass. Es handele sich um eine häufige, vollkommen harmlose Nebenwirkung. Und noch einmal: Was auch geschähe, es musste absolute Diskretion gewahrt werden.

Kaum verhüllte Drohungen, Verträge, scheinfreundliches Blabla – das einzig Echte in dieser ganzen Inszenierung waren der Stift und der Tisch, auf dem Simon unterzeichnete. Die Mitarbeiter von Fragrancia hofften, ihn auf diese Weise so einzuschüchtern, dass er den Mund hielt.

»Aber ich dachte, dass einfach nur ein Scan von meinem Gesicht gemacht würde.«

»Genau. Unterzeichnen Sie.«

Der Anwalt verlieh seinen Worten Nachdruck durch einen Scheck, den er Simon zuschob.

Simon sah prüfend zu dem Gerät hinüber, dann zu dem Mann im nachtblauen Anzug und griff schließlich nach dem Scheck. Als er den schwindelerregend hohen Betrag darauf erblickte, war es um seine Zweifel geschehen. Nur einen Augenblick später leistete er die Unterschrift. Daraufhin führte man ihn zu der Apparatur hinüber. Eine medizinische Mitarbeiterin setzte ihm die Haube mit den Elektroden auf. Ihre fachmännischen Handgriffe waren sanft und beruhigend.

Sie bat ihn, sich zu setzen. An allen Ecken und Enden waren Pieptöne aus den Maschinen zu hören.

In einem Nebenraum verfolgte Hélias den Ablauf an einem Bildschirm. Er wusste nicht viel über das Opfer – Nora hatte ihm lediglich mitgeteilt, dass sie Audrey hieß –, war aber froh, dass dieses Verhör dazu beitragen konnte, ihr Leiden zu lindern. Es freute ihn außerdem, festzustellen, dass Fragrancia offenbar manchmal anderen Menschen tatsächlich half. Und zwar nicht nur denjenigen, die über ausreichend Mittel verfügten, um sich die Dienste von Fragrancia leisten zu können. Er hatte Alain versprochen, dass er sich, sollte er es zum Olfakteur bringen, dafür aussprechen würde, das Projekt *Odor Medicina* wieder aufzunehmen. Sein Mentor hatte Zweifel gehegt, dass er mit diesem Vorhaben letzten Endes Erfolg haben würde, ihn aber dennoch dazu ermutigt und sein ehrenhaftes Ansinnen gelobt.

Jetzt betrat eine Person den Hauptraum und verkündete, dass die Befragung beginnen würde. Hélias beugte sich ganz nah zum Bildschirm hin, um ja nichts davon zu verpassen. Wie schön wäre es jetzt gewesen, Alain an seiner Seite zu haben. Wenn sein Mentor sehen könnte, was er bisher geleistet und welchen Weg er bereits zurückgelegt hatte. Hélias lächelte, als er sich vorstellte, womit der alte Hase wohl gerade beschäftigt sein mochte. Vielleicht befand er sich gerade mitten in einer olfaktorischen Sitzung, vielleicht plauderte er aber auch gerade mit seiner Frau Claudine in ihrem Garten. Oder er versuchte wieder einmal, in seinen Räumlichkeiten Platz für eine neue verrückte Sammlung zu schaffen. Ihre vertraute Zweisamkeit fehlte ihm, und als er jetzt seine Augen wieder auf den Bildschirm richtete, spürte er einen Kloß im Hals.

Jahrelang waren die olfaktorischen Verhöre nicht von Erfolg gekrönt gewesen. Zwar brachten die Forscher den Geruch des Tatortes mit dem des Opfers zusammen, aber die daraus hervorgehende Duftatmosphäre erwies sich als zu unvollständig, um dem Verdächtigen eine nachweisbare Erinnerung an seine Tat zu entlocken oder ihn in eine emotionale Verfassung zu versetzen, die auf seine Schuld schließen ließ. Lange schien die Situation festgefahren, und erst als die Forscher ihr Augenmerk auf das Phänomen der olfaktorischen Adaption richteten, kam wieder Bewegung in das Ganze. Die olfaktorische Adaption oder Geruchsgewöhnung war ein Prozess, durch den das menschliche Wesen allmählich unempfindlich für seinen eigenen Geruch wurde. Das stellte eine für unser Überleben unvermeidbare und wesentliche Entwicklung dar, denn es musste verhindert werden, dass unsere persönliche Duftnote unsere Rezeptoren permanent stimulierte, sie dadurch überlastete und letztlich betäubte. Nur wenn wir unsere eigenen Geruchsnoten ignorierten, konnten wir subtilen Veränderungen der uns umgebenden Gerüche und der damit verbundenen potenziellen Gefahren die genügende Aufmerksamkeit schenken: dem Näherkommen eines Raubtiers oder der Verrottung eines Lebensmittels beispielsweise. Aber so wesentlich dieser Vorgang in unserer Entwicklung auch war, so verleitete er die Forscher von heute doch zu einer falschen Annahme. Wenn man dem Gehirn die Information über unseren eigenen Geruch vorenthielt – wurde dieser also gewissermaßen ausgeblendet –, dann suggerierte die Geruchsgewöhnung, dass die eigenen Ausdünstungen eine Auswirkung auf unsere olfaktorische Wahrnehmung hätten. Dabei hing doch alles, was wir mit unseren Nasen wahrnahmen, mit unserem eigenen Geruch zusammen und wurde von ihm geprägt. Unsere eigenen Ausdünstungen hier nicht miteinzubeziehen entspräche daher ungefähr dem Vorgehen eines Malers, der alle Farben zusammenbrächte, um ein Bild zu malen, dabei aber die Leinwand vergessen würde.

Die Dekrypteurin befüllte nun den Vernebler mit dem Duftakkord, der aus dem Parfum von Audrey, der Atmosphäre im Haus von Émilie, dem Bett ihres kleinen Bruders und seines Zimmers und vor allem aus dem Duft von Simon selbst bestand, den die Labormitarbeiter der Zentrale frisch synthetisiert hatten. Wenn Simon tatsächlich das ihm zur Last gelegte Verbrechen begangen hatte, dann war genau dieses Gemisch der von ihm während der Vergewaltigung von Audrey wahrgenommene Geruch. Wurde Simon ihm ausgesetzt, musste ein Sturm von Emotionen bei ihm losbrechen, den die Dekrypteurin über den Umweg des Elektroenzephalogramms mühelos würde nachweisen können. Das Team von Fragrancia würde nun also bald Klarheit haben.

Mit einem Handzeichen bedeutete die Dekrypteurin einem ihrer Assistenten, die Maschine zu starten.

»Bitte bewegen Sie sich jetzt nicht mehr, Monsieur Vilmet. Wir werden mit der Digitalisierung Ihres Gesichtes beginnen. Um Sie herum sind zahlreiche Sensoren angebracht. Gleichzeitig werden wir eine Geruchssubstanz im Raum verbreiten, die eine beruhigende Wirkung hat. Ein entspanntes Gesicht führt zu einer besseren 3D-Wiedergabe.«

Simon stellte keine Fragen mehr. Allerdings ließ die Situation auch kaum Platz für Zweifel. Umgeben von komplizierten Apparaturen und einem halben Dutzend Kittel tragenden Wissenschaftlern, die auf ihren Computern herumtippten, war die Szenerie für ihn rein optisch sehr überzeugend. Man hätte ihm auch mitteilen können, dass er gleich von hier weggebeamt würde: Womöglich hätte er dann lediglich darum gebeten, Dubai als Ziel auswählen zu dürfen. Die Dekrypteurin betätigte den Vernebler und platzierte ihn unter Simons Nase.

Es war seine erste Immersion. Sein auf diese Intrusion nicht vorbereitetes limbisches System reagierte heftig. Eine Art Krampf durchfuhr seinen gesamten Körper. Mit leicht verdrehten Augen fiel er auf der Stelle in einen Trancezustand. Das war bei Menschen, die eine besonders hohe Aufnahmefähigkeit für die VMS hatten, nichts Ungewöhnliches und trat fast bei jeder zweiten Person auf. Die unkontrollierten Verrenkungen des Influencers lösten bei niemandem eine Reaktion aus – außer bei Hélias, der sich noch ein wenig weiter zum Bildschirm vorbeugte. Nach dem »Losrollen«, dem höchsten Gut der Drogensüchtigen, hatte Simon einen grandiosen »Abflug«. Eine mit sehr reizvollen Empfindungen verbundene Melodie geisterte ihm offenbar im Kopf herum. Vermutlich spürte er Liebkosungen in seinem Lendenbereich. Er geriet geradezu in Ekstase. Jedenfalls entfuhr ihm ein lustvolles Stöhnen. Aus Angst, ihn am Ende noch um seinen Trip zu beneiden, wandte Nora ihren Blick ab. In dem Augenblick, in dem der Rausch der Erinnerungsphase wich, begannen die Assistenten der Dekrypteurin mit der Aufzeichnung seiner Gehirnaktivitäten. Das Gehirn von Simon erschien gleich auf einem Dutzend von Bildschirmen. Überall flimmerte es. Konzentriert verfolgte die leitende Dekrypteurin hinter ihren getönten Brillengläsern jede Bewegung und jedes Bild. Die Interpretationen flogen ihr nur so zu, und sie hielt alles auf ihrem Laptop fest. In weniger als fünf Minuten war sie zu einem Ergebnis gelangt. Klar und deutlich. Wieder einmal hatte die VMS gehalten, was sie versprochen hatte. Und zwar in jeder Hinsicht.

Die Maschinen wurden ausgeschaltet. Über den Bildschirm konnte Hélias erkennen, dass Simon langsam wieder zu sich kam. Die Dekrypteurin reichte Nora eine Mappe. Hélias sprang auf, verließ das Zimmer und lief zu ihr hinüber. Im Vorbeigehen warf er einen Blick auf den Influencer, der sich in glückseliger Benommenheit immer noch in seinem Sessel ausruhte. *Muss ja einen ziemlich guten Trip gehabt haben, dieser Mistkerl*, dachte er.

Als er Nora erreichte, war sie bereits in die Lektüre der Ergebnisse vertieft. Sie las, und sie las jedes Wort mindestens noch einmal, als wollte sie versuchen, den Text auswendig zu lernen. Immer wieder wandte sie sich an die Dekrypteurin, um sich etwas präzise erklären zu lassen, und las dann weiter. Irgendwann hob sie den Kopf und fing den Blick von Hélias auf. Sie lächelte ihn zurückhaltend, beinahe entschuldigend an.

Das olfaktorische Verhör von Simon war eindeutig gewesen: Die von seinem Gehirn während der Immersion erzeugten Signale entsprachen den Signalen der Verwirrung. Eine typische Reaktion bei Versuchspersonen unter VMS, die nicht verstanden, was ihre Nase wahrnahm, wenn ihnen ein Geruch fremd war. Die Schlussfolgerung war ebenfalls absolut klar und stand schwarz auf weiß in dem Bericht: Nichts ließ darauf schließen, dass Simon Audrey vergewaltigt hatte.

»Er ist es nicht«, sagte sie und schloss die Mappe.

33

Seit Hélias in die Zentrale von Fontainebleau gewechselt war, begegnete Claudine ihrem Mann Alain sehr viel häufiger bei ihnen zu Hause. Diese Veränderung gab ihr zu denken. Er, der normalerweise seine ganze Zeit im Offizin von Le Mans verbrachte, schlenderte im Garten umher, lud Freunde zum Abendessen ein und arbeitete oft in seinem privaten Arbeitszimmer hier im Haus an seinen Duftakkorden.

Als sie jetzt in die Küche kam, war Alain gerade dabei, mit der Schere einen Text aus der Zeitung auszuschneiden. Claudine hatte einmal, als sie die Schublade seines Nachttisches öffnete, darin einen ganzen Stapel von Artikeln über das Département Gard entdeckt, wo er zur Welt gekommen war. Die umfassende Presseschau, die Alain höchst akribisch von seiner Heimatregion anlegte, hatte zugegebenermaßen etwas Rührendes an sich, aber Claudine wusste auch, dass diese Detailverliebtheit gerade in Stressphasen beinahe zwanghafte Ausmaße annahm.

»War nicht heute der Termin für die Hauptversammlung?«

»Ja, genau. Ich warte immer noch darauf, dass Hélias mir seine ersten Eindrücke übermittelt. Dieser undankbare Kerl hat mir nicht eine einzige Nachricht geschickt, obwohl er doch jetzt schon beinahe zwei Wochen dort ist.«

»Nun lass ihn doch! Er hat Wichtigeres zu tun, als an einen Tattergreis wie dich zu denken!«

Alain lächelte und stand auf, um seine Lebensgefährtin zu umarmen. Als er sie wieder freigab, erinnerte er sie daran, dass sie diesen Tattergreis schließlich geheiratet hatte und dass dies ja dann sehr viel über ihren Geschmack aussagte.

»Ein Opfer für das weibliche Geschlecht. Ich bin ein pflichtbewusster Mensch«, erwiderte sie schelmisch.

Eine Stunde später war Alain nach Fontainebleau in die Zentrale unterwegs. Er würde seinen Besuch dort nutzen, um einen neuen Assistenten anzufordern, der Hélias ersetzen sollte. Ohne einen Assistenten ließ sich die Niederlassung in Le Mans kaum aufrechterhalten. Schon jetzt hatte er beschlossen, seine täglichen Termine um die Hälfte zu reduzieren. Er war nicht mehr in dem Alter, in dem man es leicht wegsteckte, wenn sich ein Berg von Arbeit vor einem auftürmte. Und die Belastung, die er während seiner ersten Jahre bei Fragrancia auf sich genommen hatte, war im Grunde bereits genug für ein ganzes Berufsleben.

Damals, als das Unternehmen noch in den Kinderschuhen steckte, hatte es lediglich vier Beschäftigte gegeben. Diese erste Generation von Therapeuten, zu denen auch Alain gezählt hatte, war eher so etwas wie ein Stoßtrupp von Cornélia gewesen. Die echte therapeutische Arbeit kam in jener Zeit erst an zweiter Stelle. Ihnen wurde die Rolle eines OAD übertragen, eines »Olfakteurs im Außendienst«. Niederlassungen gab es noch nicht, und die Berufstätigkeit sah ganz anders aus als die heutige, wo es um die Begleitung von Patienten ging, deren Anliegen es war, angenehme oder für sie wichtige Erinnerungen noch einmal wachzurufen. Ihre damaligen Aufgaben waren eher das Gegenteil dieser wohltuenden und auch heilsamen Sitzungen der Geruchserinnerung gewesen. Sie umfassten stattdessen Provokationen, Manipulationen, memorielle Nötigung und die Erpressung von Informationen. Die Anfangszeit von Fragrancia war von großer Rücksichtslosigkeit, ja sogar Brutalität geprägt gewesen. Hinter der imposanten und jovialen Erscheinung eines Lebenskünstlers hatte Alain lange als eine Art Handlanger von Cornélia gedient. Bei jedem Konflikt kam er ins Spiel und musste oftmals die entscheidende Klärung herbeiführen. Die OADs hatten ausgedient, als das Unternehmen endlich in ruhigeres Fahrwasser gelangt war. An ihre Stelle trat eine sogenannte Einsatztruppe, die weniger brachial vorging und sich um einvernehmliche Lösungen bemühte. Alain hegte keine besondere Sympathie für sie. Für ihn waren diese Mitarbeiter in erster Linie Hornochsen ohne jegliches Fachwissen, die sich mit selbst erfundenen Gesten verständigten. Wahrlich keine rühmliche Nachfolge. Automatisch fuhr er mit einer Hand über seinen Unterarm. Seine Tätowierung, ein Zeugnis jener Zeit, hatte ihre kräftige Farbe inzwischen eingebüßt.

Er kam gegen elf Uhr an und reihte sich in die Schlange der schwarzen Limousinen ein, die ein Privileg der Olfakteure waren. Nachdem er dem Wachpersonal seinen Passierschein gezeigt hatte, parkte er und gesellte sich zu einer Gruppe, die vor dem Auditorium stand und bereits einen ziemlich lebhaften Gedankenaustausch führte. Es gab fast kein vertrautes Gesicht mehr. Als letzter Vertreter der ersten Generation – natürlich mit Ausnahme von Cornélia selbst – hatte er für die wenigen, die ihn wiedererkannten, den Status eines Altmeisters inne. Das Auditorium war für gewöhnlich verschiedenen Kolloquien und anderen Konferenzen der Mitarbeiter vorbehalten. In unregelmäßigen Abständen wurden dort auch Veranstaltungen abgehalten, an denen Patienten teilnahmen. Alain hatte Mühe, sich zu erinnern, wann genau die letzte außerordentliche Hauptversammlung aller Olfakteure gewesen war. Sie musste in den 2010er Jahren stattgefunden haben.

Nachdem Alain mit einigen seiner Kollegen ein paar Worte gewechselt hatte, wurde ihm klar, dass keiner von ihnen zu wissen schien, warum sie heute alle hier zusammengekommen waren. Als der Olfakteur von Clermont-Ferrand sein Erstaunen über die groß angelegten Erweiterungsarbeiten am Rande des Hauptsitzes äußerte, mutmaßten einige Therapeuten, dass Fragrancia vermutlich weiter expandieren würde. Diese Hypothese gefiel dem Kollegen aus Clermont-Ferrand. Er gestand den anderen, dass er einen größeren Bekanntheitsgrad der Firma durchaus schätzen würde. Eine solche Gier nach Anerkennung war Alain fremd. Er war schon zu lange Teil von Fragrancia, um zu wissen, dass eine größere Öffentlichkeit dem Unternehmen nichts einbringen würde außer Problemen. Fragrancia verdankte sein Überleben schließlich der Geheimhaltungspolitik, die das Unternehmen von der Welt und ihren Horden indiskreter Schnüffler abschottete. Nicht zuletzt wegen der Vergangenheit der Zentrale war es alles andere als empfehlenswert, eine öffentliche Wertschätzung oder gar Berühmtheit anzustreben. Genau das konnten aber die Olfakteure der neuen Generation, zu denen auch der Kollege aus Clermont-Ferrand zählte, einfach nicht begreifen. Sie wollten mehr. Immer mehr.

Alain entfernte sich kurz von der Gruppe, um nach Hélias Ausschau zu halten. Aber außer ein paar Patienten war in dem weitläufigen Park niemand zu sehen. Er hielt eine Angestellte an, die des Weges kam, und fragte sie, ob sie einen Auszubildenden namens Hélias Révol kannte. Die bereits etwas ältere Frau antwortete ihm, dass der neue Protegé von Nora heute Morgen zu einem Einsatz aufgebrochen war und dass es sich, nach der Größe der entsandten Gruppe zu urteilen, um eine wichtige Aktion gehandelt haben musste. Alain bedankte sich und gesellte sich ermutigt wieder zu seiner Gruppe. Hélias hatte es also geschafft, sich nützlich zu machen, und nahm bereits an wichtigen Projekten teil. Als seine Kollegen ihn nach dem Grund für sein versonnenes Lächeln fragten, erwiderte er, dass sie sich darauf einstellen könnten, demnächst einen neuen Olfakteur in ihren Reihen zu begrüßen. In diesem Augenblick kam ein Mann auf sie zu und forderte die Therapeuten auf, einzutreten. Die Hauptversammlung würde gleich beginnen.

Der Saal war stufenförmig angelegt und bot etwa einhundert Personen Platz. Die Olfakteure nahmen in den ersten beiden Reihen Platz, die dem Rednerpult am nächsten waren. Sie warfen sich überraschte Blicke zu, als man ihnen verkündete, dass Cornélia nicht persönlich anwesend war und somit die Versammlung nicht leiten würde. Der Abgeordnete der hier in der Zentrale beschäftigten Olfakteure, Edmond Cholet, werde sie vertreten. Schon betrat dieser die Bühne und begab sich zu dem in der Mitte stehenden Pult. Sein Parfum mit bittersüßem Myrrheduft, mit dem er nicht gegeizt hatte, verlieh seinem Auftritt ein solches Gewicht, dass sich sogleich ein klösterliches Schweigen einstellte.

»Wo ist Cornélia?«

Die donnernde Stimme Alains hatte die allgemeine Schockstarre durchbrochen.

»Damit beschäftigt, das Ende von Fragrancia abzuwenden.«

Der schmeichlerische Tonfall von Cholet zog die Zuhörer in seinen Bann. Mit beinahe sadistischer Strenge schilderte er die problematische Lage, in der sich Fragrancia befand. Er erwähnte die Schwierigkeiten, mit denen sich das Unternehmen konfrontiert sah, um seine Existenz nach Möglichkeit vor der breiten Öffentlichkeit geheim zu halten, und betonte, dass man das an verschiedenen Stellen des Firmenimperiums immer wieder auftretende Verschwinden von VMS nicht in den Griff bekam. Dann verkündete er mit spöttischem Lächeln die von der Direktion getroffenen Entscheidungen, um die Abgeschiedenheit von Fragrancia auch weiterhin zu gewährleisten: Sieben Niederlassungen sollten geschlossen und ihre Olfakteure nach Fontainebleau zurückbeordert werden. Sein Schlusswort vor der anstehenden Abstimmung lautete: »Vor uns liegt eine einfache Wahl. Entweder wir amputieren das absterbende Gewebe, oder wir opfern den gesamten Körper.«

Von dieser unvermuteten Nachricht niedergeschmettert, stammelte Alain, dass er keinen Zusammenhang erkennen könne zwischen der Auflösung der Zweigniederlassungen und der Hoffnung, das Geheimnis von Fragrancia bewahren zu können.

»Was wollen Sie uns damit unterstellen?«, entgegnete Cholet. »Begreifen Sie etwa den Zusammenhang zwischen einer Zentralisierungsmaßnahme und der Verringerung von Risiken nicht? Bei einer so bescheidenen Fähigkeit, die eigene Lage richtig einzuschätzen, ist es nicht weiter verwunderlich, dass wir zu solchen Maßnahmen greifen müssen.«

»Und wie sieht der nächste Schritt aus? Werden dann noch weitere Niederlassungen geschlossen? Bis es irgendwann nur noch Fontainebleau gibt? Wer sagt uns, dass die sieben betroffenen Orte nicht die ersten auf einer langen Liste sind?«

Alain hatte sich wieder gefangen.

»Ihre Vermutungen sind zu nichts anderem nutze, als Ihre Kollegen zu erschrecken und zu verunsichern«, fuhr ihn der Olfakteur Cholet an.

Alain erwiderte, dass es wohl alle viel mehr erschreckte, vor vollendete Tatsachen gestellt zu werden, und dass es sie verunsicherte, wenn die Unternehmensleitung eine solch einschneidende Veränderung von langer Hand geplant, aber vor ihnen geheim gehalten hatte. Er fügte hinzu, dass er schließlich nur die Vorgänge beschrieb, die hier ohne sein Zutun abliefen.

Cholet antwortete nicht sofort, sondern zwang den Anwesenden eine lange, quälende Stille auf. Man konnte bis in den hintersten Winkel des Auditoriums spüren, dass er sich bereits im Voraus an der Wirkung ergötzte, die seine nächsten Worte auslösen würden.

»Die Entscheidung wurde keineswegs vor allen geheim gehalten, Olfakteur Fisson. Sie zählten eben nur nicht zu den Geladenen, mit denen die Beratungen geführt wurden«, ließ er sich endlich mit einem boshaften Grinsen vernehmen.

Diese Worte versetzten Alain einen solchen Stich ins Herz, dass er sich setzen musste.

Mit zwanzig zu zwölf Stimmen votierten die Therapeuten für die Sparmaßnahmen und die Schließung der Niederlassungen. Die Offizine mit den wenigsten Patienten und dem geringsten Gewinn würde man nun schließen. Dazu zählte natürlich auch das Offizin von Alain.

In der allgemeinen Erregung wurde den Betroffenen nun rasch klar, wozu der im Bau befindliche Komplex gedacht war: Er würde ihre zukünftigen Arbeitsräume beherbergen. Das war im Übrigen ein entscheidendes Argument für die Akzeptanz des ganzen Vorhabens gewesen, denn eine Umstrukturierung ohne die Streichung von Arbeitsplätzen ließ sich verständlicherweise sehr viel leichter durchsetzen.

Die Olfakteure verließen nacheinander den Raum. Alain war einer der ersten, der das Weite suchte. Die Versammlung hatte gerade einmal zwanzig Minuten gedauert. Aber lange genug, um mitzuerleben, wie die Schließung seiner Niederlassung verkündet und damit alles zunichte gemacht wurde, was er in den letzten Jahren aufgebaut hatte. Die Kollegen hier waren eine Bande opportunistischer Heuchler, die vor keinem Verrat zurückschreckten. Sie wollten nur ihr eigenes kleines Königreich sichern – koste es, was es wolle. Sie waren sogar so weit gegangen, Unwissenheit vorzutäuschen, als der Olfakteur von Clermont-Ferrand die Bauarbeiten angesprochen hatte. Dieser Berufsgenosse musste sich ebenfalls von seinen hehren Träumen verabschieden. Auch seine Niederlassung stand auf der Streichliste. Alain war schwer getroffen. Er wollte nur noch eines – von diesem Ort fliehen, und zwar schnell. Nicht eine Minute länger wollte er in der Zentrale bleiben. Auf dem Weg zu seinem Wagen begegnete ihm der Kollege aus Clermont-Ferrand, dem die Fassungslosigkeit ins Gesicht geschrieben stand.

»Teilen Sie Cholet bitte mit, dass ich schon aufgebrochen bin. Ich brauche mindestens zwei Wochen Urlaub«, sagte er, während er die Autotür öffnete.

»Mach ich. Aber sie haben uns ohnehin zehn Tage Urlaub verordnet.«

34

Sie ließen Simon ohne weitere Erläuterungen von dannen ziehen. Er war vielleicht unschuldig, aber trotzdem blieb er in den Augen von Nora ein unerträglicher Mistkerl. Kaum war er in seinen Audi gestiegen, begannen die Teams damit, ihr Material zusammenzupacken und in die Lieferwagen zu verfrachten. In weniger als einer Stunde waren alle Spuren ihrer Tätigkeit beseitigt, die Räume vollständig leer. Nora, die den Abbau der Gerätschaft überwachte, brachte Hélias zu der ersten Limousine, die in die Zentrale zurückkehren sollte.

Sie beugte sich zum geöffneten Autofenster hinunter und sagte zu ihm: »Ich komme bald nach.«

»Bist du sicher, dass ich nicht hier bei dir bleiben soll? Vielleicht könnte ich dir noch behilflich sein.«

Nora fiel es schwer, Hélias mit seinem treuen Blick ohne irgendwelche klärenden Worte zurückzuschicken. Er war erst zwei Wochen bei ihnen, aber sein Talent, seine Willenskraft, seine Präsenz und sein überraschender Wagemut hatten sie schwer beeindruckt. Und zwar so sehr, dass sie sich während des olfaktorischen Verhörs tatsächlich zweimal dabei ertappt hatte, wie sie seinen Blick gesucht hatte. Aber für das, was jetzt noch anstand, musste sie allein sein.

»Auf geht's, Beeilung. Wir sehen uns dann in der Zentrale.«

Sie klopfte kurz aufs Autodach, und schon ließ der Fahrer den Motor an. Kurz darauf verriet nur noch die Anwesenheit von Nora und ihrem Chauffeur François, dass Fragrancia hier in Étampes gewesen war. Auf dem Parkplatz war der Staub durch die zahlreichen Abfahrten aufgewirbelt worden und senkte sich nun als fahler Dunst langsam wieder zu Boden. Das schwarze Lackleder von Noras Pumps war bald schon von einer weißlich-grauen Schicht überzogen. Die Sonne stand hoch am Himmel und brannte auf sie herunter. Um in die Ferne schauen zu können, musste Nora ihre Augen mit der Hand gegen das helle Licht abschirmen. Die Luft war so heiß und trocken, dass am Horizont alles zu flimmern schien. Ein paar Augenblicke später sah sie auf ihre Armbanduhr. Ali Abbad hatte bereits eine halbe Stunde Verspätung. Ärgerlich, aber noch nicht alarmierend. Seit den Enthüllungen, die Steve ihr über den Inspektor unterbreitet hatte, machte sie sich deutlich weniger Sorgen um ihr Schicksal. Ihre Gedanken galten jetzt vor allem der Hauptversammlung. Diese war seit ungefähr zehn Minuten im Gange. Angesichts der schwierigen Themen müsste es eigentlich lange, hitzige Diskussionen geben. Somit blieb ihr genug Zeit, um die Zentrale vor dem Ende der Versammlung zu erreichen. Vielleicht könnte sie sogar noch der Auszählung der Stimmen beiwohnen. Wichtig war, rechtzeitig zur Zentrale zurückzukehren, damit Hélias die Neuigkeiten von ihr persönlich erfuhr. Noch drängte die Zeit nicht. Da der junge Mann als einfacher Assistent weder zur Versammlung noch zur Verkündung der Ergebnisse zugelassen war, würde sie alle Zeit der Welt haben, um ihn über die Schließung seiner Niederlassung in Kenntnis zu setzen und sich mit ihm über seine Zukunft zu unterhalten. Auch wenn eine Stelle als Olfakteur gegenwärtig nicht absehbar war, könnte sie in der Zwischenzeit eine andere Aufgabe für ihn finden. Dafür müsste sie allerdings zunächst mit Cornélia sprechen.

Gerade als sie sich bückte, um ihre staubigen Schuhe abzuwischen, tauchte hinter einer Kurve ein Auto auf, dessen Fahrer direkt vor François und ihr ordentlich auf die Bremse trat. Erneut wirbelte grau-weißer Staub hoch. Ali Abbad stieg eilig aus und entschuldigte sich für seine Verspätung – er war aufgehalten worden. Seine Vorgesetzten hatten nach den Gründen für die unangebrachte Straßensperrung gefragt. Nora ging auf Abbad zu und teilte ihm die Zusammenfassung der Ergebnisse des olfaktorischen Verhörs mit.

»Was erzählen Sie denn da? Natürlich ist er der Täter. Dann taugt Ihr Verfahren nichts.«

»Die Ergebnisse lassen keinen Zweifel zu. Wir sind nicht imstande, Simon die Vergewaltigung an Audrey anzulasten. Ich habe lediglich noch auf Sie gewartet, um Ihnen persönlich mitzuteilen, dass das Unternehmen Fragrancia seinen Teil des Vertrags erfüllt hat und sich deshalb aus den Ermittlungen zurückziehen wird.«

»Wir wiederholen das Ganze. Es muss etwas schiefgelaufen sein, da bin ich mir ganz sicher. Sie wiederholen das Ganze, oder ich stecke Cornélia, dass Sie ein Junkie sind.«

»Das könnten Sie in der Tat versuchen.«

Steves Enthüllungen hatten das Kräfteverhältnis zwischen Nora und dem Inspektor grundlegend verändert. Der Chef der IT-Sicherheit hatte beim Durchblättern der Unterlagen, die Abbad ihr im Park von Melun übergeben hatte, das Fehlen einiger Seiten und Angaben bemerkt. Insbesondere gab es keine Unterlagen von der Staatsanwaltschaft. Eingehendere Nachforschungen hatten ergeben, dass die Anklagevertretung zu keinem Zeitpunkt die Hilfe von Fragrancia erbeten hatte. Schlimmer noch: Mangels Beweisen waren die Ermittlungen gegen Simon als Verdächtigen vor zwei Tagen eingestellt worden. Ali Abbad handelte also eigenmächtig.

Mit dieser Enthüllung konnte Nora die Situation nun zu ihrem eigenen Vorteil wenden. Sie hatte auf der Stelle Cornélia aufgesucht, um sich bei ihr für die außerordentlich hohen Ausgaben während der letzten Wochen zu entschuldigen. Außerdem hatte sie erklärt, sie habe davon ausgehen müssen, dass die Anklagevertretung in den Fall eingebunden sei. Und so habe sie entschieden, ohne Wenn und Aber in eine Zusammenarbeit einzuwilligen. Aber Abbad habe sie von Anfang an belogen. Die Reaktion von Cornélia hatte nicht lange auf sich warten lassen: Der Ermittler wurde unverzüglich von der Liste der Ansprechpartner von Fragrancia gestrichen und beim Polizeichef von Melun ein Antrag gestellt, der Abbad degradieren oder sogar gleich ganz vom Dienst suspendieren sollte. In ein paar Tagen würde ein Kollege von Abbad der neue Mittelsmann zwischen der Polizei und der Zentrale sein. Aufgrund dieser Schmach besaß das Wort des Ermittlers keinerlei Gewicht mehr. Er konnte erzählen, was er wollte. Niemand würde ihm jetzt noch glauben. Nora entschuldigte sich dafür, dass es so weit hatte kommen müssen.

Abbad vergrub den Kopf in seinen Händen. Es war weder die Demütigung noch seine mögliche Bestrafung, die ihn traf, sondern die Tatsache, dass damit die entscheidende Hilfe in diesem Fall nicht länger zur Verfügung stand.

»Ich flehe Sie an, wiederholen Sie das Ganze noch einmal. Ich weiß, dass er es ist«, bat er inständig.

Nora erinnerte ihn daran, dass sie in keiner Weise dazu gezwungen gewesen war, dieses olfaktorische Verhör von Simon durchzuführen. Sie sei bereits über seine Lügen unterrichtet gewesen, als sie die Aktion in die Wege geleitet und dann bis zum Ende durchgezogen hatte – trotz aller damit verbundenen Gefahren für das Unternehmen Fragrancia.

»Es war für Audrey«, fügte sie hinzu und legte ihm eine

Hand auf die Schulter. Abschließend sagte sie: »Sie sind in Ordnung, Ali. Diese junge Frau hat viel Glück, dass Sie sich ihrer annehmen. Es tut mir leid, dass unsere Zusammenarbeit so endet.«

»Das kann nicht sein. Sie müssen sich irgendwo getäuscht haben.«

Abbad packte sie am Arm, um sie zurückzuhalten.

»Lassen Sie mich los! Sie haben von Anfang an immer wieder betont, dass Simon der Täter ist – aber was haben Sie denn eigentlich in der Hand gegen ihn? Das wüsste ich gern.«

»Émilie. Das Video. Meine Intuition.«

»Ali, Sie können ihm nichts anhängen, haben nicht den Hauch eines Beweises. Nichts. Es reicht jetzt. Sie verdächtigen Simon nicht nur, Sie hoffen, dass er es gewesen ist. Und Sie haben es geschafft, mich in Ihre Fantasien mit hineinzuziehen.«

Nora entwand sich seinem Griff und ließ einen ebenso vorwurfsvollen wie betrübten Blick auf dem Ermittler ruhen, bevor sie ins Auto stieg. Sofort startete ihr Fahrer den Motor, und sie ließen den staubigen Parkplatz hinter sich. Kurz vor der Kurve, die zur Landstraße hinaufführte, warf Nora einen letzten Blick durch die Heckscheibe zurück auf diesen niedergeschlagenen Mann. Sie fühlte sich schuldig – nicht dem Polizeibeamten gegenüber, sondern weil sie sich auf diese Weise hatte einschüchtern und manipulieren lassen.

Während der Fahrt zur Zentrale erhielt sie eine Nachricht aus der Verwaltungsabteilung von Fragrancia: *Die Hauptversammlung ist beendet. Die Schließungen sind beschlossen.* Das war schneller über die Bühne gegangen als erwartet. Jetzt blieb ihr nur die Hoffnung, dass noch niemand Hélias von dem Ergebnis in Kenntnis gesetzt hatte. Aber das stand eigentlich nicht zu befürchten. In diesem Bewusstsein wählte

Nora seine Nummer, um mit ihm zu sprechen. Aber nur die Mailbox sprang an. Unter anderen Umständen hätte sie sich darüber keine Gedanken gemacht. Aber die letzten beiden Wochen hatten sie mit all den Verkettungen von Missgeschicken eines gelehrt: Man sollte stets das Schlimmste befürchten.

35

Eine halbe Stunde zuvor, auf der Rückfahrt, war Hélias noch voller Begeisterung und Tatendrang gewesen. Die Zukunft schien ihm offenzustehen. Sein Aufenthalt hier verlief besser, als er es sich jemals hätte träumen lassen. Innerhalb von nur zwei Wochen hatte er mehr Abenteuer erlebt als in seinem ganzen bisherigen Leben. Natürlich hatte ihn das Ergebnis des Verhörs enttäuscht, aber die Aussicht, Olfakteur zu werden, stimmte ihn optimistisch. Nora würde ganz sicher eine neue Aktion in die Wege leiten, um dem Opfer zu helfen. Mit Fragrancia schienen sich ihm unbegrenzte Möglichkeiten aufzutun.

So in seine Gedanken vertieft, verging der Weg von Étampes nach Fontainebleau wie im Flug. Als sie die Zentrale erreichten, hielt der Wagen vor dem Tor an. Edmond Cholet, der die letzten Olfakteure, die an der Hauptversammlung teilgenommen hatten, zum Ausgang begleitete, bedeutete dem Fahrer von Hélias, stehen zu bleiben. Während Hélias aus dem Wagen stieg, kam Edmond bereits auf ihn zu, streckte ihm seine Hand entgegen und verlangte das vom Unternehmen zur Verfügung gestellte Handy zurück. Er nahm die SIM-Karte heraus und erklärte Hélias in aller Ruhe, dass ihm der Zugang zum Gelände ab sofort untersagt sei.

Edmond Cholet fasste die Situation mit folgenden Worten zusammen: »Die Mehrheit der Therapeuten hat für die

Schließung der Niederlassung in Le Mans gestimmt. Folglich fällt Ihre Stelle weg. Es ist daher überflüssig, Ihre Ausbildung bei uns fortzusetzen. Sie werden von jetzt an nicht mehr für Fragrancia arbeiten.«

Ein heftiger Schwindel erfasste den jungen Mann. Seine Beine gaben nach, als würden sie unter seinem eigenen Gewicht zusammenbrechen. Er wankte und fasste mit einer Hand nach dem Autodach, um nicht zu fallen. Cholets Worte hallten fern und verschwommen in seinem Kopf nach. Hélias atmete schwer. Vor seinen Augen begann es zu flimmern. Dann, nichts mehr …

Hélias fiel der Länge nach in den Kies. Der Fahrer sprang eilig herbei und goss ihm eine Flasche Wasser ins Gesicht. Daraufhin versuchte Hélias, sich umzudrehen und wieder aufzurichten, aber ihm wurde speiübel, und er schaffte es nicht. Am Boden liegend, wälzte er sich zur Seite und erbrach grünliche Galle.

Angewidert musterte Cholet ihn von oben herab. Ungerührt und voller Verachtung betrachtete er diese seiner Meinung nach exhibitionistisch zur Schau gestellte Verzweiflung. Den eigentlichen Affront hatte Hélias jedoch bereits an jenem Tag im Labor begangen, als er – in Cholets Augen ein durchschnittlicher Assistent – sich geweigert hatte, seine ausgestreckte Hand zu ergreifen und auf sein Angebot einzugehen. Und das konnte Cholet ihm nicht verzeihen.

Er beugte sich ganz nah zu Hélias hinunter und raunte: »Ich hatte Sie ja gewarnt, dass Sie im Gegensatz zur Zibetkatze dem Käfig noch hinterhertrauern würden.«

36

In nur wenigen Augenblicken hatte man ihm alles genommen. Seine Pläne, seine Träume und Hoffnungen. Dennoch gab es weder Tränen noch Klagen.

Nein, seit zwei Wochen befand sich Hélias in einer tiefen Lethargie. Manchmal durchzuckte ihn ein schmerzlicher Stich bei dem Gedanken, dass er so viele Jahre gearbeitet hatte, um am Ende, kurz vor dem krönenden Abschluss, derart schnöde entlassen zu werden. Abgesehen von diesen gelegentlichen kurzen Schmerzattacken blieb das Elektrokardiogramm jedoch weitgehend flach. Genau wie auch sein Alltag. Le Mans und der Geruch einer Großstadt mitten in der Provinz hatten sich seit seinem Fortgang nicht verändert. Die grüne Frische, die von den umliegenden Wiesen in die Stadt wehte, musste sich immer noch Schleichwege durch die Luftverschmutzung, die Abgase und den Gestank des Asphalts suchen.

Die einzige Veränderung gab es in der Maisonette-Wohnung im Bollée-Viertel, wo Hélias seit seiner Rückkehr auf dem Sofa schlief und darauf wartete, bis er sein Zimmer wieder beziehen konnte. Während seiner Abwesenheit hatte sein Mitbewohner Adam es kurzerhand zu einem Arbeitszimmer umgestaltet, auch wenn er nicht zu wissen schien, was genau er darin arbeiten wollte. Er war mit Sicherheit die Person auf Erden, die am wenigsten eine Verwendung für ein Arbeitszimmer hatte. Aber seinem Vater, dem Besitzer des Hauses, hatte diese Idee gefallen. Ein eigenes Büro – das war doch bereits der erste Schritt zu einem Leben als Geschäftsmann. So kam es, dass Hélias ohne zu murren im Wohnzimmer nächtigte, bis er seine Räumlichkeiten wieder in Besitz nehmen konnte. Gleichförmig zogen die Tage vorüber, und er verlor jedes Zeitgefühl. Langeweile war sein ständiger Begleiter geworden. Sich nicht von seiner Einsamkeit unterkriegen zu lassen – darin bestand sein einziger Zeitvertreib. Unsicher und düster lag seine Zukunft vor ihm.

In dem Versuch, sein Einrosten und Absterben in Schach zu halten, machte er jeden Nachmittag gegen drei Uhr einen Spaziergang. Seine Strecke führte ihn am Ende wallfahrtsähnlich und unweigerlich zu dem Haus, in dem sich die Niederlassung von Fragrancia befand. Sie war geschlossen, aber noch nicht aufgelöst. Auch versuchte er seit zwei Wochen, Alain auf seinem Festnetz zu erreichen. Jedes Mal sprang nur der Anrufbeantworter an. Das Handy war für Hélias zu einem unverzichtbaren Bestandteil seines Daseins geworden. Das Handy und sein alter Schulrucksack. In den stopfte er alles und jedes für seine Spaziergänge. Eine Wasserflasche, Müsliriegel, aber auch Prospekte, die er auf seinen Streifzügen fand. Eines Abends hatte er im Schaufenster einer Parfümerie für hochwertige Nischendüfte einen Aushang entdeckt, auf dem stand, dass ein Verkäufer gesucht wurde. Schon die Tatsache, dass er ein solches Stellenangebot jetzt für sich in Betracht zog, war schmerzlich für ihn gewesen. Aber was sonst konnte er mit seiner Ausbildung anfangen? Vielleicht Aromatherapeut werden? Diesmal wirklich? Wie ein Spion, der sein früheres Leben über Bord wirft und seine Tarnung voll und ganz annimmt? Immerhin hätte er dann mit Düften zu tun. Nicht einen Augenblick konnte er sich sein Leben ohne eine Beschäftigung mit Düften vorstellen. Auch in seinem apathischen Zustand begleiteten sie ihn überallhin. Er schenkte ihnen nur nicht mehr die Aufmerksamkeit, die sie verdienten. Ein wenig wie bei alten Freundschaften, die man als unverrückbaren Bestandteil seines Lebens betrachtete, ohne sich noch wirklich um sie zu kümmern.

Sein Blick war länger an dem Schaufenster hängen geblieben, während er alles, was er bei Fragrancia erlebt hatte, noch einmal an sich vorbeiziehen ließ. Die Polizeiermittlungen, die besondere Atmosphäre im Untergeschoss des Abbruchhauses, die Zibetkatze, der Nachtclub, der Einbruch, das Verhör, Nora. Der Gedanke an die junge Frau schmerzte. Ein Gefühl tiefer Verbitterung erfasste ihn, wenn ihm Nora in den Sinn kam, und seine gegenwärtige Lethargie hatte auch mit ihr zu tun. Sie hatte ihn benutzt und dann einfach fallen gelassen. Zweimal hatte sie ihn anzurufen versucht – einmal am Tag der Entlassung und ein weiteres Mal am darauffolgenden Tag. Er hatte die Gespräche nicht angenommen. Ihm hatte die Kraft dazu gefehlt – und auch die Lust. Irgendwann hatte Nora ihm eine SMS geschickt, in der sie ihm die gesamte Situation darlegte. Vom Eingang seiner Bewerbung bei Fragrancia bis zum Tag der Hauptversammlung. Sie hatte die Verkettung unglücklicher Umstände betont, aber auch die Vorzüge von Hélias und sein olfaktorisches Talent hervorgehoben. Diese abschließende Erklärung hatte für ihn einen faden Beigeschmack. *Ich werde mit Cornélia reden, aber ich kann dir nichts versprechen.* Dieser Schlusssatz passte zu seiner derzeitigen Gemütslage wie die Faust aufs Auge. Das »aber« beschrieb die Welt, in der er nun unterwegs war. Eine Welt des Wartens, der Enttäuschung. Eine öde und graue Welt.

Als Hélias an diesem Tag die zur Schließung verurteilte Niederlassung erreichte, spürte er, wie sein Handy vibrierte. Sein Herz machte einen Satz. Würde das Warten der letzten beiden Wochen nun endlich ein Ende haben? Eilig zog er das Handy hervor, um das Gespräch anzunehmen. Falscher Alarm … Es war lediglich Adam, der ihn um einen Gefallen bat. Wieder einmal war sein Mitbewohner fest davon überzeugt, krank zu sein. Zu Hause hatte er zwar die Medikamente, die er wegen seiner selbstdiagnostizierten Krankheit benötigte, aber das Verfallsdatum war abgelaufen. Ob Hélias vielleicht auf dem Rückweg einen Abstecher in die Apotheke machen könne? Adam habe den Inhaber bereits entsprechend informiert, die Bestellung müsse nur noch abgeholt werden. Die Rechnung würde dann wie immer einfach angeschrieben.

In der Apotheke vergewisserte sich Hélias, dass die von Adam geschickte Artikelliste vollständig zusammengestellt worden war. Dann verstaute er die Schachteln in seinem Rucksack und machte sich auf den Heimweg.

Das Zimmer von Adam war abgedunkelt, und der eingebildete Kranke wartete bereits auf ihn. Man hätte ihn für einen Patriarchen halten können, der sein letztes Stündlein nahen fühlte und deshalb noch einmal seine Urenkel an seinem Sterbebett versammelte: Schwer stöhnend lag er unter einer dicken Decke im Bett. Nach all den theatralischen Darbietungen der letzten Jahre, die sich inklusive der Zugaben kaum von einander unterschieden, kannte Hélias das aufgeführte Stück des Schauspielers auswendig.

»Ich bin krank, Hélias. Und diesmal ist es wirklich etwas Ernstes.«

»Und was genau? Immerhin ist es schon das siebte Mal in diesem Jahr. Beim elften Mal weiß ich, dass Weihnachten vor der Tür steht.«

»Sehr witzig. Abgesehen von Erschöpfung und einer heftigen Migräne habe ich irre Halsschmerzen, und meine Nase ist vollkommen verstopft. Pass bloß auf, dass du dich nicht ansteckst, bei deinen ganzen Aromatherapie-Geschichten. Ich rieche nämlich nicht das Geringste, das schwöre ich dir.«

»Alles gut. Das ist mir im Augenblick sowieso ziemlich egal. Hier sind deine Bonbons.«

Hélias schüttelte seinen Rucksack über dem Bett, und die Medikamente fielen heraus. Adam dankte ihm überschwänglich. Er war glücklich, dass Hélias wieder nach Le Mans zurückgekehrt war, obwohl sein Mitbewohner sich irgendwie verändert hatte. »Du erinnerst mich an die Emos aus den 2000er Jahren. Die haben die *Skyblogs* mit ihren Tagebüchern verwechselt«, hatte er ihm noch am Morgen unter die Nase gerieben. Adam hatte sogar in Erwägung gezogen, eine Superparty in der Wohnung zu organisieren, um die Rückkehr von Hélias zu feiern und dessen düstere Stimmung aufzuhellen. Unglücklicherweise war er nun aber schwer erkrankt.

Plötzlich klingelte es an der Wohnungstür. Hélias setzte sich auf den Rand der Matratze.

»Willst du nicht aufmachen?«, fragte Adam und richtete sich auf.

»Keine Lust.«

»Alter, was ist los mit dir?«

Mit einem Satz sprang sein Mitbewohner aus dem Bett und lief wie ein Wirbelwind zur Tür. *Ein echter Todkranker*, dachte Hélias unwillkürlich. Ein paar Augenblicke später kam Adam zurück ins Zimmer. Hinter ihm erschien Claudine. Entsetzt starrte Hélias sie mit weit aufgerissenen Augen an. Sein erster Gedanke war von Krankheit und Tod bestimmt.

»Ist mit Alain alles in Ordnung?«

37

Claudine saß am Tisch eines nahe gelegenen Cafés und blies auf die heiße Schokolade, die vor ihr stand. Ihr gegenüber hatte Hélias Platz genommen und zwirbelte seinen Jeton zwischen den Fingern hin und her.

Er brauchte eine ganze Weile, bis er davon ablassen konnte, und fragte: »Warum habt ihr nicht versucht, mich zu erreichen? Seit zwei Wochen rufe ich immer wieder bei euch zu Hause oder in der Niederlassung an. Jeden Tag bin ich zum Offizin gegangen und habe gehofft, dass es irgendwann einmal geöffnet ist.«

»Es tut mir leid, Hélias. Wir sind erst gestern Abend aus Gard zurückgekommen. Alain brauchte Ruhe und Erholung. Und um ehrlich zu sein, haben wir auch gedacht, dass du deine Ausbildung in der Zentrale fortsetzt. Ich habe mich sofort auf den Weg gemacht, nachdem ich all deine Anrufe gesehen hatte.«

Hélias hatte nichts dagegen, dass Claudine ihre Hand auf seine legte. Seine Augen wurden feucht, seine Atmung stockte, und seine Lippen bebten. Die innere Blockade löste sich und mit ihr auch seine Lethargie. Eine der bisher unterdrückten Tränen fand ihren Weg über das bebende Unterlid. Hélias gestattete ihr nur ein kurzes Dasein. Kaum entstanden, wurde sie auch schon auf der Wange abgefangen, denn der junge Mann wischte sie rasch mit einem Ärmel weg. Hélias weinte sonst nie in der Öffentlichkeit. Das mochte überraschend für einen hypersensiblen Menschen sein, doch ihm war jede Zurschaustellung seiner Empfindungen peinlich. Am Nebentisch ertönte plötzlich ein lautstarkes »Herzlichen Glückwunsch zum Geburtstag«, und schon das stürzte ihn in eine große Verlegenheit.

»Sie haben mich wie einen Nichtsnutz hinausgeworfen. Im Grunde war das bereits vor meiner Ankunft entschieden. Sie haben mir erst gar keine Chance gegeben. Aber ich konnte absolut mithalten, das schwöre ich dir, Claudine. Ich bin sogar über mich selbst hinausgewachsen. Nur gab es nicht die geringste Anerkennung dafür.«

»Ja, sie haben sich alles andere als korrekt verhalten.«

»Und weißt du, was das Schlimmste ist? Wenn sie mich jetzt zurückpfeifen würden, würde ich gleich wieder angelaufen kommen. Das erschreckt mich am meisten. Sie haben mich für dumm verkauft, und ich will am liebsten sofort wieder zu ihnen zurück. Ich wollte so sehr zur Geschichte von Fragrancia dazugehören. Und ich will es immer noch, selbst nach der schäbigen Art und Weise, wie sie mich dort behandelt haben.«

Claudine schloss ihre Hand fest um seine.

»Das verstehe ich. Ich kenne noch jemanden, dem es genauso geht.«

Und sie schlug ihm vor, Alain zu besuchen. Hélias willigte auf der Stelle ein. Die Aussicht auf ein Wiedersehen mit seinem Mentor verschaffte ihm eine tiefe Erleichterung. Auf dem Weg zu Claudines Auto zeichnete sich zum ersten Mal seit der Rückkehr aus Fontainebleau ein Lächeln auf Hélias' Gesicht ab.

Kurz hinter der Gemeinde Rouillon, die ein paar Kilometer westlich von Le Mans lag, bogen sie auf die von Bäumen gesäumte *Route de la Croix Georgette* ab. Dahinter war in einiger Entfernung eine dichte Rauchsäule sichtbar, die in den Himmel aufstieg. Claudine runzelte die Stirn und drückte aufs Gas. Eigentlich war nicht sie, sondern ihr Ehemann für eine waghalsige Fahrweise bekannt, aber jetzt ließ Claudine ihn in Sachen Tempo weit hinter sich. Bald wurde aus der Ahnung Gewissheit: Die dichte schwarze Wolke stand tatsächlich über dem Anwesen des Ehepaars Fisson. Claudine beschleunigte noch einmal, und Hélias, der auf seinem Sitz hin und her geschleudert wurde, konzentrierte sich wie der Co-Pilot bei einer Rallye auf jede einzelne Kurve. Fehlten nur noch Helm und Clipboard.

»Ich hätte ihn nie allein lassen dürfen«, rief Claudine verzweifelt.

Sie schlug mit der flachen Hand auf das Lenkrad. Wenn es einen Satz gab, den Hélias jetzt nicht hören wollte, dann war es genau dieser. Sogleich stieg seine Sorge ins Unermessliche. Als das Haus am Ende der Straße auftauchte, sah man, dass der Rauch über dem Dach stand. Sekunden später legte Claudine eine Vollbremsung auf dem Kies im Hof hin, löste den Gurt, sprang aus dem Wagen und rannte zum Haus hinüber. Hélias übernahm es, an ihrer Stelle den Zündschlüssel aus dem Schloss zu nehmen, bevor er langsam und vorsichtig die Stufen hinaufstieg, die zum Haus führten. Beim Anblick auch nur eines einzigen brennenden Balkens würde er auf der Stelle kehrtmachen. Sein Abenteuer in Chartres reichte ihm vollauf für die nächste Zeit.

Aber das Haus war kein Opfer der Flammen geworden. Lediglich ein leichter Brandgeruch war in den Räumen zu erahnen, und auch wenn Hélias der Geruch von Alains traditioneller Zitronentarte lieber gewesen wäre, war er sehr erleichtert. Allerdings bemerkte er sofort, dass all die Gegenstände fehlten, die zuvor in den Räumen so reichlich vorhanden gewesen waren. Er wagte sich bis ins Wohnzimmer vor und blieb vor den großen Glasfenstern stehen, die zum Garten hinausgingen. Draußen stand Claudine und schrie mit den zu einem Schalltrichter geformten Händen vor dem Mund etwas zu Alain hinüber, der weiter hinten ein riesiges Feuer entfacht hatte. Die Flammen loderten mehrere Meter hoch, und Alain, in Bademantel und Gummistiefeln, gab dem Feuer immer weiter Nahrung, indem er allerlei Gegenstände von einem Stapel neben ihm in die Glut warf. An jedem Nachschub leckten die Flammen gierig entlang und tanzten vor Vergnügen weiter in die Höhe.

Alain verbrannte seine Sammlungen. Alle seine Sammlungen. Claudine versuchte, ihn zur Vernunft zu bringen, aber sie bemühte sich vergeblich. Hélias stürzte nun ebenfalls in den Garten, um den Brandmeister zum Einhalten zu bewegen. Dichte Rauchschwaden verdeckten die Sonne, und trotz der rot glühenden Feuerstelle war es um seinen Mentor herum dunkel. In der Luft hingen beißende Ausdünstungen von verbranntem Plastik. Es roch nach Abrieb von Gummi und Klebstoff. Ein scharfer, bitterer Geruch, der all denjenigen, die ihn wahrnahmen, wie eine Beleidigung entgegenschlug. Als Hélias Alain erreichte, griff dieser nach einem Bündel alter Pfeilpistolen. Es waren Eureka-Modelle aus der Zeit zwischen den beiden Weltkriegen. Sammler hätten ihn für diesen Affront windelweich geprügelt.

»Hélias! Warum bist du nicht in der Zentrale? Hast du heute frei?«

»Ich bin gefeuert.«

Alain sah auf. Er glich ein wenig jenen verschrobenen alten Männern, um die man in den Innenstädten lieber einen Bogen machte.

»Umso besser. Dann hast du ja jetzt genug Zeit, mir zu helfen. Ich bin gerade bei den Stiften angelangt.« Er wies auf einen randvoll gefüllten Karton mit Schreibwerkzeugen. »Die habe ich aus dem Wartezimmer mitgenommen. Schade, die Postkarten habe ich schon abgefackelt.«

»Warum?«

»Na, in Anbetracht deiner Geringschätzung für sie hätte ich es gern dir überlassen, sie ins Feuer zu werfen.«

»Nein, warum machst du das hier?«

»Meine Niederlassung war das Einzige für mich, was zählte. Alles andere war nur Beiwerk.«

Um seinen Worten Nachdruck zu verleihen, warf er eine Handvoll Porzellanfigürchen ins Feuer, die einst in *Galettes des Rois*, den traditionellen Kuchen am Dreikönigstag, eingebacken waren. Hélias fragte sich, ob man sie vielleicht später in der Asche wiederfinden würde, da sie schließlich den hohen Temperaturen eines Brennofens standhalten konnten. Der junge Mann griff nach einer Dose mit kleinen Magneten, wie man sie an Kühlschränken anbringt, und schleuderte sie in das Flammenmeer. Es knisterte vor Freude und spuckte wider Erwarten eine schwarze Wolke aus. Ein trauriges Lächeln schlich sich in Alains Züge.

»Vielleicht kann ich dir noch eine letzte Lehre mit auf den Weg geben. Halte niemals etwas für unumstößlich. Alles wird gegeben, und alles wird genommen – das wird immer so sein. Der einzige Weg, das Unvermeidliche zu verhindern, besteht darin, den Kampf anzunehmen.«

Er legte eine Hand auf die Schulter des jungen Mannes. Hélias schüttelte sie ab.

»Sehr freundlich, mir so hehre Weisheiten mit auf den Weg zu geben. Aber dann solltest auch du damit beginnen, sie zu beherzigen. Warum kämpfst du nicht um dein Offizin?«

»Das wäre sinnlos. Es war eine mehrheitliche Entscheidung. Ein Zerrbild der Demokratie, aber was nutzt das? Die Olfakteure sind einfach nur Egoisten. Hier, das wird eine weitere Lektion für dich sein.«

Die beiden Männer blickten mit Respekt, ja beinahe mit Ehrfurcht auf den hypnotischen Tanz der Flammen, bis der jüngere das Schweigen schließlich brach.

»Was willst du jetzt tun?«

»Meine Zeit in Fontainebleau zu Ende bringen.«

Erneut starrte Hélias nachdenklich ins Feuer, dann besann er sich und sah auf sein Handy. Möglicherweise hatten die fauchenden Flammen und die knisternde Glut ja ein Klingeln übertönt. Bekümmert beobachtete Alain ihn aus den Augenwinkeln. Er wusste, dass Fragrancia seinen Schützling niemals wieder kontaktieren würde. Dafür hätte es schon einen ganz außergewöhnlichen Grund geben müssen.

»Hier, für die Toilette«, sagte Alain und reichte ihm den Schlüssel des Offizins. »Du solltest noch vor Ende dieser Woche deinen VMS-Vorrat holen. Es wäre dumm, wenn einer der Möbelpacker darauf stößt.«

38

Claudine duldete keinen Widerspruch, und so hatte Hélias beim Ehepaar Fisson übernachtet. Zum Glück war die Zahnbürste, die er aus der Zentrale in Fontainebleau mitgenommen hatte, noch in seinem Rucksack gewesen. Die Nacht war ebenso kurz wie unruhig verlaufen. Er hatte geträumt, dass an allen Ecken des Hauses Flammen emporzüngelten. Böden, Mauern, Decken, Balkone und Deckenbalken: Alles wurde vom Feuer verschlungen. Mehrmals war er sogar aufgestanden und hatte zum Fenster hinausgeschaut, um nachzusehen, ob sein Gastgeber nicht ein weiteres Johannisfeuer im Garten entfacht hatte. Kein Wunder, dass er am nächsten Tag erst recht spät aufwachte. Wie jeden Morgen seit seiner Rückkehr begann er den Tag damit, zu überprüfen, ob er einen Anruf von Fragrancia verpasst hatte. Und wie jeden Morgen seit seiner Rückkehr begann er den Tag mit einer Enttäuschung.

Bei seiner radikalen Entrümplung hatte Alain das Gästezimmer bisher leider nicht mit einbezogen. Dutzende von Keramikpuppen behielten Hélias mit ihren ausdruckslosen Glasaugen streng im Blick und jagten ihm des Öfteren einen leichten Schauder über den Rücken. Von den Sammlungen, die es durchaus verdient hätten, ein Ende in den Flammen zu finden, standen diese Keramikpuppen für ihn ganz oben auf der Liste. Starr und ungerührt sahen die kalten Wesen ihm dabei zu, wie er sich anzog und seine Sachen zusammenpackte. Während er die Treppe hinunterging, schnappte er Fetzen einer an der Haustür geführten Unterhaltung auf. Die Stimme von Alain konnte er ohne Weiteres identifizieren, die andere hingegen kannte er nicht. Als er zu den beiden Männern kam, unterbrachen sie ihr Gespräch, und Alain stellte ihn vor.

»Inspektor Abbad, das ist Hélias, mein Assistent. Vielleicht haben Sie ihn im letzten Monat schon einmal hier gesehen.«

Der Mann trug einen zerknitterten Trenchcoat, und seine Gesichtszüge schienen von schlaflosen Nächten gezeichnet zu sein. Müde ließ er seinen Blick auf Hélias ruhen.

»Ich glaube nicht«, sagte er und seufzte erschöpft.

Außer einem starken Geruch nach Aschenbecher nahm Hélias das Parfum wahr, das Abbad benutzte. Ein Fougère-Akkord, der in den 2000er Jahren für Männer in Mode gekommen war. Der Ermittler trug diesen Duft nicht mit Überzeugung, und er schien im Grunde überhaupt keinen Wert darauf zu legen. Aber gerade wenn sich die Haut nicht im Einklang mit einem Duft befand, konnte das selbst ein Laie leicht riechen.

Alain bat beide in sein Wohnzimmer und bot ihnen einen Kaffee an. Die heiße Tasse von Abbad war noch nicht abgekühlt, da hatte dieser bereits den Fall geschildert mitsamt den Schwierigkeiten, in die er geraten war. Der Olfakteur hörte ihm mit vor der Brust gekreuzten Armen aufmerksam zu. Als Abbad auf das negative Ergebnis der Aktion in Étampes zu sprechen kam, wurde Alain schließlich klar, was der Grund für diesen Besuch war. In der Anfangszeit von Fragrancia hatte er selbst einmal bei einem Fall erfolgreich mit der Polizei von Melun zusammengearbeitet. Seine Heldentaten waren Abbad wohl zu Ohren gekommen.

»Helfen Sie mir! Es muss einfach irgendetwas geben, was Sie noch unternehmen können.«

»Nein.«

Mit seiner entschiedenen Antwort ließ Alain keinerlei Spielraum für Nachfragen offen.

Er würde nichts unternehmen, und vor allem nicht das, worum Abbad ihn bat. Stattdessen riet er dem Inspektor, sich nicht weiter in den Fall zu verbeißen. Wenn die Befragung unter VMS die Schuld von Simon nicht hatte nachweisen können, dann war er eben unschuldig. Fragrancia setzte schließlich die allerneuesten wissenschaftlichen Methoden ein. Die hatten nicht mehr viel mit den altertümlichen und brachialen Vorgehensweisen aus den Anfangszeiten des Unternehmens zu tun, bei denen die Ergebnisse wenig aussagekräftig waren. Damals gestanden die Befragten am Ende immer, ob sie nun schuldig waren oder nicht.

Hélias nahm verdutzt zur Kenntnis, wie harsch sein Mentor den Ermittler abblitzen ließ, und versuchte deshalb zu vermitteln.

»Wenn Nora davon ausgeht, dass Audrey unter Drogen stand und deshalb eine gestörte Geruchswahrnehmung hatte, könnte man doch versuchen, sie das Haargel von Simon riechen zu lassen und …«

»Es reicht.«

Alain war aus seinem Sessel aufgesprungen, während Hélias in seinem zusammensank.

»Es tut mir leid, dass Sie sich umsonst hierher bemüht haben, Monsieur. Ich habe noch einige Aufräumarbeiten zu erledigen. Ich begleite Sie hinaus.«

»Sie wissen, dass es verboten ist, eigenmächtig Abfälle zu verbrennen, oder?«, fragte Abbad in einem letzten kläglichen Versuch.

Doch Alain erwiderte nur: »Ein Bulle dieser Art sind Sie nicht.«

Der Ermittler verließ das Haus ohne ein weiteres Wort. Die beiden anderen Männer folgten ihm nach draußen und verabschiedeten sich von ihm. Alain wartete, bis die Autotür zugefallen war, um Hélias eine Predigt zu halten. Nicht ohne dabei auch eine Mahnung auszusprechen: Die olfaktorische Erinnerung an ein traumatisches Erlebnis durfte bei einem Opfer niemals, auch nicht als letzte Möglichkeit, in Betracht gezogen werden.

»Denk an das Glücksgefühl und die überschwängliche Freude, die du bei einer positiven Erinnerung unter VMS verspürst – dann kannst du dir vorstellen, dass ein mit einer schlechten Erfahrung verknüpfter Geruch noch um ein Vielfaches intensiver empfunden wird. Ich habe Leute erlebt, die auf diese Weise eine posttraumatische Belastungsstörung entwickelt und sich niemals wieder ganz davon erholt haben. Es gab sogar Fälle, wo diese Personen zum Äußersten gegangen sind und Schluss gemacht haben. Das menschliche Wesen ist viel empfänglicher für schmerzliche als für glückliche Erfahrungen. Das liegt in seiner Natur. Deshalb hat niemand das Recht, die junge Frau diesem Experiment zu unterziehen. Wir nicht, und vor allem er nicht.« Er wies mit dem Kinn in die Richtung, in der das Auto von Abbad fortgefahren war. »Da hat deine Nora wirklich recht. Selbst wenn diese Audrey glauben würde, den Geruch ihres Aggressors wiederzuerkennen, so könnte ihre Urteilsfähigkeit durch die Einwirkung der Droge doch gelitten haben. Es wird immer ein Zweifel bleiben, und für ein so zweifelhaftes Ergebnis darf man dieses Risiko nicht eingehen, denn in jedem Fall wäre das Unterfangen für Audrey hochgradig belastend. Außerdem wäre das zweifelhafte Ergebnis, juristisch gesehen, von keinerlei Belang.«

Bevor er wieder ins Haus ging und seinen ehemaligen Assistenten allein auf der Außentreppe stehen ließ, fügte er noch hinzu: »Es sind die guten Erinnerungen, für die wir diesen Beruf ausüben, glaub mir.«

Am Abend brachte Claudine Hélias wieder nach Hause. Bevor er ausstieg, legte sie ihm noch kurz eine Hand auf die Schulter und dankte ihm für seinen Aufenthalt bei ihnen. Zum ersten Mal seit der Verkündung der bevorstehenden Schließungen hatte sich ihr Mann für etwas anderes interessiert als für sein eigenes Schicksal. Hélias ging es im Grunde genauso: Diese beiden Tage hatten ihm gutgetan. Er war immer noch enttäuscht, aber etwas weniger traurig. Nachdem er die Autotür zugeworfen hatte, blieb er noch eine Weile auf dem Gehsteig stehen und sah dem davonfahrenden Wagen nach.

Es wurde bereits dunkel, und der Wind wehte ein durchdringendes, nicht abreißen wollendes Hupen zu ihm herüber. Irgendwo in der Innenstadt musste ein Autofahrer die Geduld verloren haben. Als er die Häuserfront hinaufsah, entdeckte er Licht im Zimmer seines Mitbewohners. Er fragte sich, ob Adam seine angebliche Krankheit überwunden hatte. In dem Fenster wechselten bläuliche und rötliche Lichtreflexe. Vermutlich siechte Adam bei laufendem Fernsehgerät vor sich hin. Hinter Hélias hielt ein Auto an, und er drehte sich um. Abbad stieg aus und brachte ohne Umschweife sein Anliegen vor.

»Ich glaube, dass Ihr Vorschlag funktionieren könnte. Wir konfrontieren Audrey mit dem Geruch von Simon.«

Um Hélias endgültig von seinem Vorhaben zu überzeugen, gab Abbad die gesamte Geschichte preis und offenbarte, was diesen Fall so besonders für ihn machte. Die Frau, der er seit zwanzig Jahren nachtrauerte, war damals nicht allein in sein Leben getreten, sondern als Mutter einer kleinen Tochter, und alle beide waren bei Ali eingezogen. Die Kleine war damals drei Jahre alt und stammte aus einer Ehe, die bald zerbrochen und geschieden worden war. Ihr Erzeuger nahm sie einmal im Monat für ein Wochenende zu sich. Ali hegte eine große Zuneigung zu dem Kind und hätte sich nicht gegen ein Leben als Familie gesträubt. Sie waren glücklich zu dritt. Glücklicher, als er es jemals zuvor gewesen war. Das Mädchen blühte auf, aber diese Entwicklung passte dem Ex-Ehemann überhaupt nicht. Er fühlte sich ins Abseits gedrängt und ertrug es nicht, dass ihm sein Kind entglitt. Also brachte er sich erneut bei Mutter und Tochter ins Spiel. Hin- und hergerissen zwischen dem leiblichen Vater ihrer Tochter und der erst recht kurz währenden Beziehung zu ihm hatte die Mutter sich schließlich dafür entschieden, ihrem Ex-Mann eine zweite Chance zu geben. Für ihre Tochter. Und so hatte Abbad nach fast zwei Jahren harmonischer Familienidylle nicht nur einen, sondern zwei geliebte Menschen verloren. Das kleine Mädchen von einst war inzwischen erwachsen geworden – eine junge Frau, die keinerlei Erinnerung mehr an die Rolle hatte, die er einmal in ihrem Leben gespielt hatte. Und das Traurigste an der ganzen Sache? Abbad hatte nie die Kraft oder den Mut aufgebracht, sich ihr in Erinnerung zu rufen. In ihren Augen war er einfach ein Bulle, der nach dem Leitspruch »die Polizei, dein Freund und Helfer« lebte. Und in gewisser Weise stimmte das ja. Aber jetzt würde er Audrey verteidigen, selbst wenn er seine Karriere dafür opfern musste. Auch wenn sein Dasein als Vater vorübergehend gewesen sein mochte und lange zurücklag.

»Haben Sie denn niemals versucht, mit der Mutter von Audrey noch einmal Kontakt aufzunehmen?«

»Wozu denn? Ich war damals zu feige, vielleicht auch zu

stolz, und ich habe diese Frau gehen lassen, ohne ihr zu sagen, was sie mir bedeutet hat. Ich habe nicht einmal versucht, um sie zu kämpfen. Als ich ein paar Jahre später erfahren habe, dass dieser Ex-Mann sie endgültig verlassen hatte, war ich überzeugt, es sei bereits viel zu spät, und daher habe ich sie niemals wiedergesehen.«

Abbad hob den Kopf, als wolle er verhindern, dass Tränen über seine Wangen liefen. Bis heute bereute er seine Untätigkeit. Und wenn er jetzt etwas wiedergutmachen könnte, indem er sich für die Tochter dieser Frau einsetzte, dann würde er es tun. Das war er sich schuldig. Während Hélias den Worten von Abbad lauschte, schwanden nach und nach seine Vorbehalte. Dennoch widerstrebte es ihm, Audrey wehtun zu müssen, um ihr zu »helfen«. Das konnte er nicht gutheißen. Audrey würde viel zu sehr leiden.

»Sie würden tatsächlich die mentale Gesundheit von Audrey aufs Spiel setzen, indem Sie sie einer olfaktorischen Erinnerungsbehandlung unterziehen? Davon abgesehen würde in jedem Fall ein Zweifel bestehen bleiben.«

»Aber ist eine Wahrheit, die man bezweifeln kann, nicht besser als gar keine?«

Hélias verzog das Gesicht und dachte angestrengt nach. Abbad witterte, dass Hélias unsicher wurde, und warf jetzt alles in die Waagschale. Er setzte darauf, dass Hélias nicht davon unterrichtet war, dass das Unternehmen Fragrancia ihn von der Liste seiner Kontakte gestrichten hatte, und stellte ihm – für den Fall, dass er sich auf seinen Vorschlag einließ – in Aussicht, Druck auf Nora auszuüben und ihm auf diese Weise langfristig zu einem Platz als Olfakteur zu verhelfen. Da Hélias zu fast allem bereit war, um in die Zentrale zurückzukehren, ging sein Plan auf. Hélias kapitulierte.

»Ich werde Audrey helfen.«

39

War es richtig, was er tat? Schwer zu sagen. Ihm schien es jedenfalls richtig. Er strich an einer fensterlosen Wand des Arbeitszimmers von Alain im Offizin entlang, um dann wieder am Fenster zu verweilen und hinauszuschauen. Für einen frühen Nachmittag herrschte ungewohnt wenig Verkehr auf dem Boulevard René Levasseur – es schien ihm, als würde die Welt innehalten und mit Spannung abwarten, was die nächsten Minuten bringen würden. Dieser Blick auf Le Mans führte dazu, dass Hélias den notwendigen Abstand gewann und erkannte, wie er sein Gewissen von der schwelenden Schuldfrage entlasten konnte. Er würde Audrey die Möglichkeit geben, die Sache abzulehnen. Ein Wort von ihr, und er würde alles abblasen. Dieser Gedanke beruhigte ihn etwas. Er drehte sich um und öffnete die Wandschränke, in denen die olfaktorischen Rohstoffe geduldig auf ihn warteten. Nur die VMS fehlte. Das war nicht verwunderlich. Er vermutete, dass Fragrancia in den zwei Wochen nach den beschlossenen Filialschließungen einen Ablaufplan erstellt und die Lagerbestände eingezogen hatte. Aber dieses Problem hatte er vorausgesehen, und er wusste, dass sein in der Zwischendecke der Toilette gelagerter Vorrat an VMS ausreichen würde. Auf seinem Weg zu dem Versteck wurde Hélias das ganze Ausmaß von Alains wahnsinniger Verbrennungsaktion klar. Die zuvor mit Sammlungen aller Art überladenen Zimmer wirkten jetzt trostlos und leer.

Der Metalljeton in seiner Hand kam nicht wirklich an gegen die Angstgefühle in seinem Bauch. Durch das ständige Drehen und Wenden zwischen den Fingern waren die Gravierungen der Münze verschwunden, die er vor langer Zeit noch hatte entziffern können. Dem Text darauf hatte er entnehmen können, dass die Münze in einem früheren Dasein eine Anerkennung dafür gewesen war, »trocken« geblieben zu sein. Jetons dieser Art stellten Auszeichnungen dar, die man den Mitgliedern der Anonymen Alkoholiker verlieh, um ihre Zeiten der Abstinenz zu feiern. Eine Woche, einen Monat, ein Jahr. Die Münze stand für einen vorläufigen Sieg über die Sucht. Hélias hatte sie auf dem Boden vor einer Bar gefunden.

Als er von der Toilette zurückkam, stellte er das Gefäß mit der VMS ab und schaltete den Computer ein. Nachdem er sich mit Alains Zugang eingeloggt hatte, suchte er in den unzähligen Ordnern nach der Rezeptur, die ihn interessierte. Die Datenbank des Unternehmens besaß die Chromatogramme von nahezu allen mit Duftstoffen versehenen Produkten, die in den letzten siebzig Jahren in Frankreich kommerziell vertrieben worden waren. Diese Diagramme lieferten für denjenigen, der sie zu lesen verstand, alle Bestandteile eines Erzeugnisses, also gewissermaßen seine genaue Zusammensetzung: Spülmittel, Haargels, Cremes, Duftsprays für Autos – Fragrancia hatte den Anspruch, alle möglichen Produkte aufzulisten. Es war also ein Kinderspiel für Hélias, die richtige Rezeptur zu finden. Anschließend stellte er die Rohstoffe auf dem alten Holzschreibtisch seines Mentors zusammen. Ganz kurz regte sich das schlechte Gewissen bei ihm, diese Sache hinter dem Rücken von Alain durchzuziehen. Letztlich war es ihm aber lieber, Alain später um Verzeihung zu bitten als zuvor seine Erlaubnis einzuholen. Geraniol, Lavandin, Methylanthraliat, Cumarin. Es fehlte nur noch das Eichenmoos. Eine einfache Abfrage lehrte ihn, dass die Substanz als Allergen eingestuft wurde und vor einigen Jahren von der International Fragrance Association verboten worden war. Es wurde durch einen synthetischen Stoff ersetzt, das Evernyl. Als er die Mischung fertiggestellt hatte, beschriftete er das Etikett des Fläschchens: »Duftakkord Audrey – 12 Prozent Eth.« Dann nahm er einen Duftstreifen, tauchte ihn in das Glasgefäß und schnupperte daran. Seine Nase schien zufrieden, das Ergebnis entsprach seinen Erwartungen.

Wenig später klopfte es an der Tür, und Audrey und Abbad traten ein. Hélias war überrascht vom Aussehen der jungen Frau. Sie entsprach überhaupt nicht dem Bild, das er sich von ihr gemacht hatte. Er hatte sich eine am Boden zerstörte Person vorgestellt, die völlig durcheinander war und vergeblich versuchte, ihre schrecklichen Erfahrungen und deren Nachwirkungen zu verbergen. Doch nichts an ihrer äußeren Erscheinung verriet, was sie durchmachte. Sie war hochgewachsen und hatte dunkles Haar, das zu einem perfekten Bob geschnitten war. Abbad hingegen wirkte neben ihr mitgenommen. Hélias kam es auf einmal geradezu komisch vor, dass er sich darauf eingestellt hatte, Audrey helfen zu müssen, ihr beizustehen und während der Behandlung an ihrer Seite zu bleiben. Ihm wurde augenblicklich klar, wie lächerlich es wäre, ihr sein Mitleid zu bekunden. Etwas unbeholfen bat er die beiden, sich zu setzen. Er hatte seinem Mentor so oft dabei zugesehen, dass er keinerlei Bedenken hatte, die Behandlung allein durchzuführen. Dennoch verdrängte er den Gedanken an Alain.

»Hat der Ermittler Ihnen den Grund für Ihr Hiersein erklärt?«

»Nein.«

»Ich möchte Ihnen vorschlagen, eine Behandlung zur olfaktorischen Erinnerung durchzuführen.«

Er legte ihr in groben Zügen das Prinzip dieser Behandlungsweise dar, und sie zeigte sich durchaus interessiert. Das nutzte er, um eine zusätzliche Bedingung aufzustellen, und drehte sich zu Abbad um.

»Bei den Sitzungen hat der Schutz der Privatsphäre unbedingt Vorrang. Ich bitte Sie daher, draußen im Wartezimmer Platz zu nehmen. Sobald wir fertig sind, kommen wir zu Ihnen.«

Auf dem Gesicht des Inspektors zeichnete sich neben der ersten Enttäuschung auch Überraschung ab, aber er hütete sich, eine Bemerkung zu machen. Hélias schien die Situation im Griff zu haben. Also verließ er den Raum – trotz seiner Angst, etwas zu verpassen.

Als sie allein waren, eröffnete Hélias der jungen Frau, dass er sein eigentliches Vorhaben vor dem Inspektor nicht offen ausgesprochen hatte. Audrey versteifte sich.

»Der Inspektor geht davon aus, dass diese Sitzung durchgeführt wird, um in Ihren Erinnerungen nach etwas zu suchen, das Ihren Aggressor entlarven würde.«

»Und das ist nicht der Fall?«

»Nein. Das wäre ebenso unnütz wie verhängnisvoll.«

»Warum haben Sie mich dann hierhergebeten?«

In einer Hinsicht hatte Hélias keineswegs die Unwahrheit gesagt. Er dachte wirklich, dass er imstande war, Audrey zu helfen. Er konnte ihr zwar nicht die Wahrheit liefern, aber er konnte ihr einen Trost, eine Unterstützung, einen Halt bieten. Audrey runzelte skeptisch die Stirn. Hélias legte die Hand auf das Probefläschchen.

»Ich weiß, es klingt unglaubwürdig, aber ich verfüge über

eine Technik, mit der tief in Ihren Erinnerungen versteckte Empfindungen der Zärtlichkeit und Liebe wieder zum Vorschein gebracht werden können. Diese Erinnerungen an längst Vergangenes sind noch da, ganz unberührt von Ihrem aktuellen Leid, sie müssen einfach nur neu erschlossen und gelesen werden. Wenn ich das so sage, denken Sie womöglich, dass ich versuche, den Schmutz unter den Teppich zu kehren. Und ja, das mag sich tatsächlich so anhören. Die Flucht in die Vergangenheit, um der Gegenwart zu entkommen, kann als kontraproduktiv angesehen werden. Aber was ich eigentlich möchte, ist, Ihnen Ihre Waffen zurückgeben. Wie Sie sie dann letztendlich einsetzen, geht mich nichts an. Ich kann Ihnen nicht dabei helfen, Ihre schrecklichen Erfahrungen zu verarbeiten. Ich versuche lediglich, Ihnen wieder Zugang zu positiven Dingen zu verschaffen. Schließlich bestehen Sie nicht nur aus dem, was Sie erlitten haben, und wenn Sie den Wunsch haben, sich an andere Dinge zu erinnern, dann bin ich zur Stelle.«

Audrey musterte ihn reglos. Sie schien sein Wesen ergründen zu wollen.

Hélias war unbehaglich zumute, und er fügte hinzu: »Ich muss zugeben, dass ich meine Worte vor unserem Treffen gründlich überlegt und sogar einstudiert habe. Vor meinem Spiegel klang alles ziemlich überzeugend. Das fand ich zumindest. Aber Sie können ablehnen. Sie können einfach aufstehen, diesen Raum verlassen, und wir blasen das Ganze ab.«

Nun ließ Audrey ihre Abwehr fallen und willigte schließlich ein. Hélias öffnete das Fläschchen, füllte den Inhalt in einen Vernebler, fügte ein paar Tropfen VMS hinzu und reichte das Gerät an Audrey weiter.

»Sie können immer noch ablehnen.«

»Wonach riecht es denn?«

»Das müssen Sie selbst herausfinden.«

Sie betrachtete den Vernebler. Hélias stellte sich neben sie und zeigte ihr, mit welchem Knopf sie die Mechanik in Gang setzen würde.

Wie er es von Alain gelernt hatte, riet er ihr mit ruhiger und gesetzter Stimme, die Taste zu betätigen, sobald sie sich bereit fühlte. Mit den gleichen Gesten, dem gleichen Respekt und dem gleichen Einfühlungsvermögen wie sein Mentor sagte er leise: »Es ist Zeit, dass Sie Ihre Vergangenheit wiederfinden.«

Nach der Euphoriephase begann für Audrey die Reise zurück zu dem, was sie vergessen hatte. Sie sah sich in einem Auto. In einem grauen Peugeot 205. Wem gehörte er? Es war ein Ausflug in den Zoo. Wer saß am Steuer? Sie stöhnte laut. Ihre Augen bewegten sich unter den Lidern. Die Erinnerungen brachen sich Bahn. Ihr Gehirn war außerstande, sie alle zu erfassen oder zu analysieren und zu ordnen. Und so überließ sie sich den mit den Erinnerungen verbundenen positiven Gefühlen, nahm alles auf, so wie es auf sie einströmte. Audrey musste schniefen. Ihre Mutter, die vor ihr auf dem Beifahrersitz saß, lachte lauthals. Audrey war sogar entfallen, dass es dieses Lachen überhaupt gegeben hatte. Hin und wieder ging das Lachen, wenn es zu übermütig wurde, in eine Art Räuspern über. Sie war vier Jahre alt, und ihre Welt bestand nur aus Liebe. Sie sagte »Mama« zu dieser Frau, die sie in den Arm nahm, herzte und küsste. Und es gab einen Mann, der diese Frau glücklich machte. Irgendwie war er in all diesen Erinnerungen präsent. Je mehr Bilder vorüberzogen, desto erkennbarer wurde sein Aussehen, seine Gestalt. Nach und nach gewann er deutliche Umrisse in Audreys Kopf. Dieser

Unbekannte brachte ihre Mutter zum Lachen, er fuhr mit ihnen in den Zoo, ins Kino und in Vergnügungsparks. Diesen Mann hatte sie mit einer so fraglosen Liebe geliebt, wie nur ein Kinderherz sie aufzubringen vermochte.

Unter Tränen kam Audrey wieder zu sich und presste eine Hand auf ihren Mund. Hélias beugte sich zu ihr hinüber.

»Schön, dass Sie wieder bei uns sind.«

»Ich will Ali sehen.«

40

Nach der Hauptversammlung glaubte Nora eine Veränderung im Verhalten der in der Zentrale tätigen Olfakteure festzustellen. Sie schienen ihre Überheblichkeit und Prahlerei abgelegt zu haben. Die Schließungen mochten sie diesmal zwar nicht selbst betroffen haben, aber die Angst, selbst ins Abseits zu geraten, trieb sie zu übermäßiger Beflissenheit. Anders als zuvor traten sie jetzt erstaunlich zuvorkommend auf, wählten einen eher schmeichelnden Tonfall und antizipierten sogar eilfertig Forderungen, die Nora noch gar nicht an sie gestellt hatte. Eigentlich hätten sie eine solche Dienstbarkeit schon längst an den Tag legen können, aber bisher hatten sie sie ausschließlich Cornélia gegenüber gezeigt. Den anderen Mitgliedern der Geschäftsführung war es nie gelungen, bei den Olfakteuren jenen Respekt zu erwecken, der ein hohes Maß an Kooperationsbereitschaft hervorruft.

Gegen Abend beschloss sie, laufen zu gehen. Sie zog Sportkleidung an, die sie in der Zentrale aufbewahrte, verließ das Gebäude und bog auf einen Pfad, der tief in den Wald hineinführte. Die zwölf Kilometer lange Runde brachte ihr zwar ein paar Krämpfe ein, aber den Kopf bekam sie trotzdem nicht frei. Die Herausforderungen, die sie in den nächsten Monaten erwarteten, trieben sie um. Abbad und seine Ermittlungen waren sicher nur ein Vorgeschmack dessen gewesen, was noch auf sie zukommen dürfte. Mit der Zunahme illegaler Laboratorien würde die Polizei Gefälligkeiten dieser Art wohl häufiger verlangen. Dies wiederum war immer schwerer mit der Vorgabe vereinbar, weiterhin im Verborgenen zu operieren. Eine Hand wusch die andere – so war der Lauf der Welt. Als sie ein paar Meter vor dem großen Portal stehen blieb, um durchzuatmen und sich zu dehnen, fiel ihr Blick auf eine kleine glänzende Scheibe vor ihr auf dem Boden. Sie bückte sich, um sie aufzuheben. Zwei Euro. Viele hätten den Fund der Münze als einen freundlichen Wink des Schicksals angesehen. Nora hingegen war zu ihrem eigenen Erstaunen enttäuscht, denn einen Augenblick lang hatte sie geglaubt, den Jeton von Hélias entdeckt zu haben.

Sie setzte zu weiteren Dehnübungen an, um ihre abendliche Arbeitseinheit noch etwas hinauszuzögern. Ein Berg von Aufgaben türmte sich vor ihr auf, und sie hatte Sorge, nicht alles zur rechten Zeit bewältigen zu können. Allein heute Morgen hatten zwei neue, höchst vertrauliche Akten den Stapel auf ihrem Schreibtisch weiter anwachsen lassen. In der ersten ging es um einen etwas zu neugierigen Präfekten, dem man – je nach seiner Rechtschaffenheit – entweder mit Geld oder mit Drohungen den Mund verschließen musste. Die zweite, nicht weniger dringliche Angelegenheit betraf Marseille. Sie legte zwei Finger auf ihr Handgelenk, um ihren Puls zu überprüfen. Immer wieder diese Geschichte mit VMS von zweifelhafter Herkunft inmitten jener uralten, von Seefahrern aus Phokäa gegründeten Stadt. Bei seinem Erpressungsversuch im Park von Melun hatte Abbad ebenfalls auf solche Vorkommnisse angespielt. Wie auch immer, Cornélia würde dieser Angelegenheit sicherlich unbedingten Vorrang einräumen.

Sie grüßte das Wachpersonal und schritt durch das schwere gusseiserne Tor. Beim Anblick des sich vor ihr erhebenden, imposanten Gebäudes der Zentrale hatte sie ein seltsames Gefühl von Zugehörigkeit. Das war ihre Welt. Natürlich war und blieb Fragrancia das Königreich von Cornélia, aber Nora war seine Hüterin, seine Beschützerin, seine Wächterin, ja sein Zerberus. Sie hörte, wie ihr Vorname gerufen wurde, und drehte sich um.

»Du, hier draußen, höchst persönlich? Das glaub ich jetzt nicht«, sagte sie spöttisch zu Steve, der sich so laut bemerkbar gemacht hatte.

»Sehr witzig, zum Totlachen. Du könntest vielleicht einmal auf dein Handy schauen.«

Im Laufschritt kam Steve auf sie zu.

»Ich habe während meiner Joggingrunde den Ton ausgestellt. Hin und wieder muss auch ich einfach mal abschalten.«

Der Mann mit den beginnenden Fettpölsterchen und einem T-Shirt mit Triforce-Logo bat sie, ihn an seinen Arbeitsplatz zu begleiten, denn er wollte ihr etwas zeigen. Als sie ihn fragte, ob sie vorher noch rasch duschen könnte, erwiderte er nur, dass es um Hélias ging. Da ließ sich Nora nicht länger bitten.

Als sie an dem Gebäude der IT-Sicherheit vorbeikamen, bemerkte sie eine gewisse Unruhe unter den Mitarbeitern, die ihnen begegneten. Steve und sie wollten gerade die Sicherheitsschleuse passieren, als drei schwarze Limousinen in den Park fuhren. Aufgescheucht rannte Cahetel von einem Gebüsch ins nächste. Nora versuchte vergeblich, sie zu sich zu rufen. Die Zibetkatze ging in Deckung, schoss fauchend wieder hervor und schien einer imaginären Beute hinterherzujagen. Sie war völlig außer Rand und Band und machte bei ihrer wilden Jagd auch vor den Blumenbeeten nicht halt. Ein Gärtner versuchte, sie zu verscheuchen, aber das brachte sie nur noch mehr auf. Nora wandte ihren Blick zum Hauptgebäude, wo sich an den Fenstern bereits mehrere neugierige Köpfe zeigten. Die Augen waren auf die Limousinen gerichtet, die jetzt die zentrale Allee hinauffuhren. Alle schienen den Atem anzuhalten, während ihre Blicke der sich im Schritttempo fortbewegenden Fahrzeugkolonne folgten. Ihre feierliche Langsamkeit schien sich auf das gesamte Gelände zu übertragen. Als die Zibetkatze abrupt innehielt, die Ohren spitzte und dann zum Parkplatz hinüberlief, begriff Nora, was die Ankunft der Limousinen bedeutete.

»Die Rückkehr der Königin«, rief Steve.

»Ich hatte vergessen, dass sie heute kommt. Mist, ich muss mich schleunigst umziehen. Ich muss unbedingt mit ihr über Hélias sprechen.«

»Ich glaube, du solltest dir vorher noch etwas ansehen.«

Als sie das Hauptquartier der IT-Sicherheit betrat, wurde sie vom gesamten Team gegrüßt, was sie mit einer kurzen Handbewegung erwiderte. Steve setzte sich an seinen Arbeitsplatz, schob mit seinem Unterarm eine Packung Croco Pik beiseite und drückte auf die Leertaste seiner Tastatur. Es folgte ein Video aus der Niederlassung von Le Mans, das die Webcam des Computers von Alain Fisson aufgenommen hatte. Man sah darin Hélias am Schreibtisch des Olfakteurs sitzen und die Maus bewegen.

Am frühen Nachmittag hatte der Chef der IT-Security eine Warnmeldung aus der Niederlassung von Le Mans erhalten. Die Eröffnung einer Behandlung war normalerweise nichts Ungewöhnliches. Die Sache verhielt sich allerdings anders, wenn das in einem Offizin passierte, das ein für alle Mal geschlossen worden war. Von seinem Arbeitsplatz aus hatte sich Steve daher Zugriff auf den Rechner in Le Mans verschafft und sowohl die eingebaute Webcam als auch das

Mikrofon eingeschaltet, um aufzuzeichnen, was dort geschah. Nora sah sich das gesamte Video an, ohne ein Wort zu sagen. Ein Quantum nicht registrierte VMS, Diebstahl von Zugangsdaten, Behandlung einer nicht zugelassenen Patientin – die Zahl der Regelverstöße war geradezu lächerlich hoch. Als das Video zu Ende war, seufzte sie, richtete sich auf und legte Steve eine Hand auf die Schulter.

»Wer hat das gesehen und gehört?«

»Ich. Und jetzt auch du.«

»Gut. Danke für deine Diskretion – und danke, dass du mir Bescheid gesagt hast. Du kannst alles löschen.«

»Wie? Bist du sicher?«

Nora nickte. Dafür würde sie sich irgendwann noch erkenntlich zeigen müssen. Aber sie hatte vor, erneut mit Hélias zusammenzuarbeiten, und würde alles tun, um sich diese Möglichkeit zu erhalten.

Nachdem sie das Gebäude verlassen hatte, durchquerte sie den Park im Laufschritt. Sie würde mit Cornélia sprechen, allerdings später. Jetzt wollte sie erst einmal duschen. Sie wollte sich eine Verschnaufpause gönnen, bevor sie sich ein weiteres Mal ins Gefecht stürzte.

41

In der Küche des Ehepaars Fisson löcherte Claudine Hélias mit Fragen. Sie war später dazugestoßen und wollte alles wissen, alles verstehen.

»Und dann?«, fragte sie und blies auf ihren heißen Tee.

»Audrey hat ihn im Wartezimmer getroffen. Ich habe mich nicht getraut, die beiden zu stören. Sie hatten sich vermutlich sehr viel zu erzählen.«

Alain, der auf der Arbeitsfläche Zwiebeln schnitt, blieb die ganze Zeit über stumm. Als Hélias hinzufügte, dass keiner von allen Erinnerungsmomenten, derer er in der Niederlassung Zeuge geworden war, ihm so nahe gegangen sei wie der Augenblick, in dem Audrey sich an Ali Abbad erinnerte, huschte ein Lächeln über das Gesicht seines Mentors. Aber nur Claudine bemerkte diese flüchtige Regung. Sie trat auf den jungen Mann zu und strich ihm mit einer mütterlichen Geste flüchtig über die Wange.

»Wir sind stolz auf dich. Und da spreche ich auch für den alten Griesgram Alain. Seine unangebrachte Schamhaftigkeit zwingt ihn dazu, auch weiterhin zu schweigen.«

Ihr belustigter Tonfall brachte eine Vertrautheit zum Ausdruck, von der sich Alain irgendwie ausgeschlossen fühlte. Hélias dankte Claudine gerührt.

»Hmm.«

Dieser lautmalerische Kommentar war das Einzige, was

Alain zur Unterhaltung beisteuerte. Claudine musterte ihn. Sie kannte ihren Mann in- und auswendig. Anscheinend war er so sehr von einem Gedanken in Beschlag genommen, dass er darüber vergaß, seinen Schützling zu beglückwünschen. Da sie ahnte, dass dieses Schweigen falsch interpretiert und als verletzend empfunden werden könnte, beschloss sie, die beiden Männer durch eine gemeinsame Tätigkeit wieder zusammenzubringen.

»Ach, Hélias, du könntest vielleicht meinem Mann zur Hand gehen und das Kartoffelschälen übernehmen. Was meinst du, Alain?«

»Hmm.«

Mit dem Sparschäler in der Hand trat Hélias an die frei stehende Arbeitsfläche in der Mitte der Küche. Ohne ein Wort wies Alain, der weiterhin in seine Arbeit vertieft war, mit dem Finger zur Vorratskammer. Hélias schloss daraus, dass dort die Kartoffeln gelagert wurden. Nachdem er sie geholt und sich eine Plastiktüte für die Abfälle bereitgelegt hatte, begann er mit dem Schälen.

Aber schon wenige Augenblicke später unterdrückte er einen Schrei. Man musste schon sehr ungeschickt sein, um sich mit einem Sparschäler zu schneiden, aber Hélias hatte es geschafft – und das schon bei der ersten Kartoffel. Vielleicht war das nicht der Weltrekord in dieser Disziplin, aber unter die Top Ten kam er damit sicher. Die Wunde war zwar nur oberflächlich, blutete aber doch so stark, dass Claudine ihn aufforderte, ihr ins Badezimmer zu folgen. Beschämt ließ er Kartoffel, Tatwerkzeug, Plastiktüte und vier abgeschnittene schmale Stücke zurück, von denen sich immerhin drei seiner Kartoffel zurechnen ließen.

In der oberen Etage angekommen, stellte Hélias endlich die Frage, die ihn schon eine Weile umtrieb. In seinen Tonfall legte er all die Ungezwungenheit hinein, zu der er fähig war. Das heißt, wirklich ungezwungen klang seine Frage nicht.

»Warum hat Alain überhaupt nicht reagiert? Glaubst du, dass er enttäuscht von mir ist?«

»Keineswegs. Ich glaube, dass er die ganze Zeit darüber nachdenkt, wie es in Zukunft wohl weitergehen wird. Das ist alles. Wir werden dieses Haus verkaufen und eine Bleibe in der Nähe von Fontainebleau finden müssen. Und wir werden unsere Freunde hier verlassen müssen.« Sie öffnete den Apothekerschrank und nahm eine Schachtel mit Verbandsmaterial heraus. »Das alles kommt sehr schnell, und Alain tut sich schwer damit, diese Veränderungen zu verdauen. Außerdem geht es um seine Niederlassung. Du weißt am besten, wie sehr er daran hängt.«

Während er seine Hand unter das laufende Wasser hielt, nickte Hélias zustimmend. Ihre Antwort überzeugte ihn zwar, aber ein wirklicher Trost war sie nicht. Eine dünne Blutspur schlängelte sich über die Emaille des Waschbeckens, bevor sie im Abfluss verschwand.

Trotz allem hatte er den Eindruck, dass er mit Audreys Behandlung über sich hinausgewachsen war, und eine etwas ausdrucksstärkere Reaktion wäre ihm lieb gewesen. Hélias drückte das Mullstück auf die Wunde.

Von unten drang Getöse zu ihnen herauf. Es klang nach Kochgeschirr, das krachend zu Boden fiel. Claudine seufzte.

»Dann hoffen wir mal, dass Alain sich nicht auch noch verletzt hat. Hier, behalte die Schachtel. Es blutet doch erstaunlich stark. In einer Stunde wirst du den Verband wechseln müssen.«

Hélias bedankte sich, und sie gingen wieder hinunter. Unten an der Treppe schlugen sie unterschiedliche Richtungen ein. Claudine eilte zu ihrem Mann in die Küche, während

Hélias das Verbandsmaterial bei seinen anderen Sachen verstauen wollte. Als er den Rucksack wieder schloss, bemerkte er eine rot-weiße Verpackung, die in einer Innentasche steckte. Das Medikament gehörte zu den Produkten, die er für Adam gekauft hatte. Aber es war offensichtlich nicht mit den anderen Arzneien herausgefallen, als er den Inhalt seines Rucksacks auf das Bett seines Mitbewohners gekippt hatte. Er nahm die Schachtel heraus und wählte Adams Handynummer.

»Hallo. Ich habe vergessen, dir eine von deinen Wunderpillen zu geben. Durinovil. Ich bringe sie heute Abend mit.«

»Halb so wild, das Zeug ist ja nicht für meine Erektionsprobleme.«

»Hahaha.«

Hélias hielt abrupt inne. Während des Gesprächs hatte er die Verpackung hin und her gewendet, und plötzlich erkannte er sie wieder.

»Warte mal!«, rief er. »Wofür sind diese Pillen?«

Adam war noch nicht mit seinen Erklärungen zu Ende, da hatte Hélias ihn bereits weggedrückt und war in die Küche gerannt.

Claudine und Alain waren gerade dabei, das auf dem Boden verstreute Kochgeschirr aufzuheben, als Hélias ihnen entgegenrief: »Jetzt ist mir alles klar!«

Er fuchtelte mit der hoch erhobenen Schachtel herum, während Alain aufsah und die Augen zusammenkniff, um den Namen des Produktes besser lesen zu können.

»Eine solche Schachtel lag auch im Badezimmer von diesem Mistkerl Simon, als ich dort nach seinem Geruch gesucht habe. Mir ist auch das Rezept in die Hände gefallen, und es stammte von dem Tag, an dem Audrey vergewaltigt wurde.«

Hélias war nicht mehr zu bremsen. Am liebsten hätte er einen Luftsprung gemacht. Alain legte seine Hände auf die Knie, um aufzustehen.

»Du weißt, was du jetzt zu tun hast.«

Diesmal hätte man sein Lächeln sogar noch im Stadtzentrum von Le Mans erkennen können. Siegesgewiss zog Hélias sein Handy hervor und wählte eine Nummer. Es war so dumm, so einfach und so offensichtlich. So sehr, dass Fragancia zur Nebensache geworden war.

Das Gespräch wurde angenommen.

42

»Was heißt das?«

Abbad klemmte das Handy zwischen Ohr und Schulter, um in den Taschen nach seinen Zigaretten zu suchen. Als er sie gefunden hatte, schüttelte er eine Zigarette aus dem Päckchen heraus und steckte sie sich sofort zwischen die Lippen.

»Simon hat am Tag der Vergewaltigung das Medikament Durinovil eingenommen. Ein gefäßverengendes Mittel, das die Ärzte bei verstopfter Nase verschreiben. Da konnte Fragrancia lange versuchen, aus seinen olfaktorischen Erinnerungen etwas herauszulesen – sein Geruchssinn war zum fraglichen Zeitpunkt ausgeschaltet.«

Folglich waren die Ergebnisse des olfaktorischen Verhörs wertlos. Als die Leute von Fragrancia Simon die Kombination aus dem Parfum von Audrey, seinem eigenen Geruch und der Duftatmosphäre im Zimmers von Émilies Bruder hatten riechen lassen, war die Hoffnung gewesen, im Elektroenzephalogramm eine eindeutig erkennbare Hirntätigkeit feststellen zu können: Die von der Erinnerung wachgerufene Emotion sollte sich abzeichnen – egal, ob das nun Lust, Schuld oder etwas anderes war. Jede Reaktion außer Unverständnis wäre ein Beweis für seine Täterschaft gewesen. Aber mit so etwas Simplen wie einer verstopften Nase am Abend der Vergewaltigung hatte Simon eine der modernsten Technologien ausgehebelt.

Die Zigarette des Ermittlers brannte ab, ohne dass er an ihr auch nur einmal zog. Als ihm der Rauch in die Augen stieg, brummte er ein paar Schimpfworte vor sich hin und drückte den Zigarettenstummel im Aschenbecher aus. Nach dem Gespräch mit Hélias rief er sofort Audrey an und bat sie um ein Treffen. Nur eine halbe Stunde später nahmen sie in einem Café ganz in der Nähe ihrer Wohnung Platz.

Als sie ihre Bestellung aufgegeben hatten, unterbreitete Abbad ihr die neuesten Informationen von Hélias. Dabei betonte er, dass diese Erkenntnisse nichts an ihrer Situation änderten und dass man Simon damit auch jetzt nichts nachweisen konnte. Wenn sich aufzeigen ließ, dass eine zum Einsatz gekommene Ermittlungsmethode nicht funktioniert hatte, dann war damit noch kein Beweis für die Schuld eines Verdächtigen erbracht. Leider würde Simon vermutlich nicht ins Gefängnis kommen. Zumindest nicht für diese Tat.

Audreys Miene verfinsterte sich. Ihr Nacken verspannte sich, und sie begann, nervös mit einem Bein zu wippen. Sie hatte sich an jenem Abend mit Simon unterhalten. Er hatte ihr sogar gefallen. Sie war empfänglich gewesen für sein selbstbewusstes Auftreten, für seine Redegewandtheit. Es machte sie geradezu krank, sich das eingestehen zu müssen. Sie fühlte, wie sich Panik in ihr breitmachte – sie spürte Übelkeit, Hitzewallungen und Herzklopfen. Die Anzeichen einer Attacke waren unverkennbar da. Rasch zog sie ein Pillendöschen aus ihrer Jackentasche, zerbrach eine weiße Tablette und legte ein Viertel davon unter die Zunge.

Abbad überschüttete sie geradezu mit beruhigenden Worten, die zwar gut gemeint, aber vollkommen wirkungslos waren. Nach ein paar Minuten tat das Benzodiazepin seine Wirkung, und sie unterbrach seinen Redefluss.

»Kann man denn auf juristischer Ebene wirklich gar nichts

unternehmen? Wenn du so fest von seiner Schuld überzeugt bist, dann sag es einfach dem Untersuchungsrichter.«

»Mein Wort allein bringt gar nichts. Ich habe alles getan, um an Beweise zu kommen, so unscheinbar sie auch sein mochten. DNA-Proben, Zeugenaussagen und schließlich dieses blödsinnige olfaktorische Verhör.«

»Hast du mit Émilie gesprochen?«

»Ja, noch bevor du die SMS auf deinem Handy entdeckt hast. Es ist vollkommen aussichtslos, sie davon zu überzeugen, mit uns über den Abend zu sprechen. Offensichtlich übt Simon Druck auf sie aus, damit sie schweigt.«

Er tastete seine Jackentaschen ab. Ausgerechnet jetzt hatte er seine Zigaretten im Auto liegen lassen.

Audrey zog sich noch etwas mehr in sich zurück. Sie fühlte sich kraftlos, ohne jegliche Hoffnung. Sie hätte alles dafür gegeben, damit die Ermittlungen wieder aufgenommen würden. Wenn ihr doch nur irgendein Detail von jenem Abend wieder einfallen würde. Jetzt, hier, auf der Stelle. Irgendein kleiner Hinweis. Ein Flash, eine Rückerinnerung. Aber nichts. Immer noch waren für sie nur ganz verschwommene Empfindungen mit diesem Abend verbunden – ein Gefühl greifbarer Scham und eine Müdigkeit. Eine ungeheure, überwältigende Müdigkeit. Noch dazu machte sie sich Vorwürfe, dass sie ihrem Vergewaltiger mit Interesse begegnet war, dass sie ihr Glas nicht im Auge behalten hatte, dass sie nicht im Zimmer von Émilie geschlafen hatte und dass sie sich gewaschen hatte, als sie wieder zu Hause war – denn damit hatte sie jegliche Beweisaufnahme vereitelt, als sie endlich zu dem Entschluss gekommen war, Anzeige zu erstatten. Während sie innerlich darum flehte, irgendwelche Erinnerungsfetzen wieder zu erhaschen, kamen ihr die Tränen. Ein niederschmetternder Gedanke bahnte sich mit aller Macht den Weg in ihr Bewusstsein: Was sie auch unternahm – dieser Körper, dem dieses Leid zugefügt worden war, würde für immer ihr Körper bleiben. Ihr war, als säße sie in einer Falle. Erneut stieg Panik in ihr auf, erneut griff sie zu einem Viertel ihrer Lexomil-Tablette.

Hilflos schaute Abbad sie an, presste die Hände so fest zusammen, dass die Knöchel weiß hervortraten, und versuchte, seine Wut im Griff zu behalten. Er sprach nicht mehr als Mann des Gesetzes, als er ihr vorschlug, Simon einen Besuch abzustatten. Sie brauche nur zuzustimmen, er sei zu allem bereit.

Audrey gab ihm darauf keine Antwort. Der Ermittler glaubte, sie hätte ihn nicht richtig verstanden, und präzisierte seine Worte.

»Wenn ich mit ihm fertig bin, dann glaube ich kaum, dass er sich noch auf den Beinen halten kann.«

Sie wünschte, sie könnte sagen, sie hätte diesen Vorschlag auf der Stelle weit von sich gewiesen. Sie wünschte, sie könnte sagen, sie wäre von ihrem Stuhl aufgesprungen und hätte Ali beschworen, von einer derartigen Selbstjustiz Abstand zu nehmen. Aber die Vorstellung, dass die physische Unversehrtheit ihres Vergewaltigers jetzt von ihrem guten Willen abhing, war verführerisch. Nur ein Wort von ihr, und der Mann, der sie unter Drogen gesetzt hatte, würde im Krankenhaus landen. Ein Wort von ihr, und dieser Abschaum würde auf allen vieren zu seinem Auto kriechen, während Ali weiter auf ihn eindrosch. Diese Aussicht war so wohltuend, dass Audrey sich ihr für einen Augenblick überließ. Aber so verletzt sie auch war, so sehr sie alles auch jetzt noch quälte, ihr Verstand hielt sie davon ab, auf Alis Vorschlag einzugehen.

Der Kellner brachte ihre Getränke, nichtsahnend, mit welchen Überlegungen sich seine Gäste quälten. Er lächelte sie an, machte einen kleinen Scherz über einen Limonadenhersteller und verschwand wieder. Dieses belanglose und unverfängliche Zwischenspiel übte eine beruhigende Wirkung auf die junge Frau aus.

»Danke, Ali, aber das ist keine gute Lösung.«

»Er muss für das bezahlen, was er getan hat«, stieß Abbad mit gesenktem Blick mühsam hervor.

Audreys Ton wurde jetzt heftiger. Es sei nichts mehr rückgängig zu machen. Das Furchtbare sei geschehen. Dieser verbissene Wunsch nach Wiedergutmachung ergebe keinen Sinn. Hatte er sich in dieser Geschichte nicht schon viel zu weit vorgewagt? Er solle nicht alles noch schlimmer für sich selbst machen.

Dann beruhigte sie sich wieder. Zumindest so weit, dass sie ihren eigenen Vorschlag in Worte zu fassen vermochte. Ja, sie wollte, dass Simon dafür bezahlte, was er ihr angetan hatte. Und sie würde darum kämpfen, dass die Gerechtigkeit siegte. Aber nicht, indem sie ihn von Ali zusammenschlagen ließ. Irgendjemand musste doch irgendetwas an jenem Abend gesehen haben. Und wenn diese Person es den Bullen nicht hatte sagen wollen, so bestünde doch die Möglichkeit, dass sie sich dem Opfer anvertraute. Dabei dachte sie vor allem an Émilie. Sie hoffte, dass sie irgendwann ihr Schweigen brechen würde. Irgendwann würde sie vielleicht erzählen, was sie an jenem Abend gesehen hatte. Audrey würde nicht aufgeben. Je länger sie sprach, desto mehr Hoffnung machte sich bei ihr breit. Als die emotionalen Wogen sich ein wenig gelegt hatten und sie ruhiger geworden war, bat sie Ali um Verzeihung, dass sie sich so hatte hinreißen lassen. Sie sah sehr wohl, dass er bereit war, seine Karriere für sie aufs Spiel zu setzen. Dass sein reichlich hilfloser Vorschlag davon zeugte, wie viel sie ihm bedeutete. Sie dankte ihm für alles, was er bisher unternommen hatte, aber ganz besonders auch für das, was er nicht unternehmen würde.

»Ich habe dich gerade erst wiedergefunden. Setz das nicht aufs Spiel, ich bitte dich! Ich weiß, dass du mir helfen wirst. Und was du bisher für mich getan hast, war schon wahnsinnig viel. Du hast mich unterstützt, auch als das ganze System mich fallen gelassen hat. Das gibt mir die Kraft, weiterhin an das Gute zu glauben. Ich brauche dich. Und auch andere werden dich brauchen. Andere haben diese Vorzugsbehandlung ebenfalls verdient. Alle anderen Frauen. Auch sie hätten die Töchter einer Frau sein können, die du einmal geliebt hast.«

43

Kaum hatte Hélias das Telefon auf die Basisstation zurückgestellt, als Alain ihm wie nebenbei zurief: »Darauf kannst du stolz sein, mein Junge!«

Hélias kam näher, Alain öffnete die Arme, und sie umarmten sich. Es war die erste Umarmung in all den Jahren ihres gemeinsamen Arbeitslebens und ihrer Freundschaft gewesen – der Impuls zweier Menschen, die an einem entscheidenden Punkt in ihrem Leben standen. Irgendwie war diese Umarmung der angemessene Ausdruck für etwas, das Worte nicht hatten ausdrücken können.

Hélias war so aufgewühlt, dass er die Flucht ergriff. Er gab vor, oben einen Wasserhahn laufen zu hören und verließ hastig den Raum. Er hatte seine Fähigkeiten, heftige Emotionen aushalten zu können, wahrlich überschätzt.

Alain bückte sich, um die letzten zu Boden gefallenen Küchenutensilien aufzuheben.

»Ist der hier richtig?«, fragte Claudine, die im Keller den Werkzeugkasten durchsucht hatte, und jetzt mit einem Schraubenschlüssel in die Küche zurückkehrte.

»Sehr gut. Damit werde ich dieses verflixte Hängeregal wieder reparieren können.«

Er nahm ihr das Werkzeug aus der Hand und küsste sie auf die Stirn. An diesem späten Nachmittag hatte er kein Problem damit, seine Gefühle zu zeigen.

Während er oben auf einem wackligen Hocker stand, um die Metallstange an der Wand festzuschrauben, nahmen seine Überlegungen Gestalt an. Die außergewöhnlichen Fähigkeiten seines ehemaligen Assistenten hatten ihn dazu ermuntert, noch einmal gründlich über alles nachzudenken. Was Hélias vollbracht hatte, verdiente weitaus mehr als schüchternen Beifall oder ein kleines Almosen. Nein, es hatte seinen Mentor zutiefst beeindruckt, um nicht zu sagen, geradezu überwältigt. Er sah ihn nahezu in einem Glorienschein, was ihn gleichermaßen befriedigte und berauschte. Der Schmerz über den bevorstehenden Verlust seiner Niederlassung verblasste, bis er vollständig hinter der für ihn einzig richtigen Schlussfolgerung verschwand: Hélias musste sein Nachfolger werden.

»Sollen sie doch das Offizin schließen!«

»Was sagst du da?«

»Nichts, mein Schatz. Ich spreche mit mir selbst.«

Verlegen stieg er von seinem Podest herab und reichte seiner Frau den Schraubenschlüssel. Die Befestigung dürfte halten, sofern sie etwas weniger Kochgeschirr daran aufhängen würden.

Er wartete, bis sie mit dem Werkzeug wieder im Keller verschwunden war, um seinen Gedankengang fortzusetzen. Hélias verkörperte seine Nachfolge. Hélias würde weitergeben, was er ihn gelehrt hatte. Und es war nur eine Frage der Zeit, bis auch Fragrancia das begreifen würde. Davon war er überzeugt. Alain bemühte sich redlich, seine Fantasien für die Zukunft etwas zu bremsen. Damit sich diese Verheißung erfüllte, musste er zuallererst sein Anliegen in Worte fassen und zum ersten und letzten Mal eine Bitte an Cornélia herantragen. Auf diese einzige, diese klare und vor allem diese so wichtige Bitte kam es jetzt an. Morgen würde er einen Termin mit Cornélia vereinbaren und ihr einen Tauschhandel vorschlagen. Seine Stelle als Olfakteur gegen eine feste Anstellung für Hélias als Assistent. Das war ein Angebot, das sie nicht ausschlagen konnte, da Fontainebleau ohnehin schon versuchte, die Anzahl der Therapeuten zu verringern. Hatte sein Schüler erst einmal in der Zentrale Fuß gefasst, würde das Talent von Hélias bald für sich sprechen. Es würde dem Jungen gelingen, eines Tages Olfakteur zu werden. Daran zweifelte Alain nicht eine Sekunde.

Draußen stand die Sonne bereits tief. Der Wind blies etwas heftiger als gewöhnlich und ließ die Blätter an den Bäumen im Abendlicht glitzern. Die verkohlte Stelle, die den Ort markierte, an dem Alain die Hälfte seines Leben verbrannt hatte, besaß jetzt keine Anziehungskraft mehr für ihn. Er drehte sich um und fragte sich, wofür er all den neu gewonnenen Platz nutzen sollte. Wenn ihm nichts einfiel, würde seine Ehefrau noch weitere Grünpflanzen anschaffen. Dieser Gedanke amüsierte ihn. Vielleicht sah so tatsächlich der Ruhestand aus: Man kümmerte sich um die kleinen Dinge. Mit einem Mal spürte er so etwas wie Ruhe in sich einkehren.

Ein paar Minuten später kam seine Frau zurück.

»Hast du das Festnetz nicht klingeln hören?«, fragte sie ihn und hob die Hand, in der sie immer noch den Hörer hielt.

»Nein. Wer ist es?«

Claudine übermittelte ihm die Nachricht des Sekretärs von Cornélia. Sie wollte Hélias sehen, und zwar schon am nächsten Morgen. Alain lächelte. Ohne ein Wort zu sagen, holte er verschiedene Zutaten und Küchengeräte aus dem Wandschrank. Dann nahm er einen Topf von dem Regal herunter.

»Was machst du denn da? Willst du ihm die Neuigkeit nicht sofort mitteilen?«

»Ich denke, dass eine solche Neuigkeit mit meiner berühmten Tarte kredenzt werden muss. Oder etwa nicht?«

Claudine lachte.

Einige Zeit später zog ein betörender Duft nach Zitronentarte durch das Haus der Fissons. Eben jener Geruch, der vier Jahre zuvor den jungen, ein wenig verloren wirkenden und von seinen Ängsten gebeutelten Mann hier empfangen hatte. Und auch am heutigen Tag betrat eben dieser junge Mann mit einem Lächeln auf den Lippen und einem sehr wachen Geruchssinn die Küche und schloss die Lider, um sich die Gerüche dieses Augenblicks noch einmal tief einzuprägen.

Als er sie wieder aufschlug, legte Alain eine Hand auf seine Schulter.

»Willkommen in unserer Mitte.«

Epilog

Erste Zweifel regten sich, als der Scheck von der Bank nicht eingelöst werden konnte. Dann verfestigten sich die Zweifel, als er herausfand, dass die Nummer von Florence Henau überhaupt nicht vergeben war. Und völlige Gewissheit erhielt Simon, als er die Geschäftsführerin von Gametech über Google ausfindig machen wollte und nichts, aber auch gar nichts fand. Er musste der bitteren Wahrheit ins Gesicht sehen: Man hatte ihn getäuscht. Es ließ sich nicht leugnen. Aber wer? Und aus welchen Gründen?

Die folgenden Wochen hatte er damit verbracht, nach Antworten zu suchen. Der Abend im Nachtclub *Domestique*, der Einbruch, die Droge, die man ihn in Étampes hatte einatmen lassen. All das hing miteinander zusammen. Aber wie? Und warum? Er mochte noch so sehr suchen, er bekam einfach nichts heraus. Er fand keinen Anhaltspunkt – weder in dem von ihm eigenhändig unterzeichneten Vertrag noch im Internet. Alle Versuche, die Fäden dieser Geschichte zu entwirren, endeten mit einem Fehlschlag. Einen Trumpf jedoch glaubte er noch in Händen zu haben. Seine Stimme in den sozialen Netzwerken. Wenn es ihm allein nicht gelang, die Wahrheit herauszufinden, würde er durch Fragen an seine Follower am Ende doch wohl Aufschluss darüber bekommen, was stimmte und was nicht. Er musste sich mit ihnen austauschen, und zwar möglichst effektiv. Um seine

Follower auf ein Zusammentreffen einzuschwören und sie in großer Zahl für den Live-Stream um 18:00 Uhr zu versammeln, hatte er sie bereits am Morgen mit einem Clickbaiting in Spannung versetzt: *Der Tag, an dem man mich ohne mein Wissen unter Drogen gesetzt hat.* Auf dem Programm stand ein Bericht darüber, was ihm widerfahren war. Und zwar alles, vom Anfang bis zum Ende. Die Fahrt nach Étampes wollte er ganz besonders hervorheben.

Um 17:30 Uhr hatten sich bereits Dutzende im virtuellen Warteraum eingefunden. Kaum war das Gesicht von Simon erschienen, flossen am rechten Rand unzählige Kommentare herein. Nach fünf Minuten hatten sich bereits mehrere Tausende Internetbesucher zugeschaltet. Simon begrüßte die Neuankömmlinge mit einem Handzeichen …

»Hallo alle, ich habe …«

Schwarzer Bildschirm. Ende der Übertragung.

Von den zweitausend Teilnehmern im Chat wusste nur einer, was hier vor sich ging. Steve, der Chef der Internetsicherheit von Fragrancia, hatte den Influencer seit dem gescheiterten olfaktorischen Verhör keine Minute mehr aus den Augen gelassen. Er durchforstete seine Aktivitäten im Netz, las, was Simon las, besuchte die Seiten, die Simon besuchte, und überwachte die Recherchen, die Simon anstellte. Die Schlussfolgerung lag auf der Hand: Er musste unbedingt verhindern, dass Simon all das, was ihm widerfahren war, an die Öffentlichkeit brachte.

Da die Hacking-Versuche von Steves eigenem Account aus gescheitert waren, hatte er schwere Geschütze auffahren müssen. Er hatte ein Mitglied der Eingreiftruppe am Abend des Einbruchs in Simons Haus damit betraut, den stationären Computer von Simon über einen USB-Stick mit einem Virus zu infizieren. Einmal aktiviert, hatte sich von dort aus eine Malware mit verheerenden Folgen in den Computer gefressen und obendrein Steve die absolute Kontrolle aus der Ferne ermöglicht. So konnte er mit einem einfachen Befehl die Live-Übertragung abschalten. Aber damit begnügte sich der Chef der IT-Sicherheit von Fragrancia nicht. Er nutzte seine Zugriffsmöglichkeiten auch, um die Existenz von Simon im Internet vollständig zu löschen. Er schloss seine Kryptowährungs-Wallets, löschte seine Accounts bei Twitch, YouTube, Instagram und TikTok. Alles kam an die Reihe. Sein Adressbuch, seine Kontakte, seine Ordner, seine Fotos, seine Videos, sein Handy und all seine Dokumente. Er räumte sogar seine Online-Bankkonten leer. Man machte sich eben keine Vorstellung davon, wie unverzichtbar das Internet für unser Leben geworden war. Simon hatte jetzt nichts mehr, besaß nichts mehr. Der Influencer war zum Schweigen verdammt, und sollte Simon versuchen, sich einen neuen Account zuzulegen, würde Steve alles daransetzen, diesen sogleich wieder zu tilgen. Zumindest die nächsten zwei Jahre würde er das so handhaben. Einfach zum Vergnügen.

Er war zufrieden mit sich, rutschte auf seinem Stuhl hin und her und schnappte sich seine Bonbontüte. Es war nur noch eine einzige Schlumpffigur übrig – genauer gesagt, die Schlumpfine, die er am liebsten mochte.

Dieser Rachefeldzug war zwar auch persönlich, aber er war vor allem notwendig, um das Geheimnis von Fragrancia zu wahren. Ihm fiel auch, von allen unbeachtet, ein spezielles Detail zum Opfer – ein kleines Detail, jedoch wesentlich für den Kampf von Audrey.

Mit der Löschung von Simons Sicherungskopien hatte Steve auch ein Video vernichtet, das in einem sehr gut versteckten Winkel, im Unterordner eines Unterordners, gespeichert gewesen war. Sein Dateiname lautete: *Émilie_Rückbank_Audi*.

Ganz ohne Absicht hatte er damit eine Stimme zum Schweigen gebracht, einer anderen aber ihre Freiheit wiedergegeben.

Danksagung

Mein Dank geht an mein gesamtes Umfeld, vor allem aber an Charlotte, Valérie, Dominique, Isaure, Élie, Florent, Patrice, Anthony, Victorien, Jeanne und Véronique. Ihr habt diese Geschichte möglich gemacht.